Machado de Assis

ANTES QUE CASES

Doze contos sobre matrimônio e separação

© IBEP, 2013

Diretor superintendente	Jorge Yunes
Gerente editorial	Célia de Assis
Revisão	Luiz Gustavo Bazana
Coordenadora de arte	Karina Monteiro
Assistente de arte	Marilia Vilela
	Nane Carvalho
	Carla Almeida Freire
Coordenadora de iconografia	Maria do Céu Pires Passuello
Assistente de iconografia	Adriana Neves
	Wilson de Castilho
Produção gráfica	José Antônio Ferraz
Assistente de produção gráfica	Eliane M. M. Ferreira
Projeto gráfico	Departamento de Arte IBEP
Capa	Departamento de Arte IBEP
Editoração eletrônica	Departamento de Arte IBEP

CIP-BRASIL. CATALOGAÇÃO-NA-FONTE
SINDICATO NACIONAL DOS EDITORES DE LIVROS, RJ

A866a

Assis, Machado de, 1839-1908
   Antes que cases / Machado de Assis ; organização: Paulo Verano.
– 1. ed. - São Paulo : IBEP, 2012.
   232 p. : 22 cm

   ISBN 978-85-342-3609-6

   1. Assis, Machado de, 1839-1908. 2. Conto brasileiro. I. Verano, Paulo II. Título.

13-0598.   CDD: 869.93
                                                                           CDU: 821.134.3(81)-3
29.01.13   30.01.13   042425

1ª edição – São Paulo – 2013
Todos os direitos reservados

Av. Alexandre Mackenzie, 619 - Jaguaré
São Paulo - SP - 05322-000 - Brasil - Tel.: (11) 2799-7799
www.editoraibep.com.br   editoras@ibep-nacional.com.br

Machado de Assis

ANTES QUE CASES
Doze contos sobre matrimônio e separação

Precedidos pelo ensaio
Queda que as mulheres têm para os tolos,
de Victor Hénaux, traduzido por M. A.

Organização e notas:
Paulo Verano

Sumário

Namoros, casamentos e um mundo de revelações 7
por Márcia Lígia Guidin

Nota do organizador 12

Queda que as mulheres têm para os tolos 19
por Victor Hénaux, traduzido por Machado de Assis

CASADA E VIÚVA 31

ASTÚCIAS DE MARIDO 47

CONFISSÕES DE UMA VIÚVA MOÇA 67

AS BODAS DE LUIZ DUARTE 94

ANTES QUE CASES 111

CASA, NÃO CASA 140

A MELHOR DAS NOIVAS 156

O CASO DA VIÚVA 176

QUESTÕES DE MARIDOS 196

A SENHORA DO GALVÃO 202

A DESEJADA DAS GENTES 210

FLOR ANÔNIMA 219

Cronologia 225

Referências bibliográficas 228

Namoros, casamentos e um mundo de revelações

Márcia Lígia Guidin

Antes que cases, ótimo título desta antologia de contos de Machado de Assis, provoca natural curiosidade nos leitores. Isso porque, dentre tantos *temas* abordados pelo nosso escritor maior, o amor e seus desdobramentos – namoro, enganos, casamentos, separações, e adultério – é, de longe, seu preferido. Ler Machado é conhecer a alma humana, a masculina e a feminina. E como as almas que amam (verdadeiramente ou não) têm sempre a mesma natureza, cá estamos nós, leitores, em qualquer época, diante de histórias que nos ajudam a rir, a pensar e a nos reconhecer.

Nestes contos sobre matrimônio, viúvas e separações, tão bem escolhidos por Paulo Verano, além de aproveitarmos as histórias – retratos críticos de costumes brasileiros da época –, temos excelentes notas explicativas e, sobretudo, podemos analisar a progressão do estilo e tratamento de personagens do nosso grande escritor.

O leitor de Machado de Assis não deve se deixar intimidar pelo vocabulário, nem achar que as histórias são envelhecidas – isto é um engano. Quase tudo o que os contos e romances de Machado trazem tem uma atualidade muitas vezes incrível. O leitor destes contos (que até pode rir dos velhos costumes) percebe que os jovens mimados, que amam ou fingem amar, são afinal muito semelhantes aos de qualquer época...

Mas, antes de casar se faz o quê? Busca-se a felicidade, oras. Se você estiver lendo uma história romântica, tudo vai acabar bem; lerá a vitória do verdadeiro e "único" amor em um mundo de harmonia perfeita, com altos valores morais do par romântico. Isso aconteceu com Aurélia Camargo, de José de Alencar – aquela moça rica que comprou um marido por vingança (o humilhado Seixas...); mas, como ambos se amavam verdadeiramente, tudo acabou muito bem (*Senhora*, 1875).

Lendo, porém, as histórias de Machado, mesmo as do início da carreira, você vai saber por que o escritor fluminense, chamado de "o bruxo do Cosme Velho", transformou a literatura romântica em realista de maneira tão peculiar. Como primeiro e maior realista brasileiro, e um dos maiores do mundo, ousadamente foi varrendo de suas histórias todo o sentimentalismo, o moralismo mentiroso, a falsa ética das relações sociais e as histórias piegas. Machado, sobretudo, não teve medo de ir dizendo as "verdades" da vida, através de técnica infalível e deliciosa: *a ironia e o humor.*

Se você ainda não leu outros textos de Machado, nem pense que ele descreveu lugares, palmeiras, índios ou cenas bucólicas. A tarefa que sua aguda visão crítica exigiu foi mostrar as relações sociais, políticas e amorosas que se estabeleciam na corte de D. Pedro II, no Rio de Janeiro. A época era a mesma de José de Alencar, porém o jeito de mostrar é que é diferente. Como diz Alfredo Bosi, grande estudioso do autor, por trás das aparências, Machado "mostra a verdadeira essência do indivíduo".

Os contos aqui reunidos não são todos da fase madura do escritor (considerada a partir de 1880), porém têm a imensa qualidade de existirem, e aqui os lemos em ordem cronológica. Explico melhor: como saber a genialidade crescente de um escritor, se não compararmos seus escritos do início com os da maturidade? Aos poucos, já ótimo observador desde sempre, Machado foi sofisticando mais e mais seus personagens para mostrar (ou melhor, *sugerir* para o leitor inteligente) que o mundo real é assim mesmo, cheio de máscaras, mentiras, defeitos de caráter, egoísmo e interesses variados.

A intensificação e a construção das frases com que ele, sutilmente, critica as relações, amores e casamentos nestes contos oferece uma excelente medida de seu amadurecimento. Portanto, leitor, aqui você está diante não só de histórias sobre casamentos e amores, mas diante dos progressos de um grande escritor. Perceba, em meio à história, que este é um ótimo recurso, mas Machado usará outros: fingir leitura de cartas ("Questões de maridos", 1883) ou inventar uma conversa entre amigos ("A desejada das gentes", 1896). São estratégias narrativas, que ficam tão sofisticadas quanto um morto resolver escrever sua autobiografia porque nada tem a fazer no outro mundo (*Memórias póstumas de Brás Cubas*, 1881).

E como conquistar o ser amado? No Rio de Janeiro do século XIX, a primeira coisa era contar com um amigo para aproximar-se do moço ou da moça e criar mil peripécias para ser aceito. Hoje não precisamos mais de intermediários (talvez o Facebook?), mas as necessidades continuam as mesmas: a moça deve ser bonita, é claro, e se for rica, fingindo-se de tola, muito, muito melhor (Não, não diga que este predicado não é interessante). O rapaz deve ser trabalhador, próspero e nada de ser "estroina" (sem juízo). Se romântico e presenteador, melhor ainda. Guardadas as devidas diferenças daquele tempo para hoje, quase todos os interesses amorosos continuam iguais. Aí você entende quando se fala da "atualidade" de Machado de Assis.

Desde o primeiro conto desta antologia ("Casada e viúva", de 1864), já vislumbramos as garras do escritor: não é que um marido perfeito, tão atencioso e invejável, já havia namorado a melhor amiga da esposa, a quem deseja reconquistar só por prazer? E, pior: também mantinha outras duas amantes? As aparências enganam muito, sugere o escritor no texto. Mas há algo mais triste (para nós, é claro), embora comum: a esposa, Eulália, deixou tudo ficar como estava. Machado, através do seu narrador intruso, dirá: "A pobre mãe, viúva da pior viuvez desta vida, que é aquela que anula o casamento conservando o cônjuge, só vivia para sua filha." (p. 46). Se você ler um dos últimos contos da antologia, verá que, vinte anos depois, a mesma temática se repete num conto excelente, "A senhora do Galvão": a esposa traída também deixa tudo como está, mas a forma de narrá-la mudou muito; depois de a acompanharmos, não podemos deixar de sorrir: por que brigar com um marido que está ficando tão rico?

Por trás da temática dos casamentos, do amor, do dinheiro, o que interessa, no fim das contas, são as posses e a posição social; por isso, Machado de Assis construiu esplendidamente a psicologia da mulher do Galvão. Ao ler uma carta anônima, que denunciava os amores do marido com uma viúva sua amiga, ficou bem aborrecida; por isso, em vez de comprar um xale caro, comprou dois! Como as cartas prosseguiam, resolveu rasgá-las porque a vida social era cada vez mais agitada e próspera. Diferente da chorosa Eulália do antigo conto, esta apenas rompeu com a tal viúva. Só que agora o escritor – e aí está sua genialidade – não explica mais nada, deixa a nós a tarefa de julgar a senhora do Galvão. Ora, se tantas mulheres, na vida real, perdoam, pois gostam da prosperidade de seus maridos, como podemos criticar Maria Olímpia? Aí está, com o mesmo tema, o apuro de linguagem com que Machado vai contar as mesmas farsas da vida conjugal.

E cada vez mais a linguagem é cheia de ironias ou eufemismos, pois cabe ao leitor descobrir o significado das coisas. Se você já leu *Memórias póstumas de Brás Cubas*, deve lembrar que o próprio Brás, falando de Marcela, uma linda prostituta de luxo por quem se apaixonara, desfaz qualquer tipo de ilusão em uma célebre frase: "Marcela amou-me durante quinze meses e onze contos de réis." Como não entender o que está por trás de frase tão curta? Este é o estilo de humor e ironia de nosso escritor.

Assim é que o amor dá lugar ao interesse, que o casamento dá lugar às decepções, que certos noivos insistentes acabam fugindo perto do casamento. É dessa forma que Machado vê a conduta dissimulada de uma sociedade inteira. Pessimista? Sim, mas um pessimismo que pode estar na boca do personagem ou sutilmente sugerido pelo narrador. O autor, fingindo que não é com ele, "lava as mãos".

A ironia provoca humor, e este nos obriga a pensar no grande tema, o interesse e egoísmo das pessoas. Machado de Assis não quer que esqueçamos o interesse e o egoísmo das pessoas, e mais: que a literatura lhes serve de retrato e crítica. No conto "O caso da viúva", quase contemporâneo a *Memórias póstumas de Brás Cubas*, acompanhamos a luta do Rochinha para conquistar Maria Luiza e certas passagens são ótimas: "Parecia-lhe que um bom marido é um excelente achado, mas que um bom marido não pobre – era um achado excelentíssimo." (p. 178). Rejeitado pela moça, que casou com outro, Rochinha sofre. Ocorre que esse marido mais rico acabou morrendo logo, e alguém disse: "Feliz Rochinha!". O quê? Como alguém pode dizer isto? Bem: nós não temos coragem de dizer, mas a morte de um pode ser a felicidade de outros. Dizer com candura o que é grave, o que talvez não seja ético nem moral é uma das grandes especialidades de Machado de Assis.

Por isso, ler Machado é muito bom. Porque poucos outros chegaram perto desse escritor fluminense na maneira sutil mas intensa dos retratos sociais. Com cerca de 200 contos escritos e nove romances, Machado de Assis retratou o Brasil de uma maneira universal. E o que quer dizer isso? Que a conduta de seus personagens, apesar de tomada ao Rio de Janeiro (dos ricos ou dos pobres) pode existir em qualquer outro lugar ou época.

Uma última coisa: ao ler os contos de Machado – e nesta antologia há muito o que apreciar –, não fiquemos curiosos pelo final, que muitas vezes pouco importa. O que vale é o que está sugerido, escondido em frases de ironia e humor pelo meio da obra.

<small>Márcia Lígia Guidin é mestre e doutora em Letras pela Universidade de São Paulo, USP, professora titular aposentada, hoje editora. Especialista em Machado de Assis, publicou, entre outras, a obra *Armário de vidro* – velhice em Machado de Assis, Nova Alexandria, 2000.</small>

Nota do organizador

Os *Doze contos sobre matrimônio e separação* aqui reunidos abrangem o período de 1864 a 1897 na produção do fabuloso contista que é Joaquim Maria Machado de Assis (1839-1908). O título, *Antes que cases*, é emprestado de um dos contos reunidos, publicado de julho a setembro de 1875 no *Jornal das Famílias*, periódico para o qual o escritor colaborou constantemente.

Os textos, apesar do "doze" indicado no subtítulo, são na verdade treze: em 1861, Machado de Assis estreara em livro com a tradução, publicada pela Typographia de seu amigo e primeiro editor Francisco de Paula Brito (1809-1861), do opúsculo *Queda que as mulheres têm para os tolos*, um instigante ensaio de Victor Hénaux, hoje obscuro escritor francês contemporâneo seu. O título é sugestivo e o texto (publicado primeiramente em cinco fascículos durante abril e maio de 1861, na revista *A Marmota*, também de propriedade de Paula Brito) foi incluído por tratar-se de uma espécie de introdução à antologia, na verdade uma chave, bastante graciosa, para entrar-se na miríade de situações que mais tarde, na pena machadiana, envolveriam o tema "casamento". Se, na *Queda*..., Hénaux separa os homens em "tolos" e "de espírito", com evidente prejuízo aos últimos no relacionamento com as mulheres, nos textos de Machado há a apropriação do gracejo. Percebe-se a distribuição das características de Hénaux entre os homens dos contos: estão destrinchados os noivados, as promessas de casamento, as preparações das cerimônias casamenteiras, o dia a dia dos homens e mulheres que se casam, as disputas entre amigos, os dilemas e vacilações, as viúvas impetuosas, os adultérios (o romance *Dom Casmurro*, de 1899, que enseja uma das maiores "dúvidas" da literatura brasileira, é já da maturidade do escritor), as separações por falta de desejo ou viuvez – em todos os casos, tanto as situações consumadas como as idealizadas. A organização é cronológica; e a visão de Machado sobre o casamento, como se tornará evidente pela leitura, ficará mais sofisticada com o passar dos anos (uma rápida linha do tempo confirma o óbvio: o primeiro conto aqui reunido é de 1864; Machado se casa em 1869; o último conto é de 1897).

Portanto, *matrimônio* e *separação*, palavras do subtítulo, precisam ser compreendidas na maior amplitude possível quanto a estes contos de Machado de Assis, como, de resto, em relação a toda a sua produção. Matrimônio e separação podem, até, não serem excludentes – é assim na vida e é assim na literatura maiúscula do escritor. O ponto de vista é quase sempre o masculino, muito embora às vezes o escritor se refira diretamente às suas leitoras (e em apenas um dos casos assuma o papel de narradora). Mesmo se "homem de espírito", como caracteriza Hénaux, Machado não foge à condição de ser homem de seu tempo. Por oposição, são textos de ironia tal que se mostram deliciosos não apenas à leitura do homem do século XXI (que se reconhece nos dilemas daquele do XIX), mas à mulher contemporânea, quando de imediato reconhece os "tolos" irremediáveis.

Quando traduziu o ensaio de Hénaux, Machado contava 22 anos. Ao publicar o conto que abre esta antologia – protagonizado por Eulália e seu "tolo" José de Menezes –, "Casada e viúva" (que saiu primeiro também no *Jornal das Famílias*, em novembro de 1864), tinha 25. Estava ainda suficientemente distante dos 30 anos, idade com que se casou com Carolina Augusta Xavier de Novais (1835-1904), sua mulher da vida inteira, e bem longe dos 58, idade com que publicou o conto que encerra o livro, "Flor anônima" (que saíra primeiro no *Almanaque da Gazeta*, em 1897).

Machado foi casado com Carolina por praticamente 35 anos. Embora tenha vivenciado com ela, em sua longa relação de *matrimônio* e *separação*, do noivado à viuvez, chama a atenção o radical contraste entre a tranquila vida monogâmica que levaria e a pluralidade de personagens, situações e relacionamentos expressa em toda a sua obra – e explicitada nesta antologia, que reúne olhares sobre o casamento advindos sobretudo de um Machado casado (desde 12 de novembro de 1869) – apenas os dois primeiros textos advêm do Machado solteiro –, que observa e imagina, mas que ainda não vivencia. De todo modo, é antes o vivo choque entre vida e literatura que este livro propõe: é bastante curioso verificar, nos doze fragmentos de casamento narrados por Machado, por que caminhos encontram correspondência na vida contemporânea.

Quando Machado de Assis escreveu a maioria dos contos aqui reunidos, imperava no Brasil a Monarquia. "Casada e viúva" é de 1864. Nele, o casal José de Menezes e Eulália, modelo de felicidade conjugal, é abalado pela visita do Capitão Nogueira – que falseia uma saudade pelo Brasil Colônia para o agrado de seu sogro – e a esposa deste, Cristiana. O conto é uma mescla fina entre renúncia à felicidade (feminina) e repúdio à canalhice (masculina).

"Astúcias de marido" (1866), que contém boas doses de humor e contexto político da época em que foi escrito, trata da conquista de Clarinha pelo competitivo Valentim Barbosa, a despeito da existência de Ernesto. O conto seguinte, "Confissões de uma viúva moça", saiu nos *Contos fluminenses* (1870); inicia, aqui, portanto, a leva de contos de *matrimônio e separação* escritos pelo Machado casado. É também o único que traz uma primeira pessoa feminina, no caso, a esposa fiel, Eugênia, com suas confissões a respeito de um amor proibitivo despertado por Emílio, amigo do marido.

"As bodas de Luiz Duarte" saiu em *Histórias da meia-noite* (1873). Descreve, com proverbial minúcia, os aristocráticos (e gastronômicos) preparativos do casal José Lemos e D. Beatriz para as mencionadas bodas do título, em que Luiz Duarte, um calado rapagão de 25 anos, se unirá à primogênita dos Lemos, Carlota, de vinte.

De 1875 são "Antes que cases" e "Casa, não casa". "Antes que cases", publicado de julho a setembro no *Jornal das Famílias*, esmiúça o feitiço causado por Ângela, viúva misteriosa e com intrincadas relações com a Corte, no romântico Alfredo Tavares. "Casa, não casa" também saiu no *Jornal das Famílias*, de dezembro de 1875 a janeiro de 1876. Trata, ao contrário das obsessões de Tavares, das vacilações de Júlio entre Isabel e Luiza.

O conto "A melhor das noivas" é de 1877. Nele, o viúvo septuagenário João Barbosa planeja suas segundas núpcias, pondo-se em dúvida entre D. Joana e a viúva D. Lucinda. Já "O caso da viúva", publicado originalmente em *A Estação*, de 15 de janeiro a 15 de março de 1881, narra os encontros e desencontros entre Maria Luiza e Rochinha – Machado de Assis retorna ao constante tema da viuvez na juventude. Não é de espantar: de acordo com o Instituto Brasileiro de Geografia e Estatística (IBGE), em 1910 o brasileiro vivia em média 33,4 anos (dados de 2010 apontam para a média de 73,1 anos). À época dos contos (1864-1897), a situação era evidentemente pior. Como hoje – também segundo dados de 2010, atualmente homens vivem em média 69,4 anos e mulheres, 77 anos –, havia mais viúvas que viúvos nos tempos do futuro viúvo Joaquim Maria Machado de Assis (morto, anote-se, com 69 anos em 1908).

"Questões de maridos" saiu primeiramente em *A Estação*, em 15 de julho de 1883. De desfecho ao mesmo tempo divertido e profundo, trata do aspecto subjetivo nas relações. No caso, a relação entre Luiza e Candinho e a entre Marcelina e Soares, irmãs casadas no mesmo dia, mês e ano – porém, com sortes diversas.

"A senhora do Galvão" foi originalmente incluído nas *Histórias sem data* (1884): é outro a fazer referência indireta à Independência do Brasil. Com sutil e cruel ironia, mostra a zanga da senhora de Galvão, Maria Olímpia, com os cortejos da viúva apelidada *Ipiranga* (em jocosa referência à data de nascimento desta, 1822), retribuídos pelo marido de Olímpia.

De 1886 é "A desejada das gentes", reunido em *Várias histórias* (1896). Neste, o que predomina é o amor impossível: a disputa entre dois amigos, o protagonista Conselheiro e Nóbrega, pelo amor da Divina Quintília, bela moça inflexível ao matrimônio. Um ano depois da publicação de *Várias histórias*, saía nas páginas do *Almanaque da Gazeta*, em 1897, o derradeiro conto incluído neste livro: "Flor anônima", o mais delicado (lírico até) dentre os contos organizados, no qual a solteirona Martinha reencontra na velha bolsa onde guarda recordações de seu passado a flor de seu primeiro amor, tal como se fosse uma *madeleine* proustiana.[1]

O casamento civil, tal como o conhecemos, é novidade advinda da República: foi assinado em 24 de janeiro de 1890 pelo marechal Deodoro da Fonseca (1827-1892), primeiro presidente brasileiro (1889-1891). Por sua vez, o divórcio, como conhecemos hoje, seria instituído oficialmente no país apenas em 1977, quando o Brasil estava sob o comando do general Ernesto Geisel (1908-1996), o penúltimo dos militares (1974-1979). É evidente que antes disso já se davam as separações maritais (o desquite aparece no Código Civil em 1916, quando o país estava sob o comando do civil Venceslau Brás [1868-1966]), mas é curioso notar que o casamento civil tanto

---

1 Em seu clássico *No caminho de Swann* (1913), que integra *Em busca do tempo perdido*, o escritor francês Marcel Proust (1871-1922) empreende um exercício de reinvenção da memória a partir do sabor de uma *madeleine*, pequeno bolo típico da culinária francesa.

é oficializado por mãos militares, como por estas oficialmente se permite desfazer-se por completo. Aos mais curiosos, união e desunião civis são oficializadas por mãos que carregavam alianças a serem herdadas por suas viúvas: Deodoro casou-se em 1860 com Mariana Cecília (1826-1905); Geisel, em 1939, com Lucy (1918-2000). Já a união civil entre pessoas do mesmo sexo precisou aguardar até a segunda década do século XXI para ser reconhecida pelo Supremo Tribunal Federal (STF), por unanimidade (em 5 de maio de 2011), embora não sem polêmica em diversas parcelas da sociedade – a mesma polêmica que talvez explique a ausência do assunto entre as personagens machadianas. O tema é ainda hoje relativamente escasso na literatura, que dirá daquela elaborada no Brasil do século XIX. A existência de *Bom crioulo* (1895), de Adolfo Caminha (1867-1897), que liga tragicamente Amaro a Aleixo, é uma das poucas exceções a confirmar a regra. João do Rio (1881-1921) – que embora não tratasse diretamente da temática homossexual em seus textos, o era –, morreu jovem demais. *Grande sertão: veredas*, de João Guimarães Rosa (1908-1967), que discretamente entrelaça Riobaldo a Diadorim, é apenas de 1956.

Seria apenas correto dizer que, individualmente e no conjunto, os contos traçam um painel brasileiro das relações humanas nas décadas finais da Monarquia e iniciais da República, porque, na realidade, a afirmação resultaria simplificada. Na verdade, as uniões e desuniões saídas da prodigiosa imaginação (e, no entanto, absolutamente sintonizada com o seu tempo) do contista Machado de Assis são menos cariocas que universais, menos civis que da natureza humana; não caem em desuso com a República, que ensaia o Brasil do século XX, nem se perdem no frenesi típico do século XXI, em que o número de divórcios cresce ano a ano mais que o de casamentos.[2] Mas nem a pena do escritor, nem as uniões e desuniões saem de moda. Porque, na boa literatura como na vida, ambas são atemporais, feitas de carne e de sangue; remontam, como já tratou disso o próprio escritor em outro conto,[3] ao imaginário do tempo de Adão e Eva.

---

2 Conforme divulgou o IBGE em dezembro de 2012, o número de divórcios aumentou 45,6% de 2010 para 2011, enquanto o número de casamentos cresceu 5% no mesmo período, o que não impediu que tenha havido mais casamentos (1.026.736) que divórcios (351.153) em 2011.

3 "Adão e Eva" foi um dos 16 contos reunidos nas *Várias histórias* (1896).

*

Os textos reunidos foram cotejados com as edições originais, publicadas na imprensa, e tiveram as atualizações de praxe, na ortografia e na pontuação. Ao longo do livro, foram incluídas notas de rodapé, espera-se que suficientes, para que os leitores possam se situar em meio às inúmeras referências (literárias, musicais, históricas, artísticas, linguísticas, urbanísticas) que Machado vai fazendo aqui e acolá. No final desta edição, uma pequena "Cronologia" resume as datas mais importantes na vida e obra do escritor. Por fim, mas não menos importante, como diria William Shakespeare (1564-1616), que Machado tanto cita, as "Referências bibliográficas" oferecem *links* para que, se assim quiserem, os leitores mais curiosos possam "folhear" as edições em que primeiro saíram os contos aqui publicados – além de listar as principais fontes utilizadas neste trabalho.

Queda que as mulheres têm para os tolos[4]

Victor Hénaux, traduzido por Machado de Assis.
Publicado originalmente na revista A Marmota, *nos dias 19, 23, 26 e 30 de abril e 3 de maio de 1861. E, no mesmo ano, revisto, como livro, pela Typographia de Paula Brito.*

Advertência

Este livro é curto, e talvez devera sê-lo mais.

Desejo que ele agrade, como me sai das mãos; mas é com pesar que me vanglorio por esta obra.

Falar do amor das mulheres pelos tolos não é arriscar ter por inimigas a maioria de um e outro sexo?

Diz-se que a matéria é rica e fecunda; eu acrescento que ela tem sido tratada por muitos. Se tenho, pois, a pretensão de ser breve, não tenho a de ser original.

Contento-me em repetir o que se disse antes de mim; minhas páginas conscienciosas são um resumo de muitos e valiosos escritos. Propriamente falando, é uma comparação científica, e eu obteria a mais doce recompensa de meus esforços, como dizem os eruditos, se inspirasse aos leitores a ideia de aprofundar um tão importante exemplo.

Quanto à imparcialidade que presidiu à redação deste trabalho, creio que ninguém a porá em dúvida.

Exalto os tolos sem rancor, e se critico os homens de espírito, é com um desinteresse, cuja extensão facilmente se compreenderá.

---

4 Neste texto, Hénaux se refere aos homens "tolos" ou "néscios" como uma mistura de dissimulados com vaidosos. Já os "homens de espírito" são sinceros em sua paixão, mas previsíveis, sem charme.

I

Il est des noeuds secrets, il est des sympathies.[5]

Passa em julgado que as mulheres leem de cadeira em matéria de fazendas, pérolas e rendas, e que, desde que adotam uma fita, deve-se crer que a essa escolha presidiram motivos plausíveis.

Partindo deste princípio, entraram os filósofos a indagar se elas mantinham o mesmo cuidado na escolha de um amante, ou de um marido.

Muitos duvidaram.

Alguns emitiram como axioma que o que determinava as mulheres, neste ponto, não era, nem a razão, nem o amor, nem mesmo o capricho; que se um homem lhes agradava, era por se ter apresentado primeiro que os outros, e que sendo este substituído por outro, não tinha esse outro senão o mérito de ter chegado antes do terceiro.

Permaneceu por muito tempo este sistema irreverente.

Hoje, graças a Deus, a verdade se descobriu: veio a saber-se que as mulheres escolhem com pleno conhecimento do que fazem. Comparam, examinam, pesam, e só se decidem por um depois de verificar nele a preciosa qualidade que procuram.

Essa qualidade é... a toleima!

II

Desde a mais remota antiguidade, sempre as mulheres tiveram a sua *queda para os tolos*.

Alcibíades, Sócrates e Platão foram sacrificados por elas aos presumidos do tempo. Turenne, La Rochefoucauld, Racine e Molière[6] foram traídos por suas amantes, que se entregaram a basbaques notórios. No século passado todas as boas fortunas foram reservadas aos pequenos abades. Estribadas nesses ilustres exemplos, as nossas contemporâneas continuam a idolatrar os descendentes dos ídolos das suas avós.

---

5 Em tradução livre do francês, algo como "Há nós secretos, há simpatias". Hénaux cita Pierre Corneille (1606-1684), mas Machado opta por não traduzir a epígrafe.

6 Na ordem, Hénaux cita três gregos ilustres: o general Alcibíades (450 a.C. - 404 a.C.) e os filósofos Sócrates (470 a.C. - 399 a.C.) e Platão (428/7-348/7 a.C.). E quatro franceses: o militar Turenne (1611-1675), o moralista La Rochefoucauld (1613-1680) e os dramaturgos Racine (1639-1699) e Molière (1622-1673).

Não é nosso fim censurar uma tendência, que parece incrível; o que queremos é motivá-la.

Por menos observador e menos experiente que seja, qualquer pessoa reconhece que a toleima é quase sempre um penhor de triunfo. Desgraçadamente ninguém pode por sua própria vontade gozar das vantagens da toleima. A toleima é mais do que uma superioridade ordinária: é um dom, é uma graça, é um selo divino.

"O tolo não se faz, nasce feito."

Todavia, como o espírito e como o gênio, a toleima natural fortifica-se e estende-se pelo uso que se faz dela. É estacionária no pobre-diabo que raramente pode aplicá-la; mas toma proporções desmarcadas nos homens a quem a fortuna ou a posição social cedo leva à prática do mundo. Este concurso da toleima *inata* e da toleima *adquirida* é que produz a mais temível espécie de tolos, os tolos que o acadêmico Trublet[7] chamou "tolos completos, tolos integrais, tolos no apogeu da toleima".

O tolo é abençoado do céu pelo fato de ser tolo, e é pelo fato de ser tolo que lhe vem a certeza de que qualquer carreira que tome, há de chegar felizmente ao termo. Nunca solicita empregos, aceita-os em virtude do direito que lhe é próprio: *Nominor leo*.[8] Ignora o que é ser corrido ou desdenhado; onde quer que chegue, é festejado como um conviva que se espera.

O que opor-lhe como obstáculo? É tão enérgico no choque, tão igual nos esforços e tão seguro no resultado! É a rocha despegada que rola, corre, salta e avança caminho por si, precipitada pela sua própria massa.

Sorri-lhe a fortuna particularmente ao pé das mulheres. Mulher alguma resistiu nunca a um tolo. Nenhum homem de espírito teve ainda impunemente um parvo como rival. Por quê?... Há necessidade de perguntar por quê? Em questão de amor, o paralelo a estabelecer entre o tolo e o homem de siso não é para confusão do último?

III

Em matéria de amor, deixa-se o homem de espírito embalar por estranhas ilusões. As mulheres são para ele entes de mais elevada natureza que a sua, ou pelo menos

---

7 Hénaux cita outro moralista francês, Nicolas Charles Joseph Trublet (1697-1770).
8 Em tradução livre do latim, algo como "Porque me chamo leão".

ele empresta-lhes as próprias ideias, supõe-lhes um coração como o seu, imagina-as capazes, como ele, de generosidade, nobreza e grandeza. Imagina que para agradar--lhes é preciso ter qualidades acima do vulgar. Naturalmente tímido, exagera mais ao pé delas a sua insuficiência; o sentimento de que lhe falta muito o torna desconfiado, indeciso, atormentado. Respeitoso até à timidez, não ousa exprimir o seu amor em palavras; exala-o por meio de uma não interrompida série de meigos cuidados, ternos respeitos e atenções delicadas. Como nada quer à custa de uma indignidade, não se conserva continuamente ao pé daquela que ama, não a persegue, não a fatiga com a sua presença. Para interessá-la em suas mágoas, não toma ares sombrios e tristes; pelo contrário, esforça-se por ser sempre bom, afetuoso e alegre junto dela. Quando se retira da sua presença, é que mostra o que sofre, e derrama as suas lágrimas em segredo.

O tolo, porém, não tem desses escrúpulos. A intrépida opinião que ele tem de si próprio o reveste de sangue-frio e segurança.

Satisfeito de si, nada lhe paralisa a audácia. Mostra a todos que ama, e solicita com instância provas de amor. Para fazer-se notar daquela que ama, importuna-a, acompanha-a nas ruas, vigia-a nas igrejas e espia-a nos espetáculos. Arma-lhe laços grosseiros. À mesa, oferece-lhe uma fruta para comerem ambos, ou passa-lhe misteriosamente, com muito jeito, um bilhete de amores. Aperta-lhe a mão a dançar e saca-lhe o ramalhete de flores no fim do baile. Numa noite de partida, diz-lhe dez vezes ao ouvido: "Como é bela!", porquanto revela-lhe o instinto, que pela adulação é que se alcançam as mulheres, bem como se as perde, tal qual como acontece com os reis. De resto, como nos tolos tudo é superficial e exterior, não é o amor um acontecimento que lhes mude a vida: continua como antes a dissipá-la nos jogos, nos salões e nos passeios.

IV

O amor, disse alguém, é uma jornada, cujo ponto de partida é o sentimento, e cujo termo inevitável a sensação. Se é isto verdade, o que há a fazer, é embelecer a estrada e chegar o mais tarde possível ao fim. Ora, quem melhor do que o homem de espírito sabe parolar à beira do caminho, parar e colher flores, sentar-se às sombras frescas, recitar aventuras e procurar desvios e delongas? Um caracol de cabelos mal-arranjado, um cumprimento menos apressado que de costume, um som de voz discordante, uma palavra mal escolhida, tudo lhe é pretexto para demorar os passos e prolongar os prazeres da viagem. Mas quantas mulheres apreciam esses castos manejos, e compreendem o encanto dessas paradas à borda de uma veia límpida que reflete o céu? Elas querem amor, qualquer que seja a sua natureza, e o que o tolo lhes oferece é-lhes bastante, por mais insípido que seja.

V

O homem de espírito, quando chega a fazer-se amar, não goza de uma felicidade completa. Atemorizado com a sua ventura, trata antes de saber por que é feliz. Pergunta por que e como é amado; se, para uma amante, é ele uma necessidade, ou um passatempo; se ela cedeu a um amor invencível; enfim, se é ele amado por si mesmo. Cria ele próprio e com engenho as suas mágoas e cuidados; é como o sibarita[9] que, deitado em um leito de flores, sentia-se incomodado pela dobra de uma folha de rosa. Num olhar, numa palavra, num gesto, acha ele mil nuanças imperceptíveis, desde que se trata de interpretá-las contra si. Esquece os encômios que levemente o tocam, para lembrar-se somente de uma observação feita ao menor dos seus defeitos e que bastante o tortura. Mas, em compensação desses tormentos, há no seu amor tanto encanto e delícias! Como estuda, como extrai, como saboreia as volúpias mais fugitivas até a última essência! Como a sua sensibilidade especial sabe descobrir o encanto das criancices frívolas, dos invisíveis atrativos, dos *nadas* adoráveis!

O tolo é um amante sempre contente e tranquilo. Tem tão robusta confiança nos seus predicados, que, antes de ter provas, já mostra a certeza de ser amado. E assim deve ser. Em sua opinião faz uma grande honra à mulher a quem dedica os seus eflúvios. Não lhe deve felicidade; ele é que lha dá; e como tudo o leva a exagerar o benefício, não lhe vem à ideia que se possa ter para com ele ingratidões. Assim, no meio das alegrias do amor, saboreia ainda a embriaguez da fatuidade. Mas como, em definitivo, é ele próprio o objeto de seu culto, depressa o tolo se aborrece, e como o amor para ele não é mais que um entretenimento que passa, os últimos favores, longe de o engrandecerem mais, desligam-no pela saciedade.

---

9   Sibarita é o natural de Síbaris, antiga cidade grega. Como substantivo, designa a pessoa que possui desejos imoderados de luxos e prazeres.

VI

O homem de espírito vê no amor um grande e sério negócio, ocupa-se dele como do mais grave interesse de sua vida, sem distração, nem reserva. Pode perder neles algumas das suas qualidades viris, mas é para crescer em abnegação, em dedicação, em bondade. Suporta tudo daquela que ama sem nada exigir dela. Quando ela atende a alguns dos seus votos, quando previne alguns dos seus desejos, longe de ensoberbecer-se, agradece com uma efusão mesclada de surpresa. Perdoa-lhe generosamente todos os males que lhe causa, porque, muito orgulhoso para enraivecer-se ou lastimar-se, não sabe provocar, nem a piedade que enternece, nem o medo que faz calar. Oh! que inferno, se a má ventura lhe depara uma mulher bela e má, uma namoradeira fria de sentidos, ou uma moça de rabugice precoce!

Sofre então vivamente com a perfídia da mulher amada, mas desculpa-a pela fragilidade do sexo. A sua indulgência pode então conduzi-lo à degradação. Ele segue a olhos fechados o declive que o arrasta ao abismo, sem que a queixa, a ambição, a fortuna possam retê-lo.

O néscio escapa a estes perigos. Como não é ele quem ama, é ele quem domina. Para vencer uma mulher finge, por alguns momentos, o excesso de desespero e da paixão; mas isso não passa de um meio de guerra, tática de cerco para enganar e seduzir o inimigo. Logo depois recobra ele a tirania e não a abdica mais. Para entreter-se nisso, tem o tolo o seu método, as suas regras, a sua linha de conduta. É indiscreto por princípio, porquanto divulgando os favores que recebe, compromete a que lhe concede e ao mesmo tempo afasta as rivalidades nascentes. É suscetível pela razão, cioso por cálculo, a fim de promover esses proveitosos amuos que lhe servem, a seu grado, para conduzir a uma ruptura definitiva, ou para exigir um novo sacrifício. Mostra uma cruel indiferença, indicando pouca confiança nas provas de simpatia que lhe dão. Num baile, proibindo à sua amante de dançar, não faz caso dela de propósito. Aflige-a com aparências de infidelidade, falta à hora marcada para se encontrarem, ou, depois de se ter feito esperar, vem, dando desculpas equívocas de sua demora. Hábil em semear a inquietação e o susto, faz-se obedecer à força de ser, e acaba por inspirar uma afeição sincera à força de promovê-la.

VII

O homem de espírito, assustado com o vácuo imenso, que deixa no coração uma afeição que se perde, só rompe o laço que o prende à causa de dilacerações interiores.

Como bem se disse, sendo preciso um dia para conseguir, é preciso mil para se reconquistar.

Mesmo no momento em que volta a ser livre: quantas vezes um sorriso, um meneio de cabeça, uma maneira de puxar o vestido, ou de inclinar o chapelinho de sol, não o faz recair no seu antigo cativeiro!

De resto, a mulher, a quem ele tiver revelado o segredo do seu coração, ficará sempre para ele como ser à parte. Não a esquece nunca.

Morta, ou separado, nutre por aquela que a perdeu longas saudades. Perseguido pela lembrança que dela conserva, descobre muitas vezes que as outras mulheres por quem se apaixona só têm o mérito de se parecerem com ela. Dá-se ele então a comparações que o desvairam, que o irritam, que o põem fora de si, exigindo no seu trajar, no seu andar e até no seu falar, alguma coisa que lhe recorde o seu implacável ideal.

E se é ele o abandonado, que de torturas que sofre!

Viver sem ser amado parece-lhe intolerável. Nada pode consolá-lo ou distraí-lo.

No caso de tornar a ver os sítios que foram testemunhas da sua felicidade, evoca à sua memória mil circunstâncias perseverantes e cruéis. Ali está a cerca cheirosa, cujos espinhos rasgaram o véu da infiel; aqui, o rio que a medrosa só ousava atravessar amparada pela sua mão; além está a alameda, cuja areia fina parece ter ainda o molde de seus ligeiros passos. Contempla na janela as longas e alvas cortinas, no peitoril os arbustos em flor, na relva a mesa, o banco, as cadeiras em que outrora se sentaram.

É possível que ela tenha mudado tão de repente? Pois não foi ainda ontem que, de volta de um passeio ao bosque, lhe enxugou o suor da testa, e que se lhe prendia em doce e estranho amplexo?... Hoje, nem mais doçuras, nem mais apertos de mão, nem mais dessas horas ébrias em que todo o passado ficava esquecido! Ele está só, entregue a si mesmo, sem força, sem alvo: é o delírio do desespero.

O tolo está acima dessas misérias. Não o assusta um futuro prenhe de qualquer inquietação aflitiva. Sempre acobertado pela bandeira de inconstância, desfaz-se de uma amante sem luta, nem remorso; utiliza uma traição para voar a novas aventuras.

Para ele nada há de terrível em uma separação, porque nunca supõe que se possa colocar a vida numa vida alheia, e que, fazendo-se um hábito dessa comunidade de existência, faz-se pouco novamente sofrer, quando ela tiver de quebrar-se.

Da mulher que deixa de amar, ele só conserva o nome, como o veterano conserva o nome de uma batalha para glorificar-se, ajuntando-o ao número das suas campanhas.

VIII

Há uma época em que custa-se muito a amar. Tendo visto e entendido um pouco a mulher, adquire-se uma certa dureza que permite aproximar-se sem perigo das mais belas e sedutoras. Confessa-se sem rebuço a admiração que elas inspiram, mas é uma admiração de artista, um entusiasmo sem ternura. Além disso, ganha-se uma penetração cruel para ver, através de todos os artifícios de casquilha, o que vale a submissão que elas ostentam, a doçura que afetam, a ignorância que fingem. E prenda-se um homem nessas condições!

De ordinário, é entre trinta a trinta e cinco anos que o coração do homem de espírito fecha-se assim à simpatia e começa a petrificar-se. É entretanto possível que nele tornem a aparecer os fogos da mocidade, e que ele venha a sentir um amor tão puro, tão fervente, tão ingênuo, como nos frescos anos da adolescência; longe de ter perdido as perturbações, as apreensões, os transportes da alma amorosa, sente-os ele de novo com emoção mais profunda e dá-lhes um preço tanto mais elevado, quanto ele está certo de não os ver renascer.

Oh! então lastima-se o pobre insensato! Ei-lo obrigado a ajoelhar-se aos pés de uma mulher para quem é nada o mérito de caminhar pouco a pouco atrás de sua sombra, de fazer exercício em torno aos seus vestidos, de se extasiar diante de seus bordados, de lisonjear os seus enfeites. Ai, triste! Esses longos suplícios o revoltam, e, Pigmalião desesperado, afasta-se de Galateia,[10] cujo amor se não pode reanimar.

Esses sintomas de idade são desconhecidos ao tolo, porquanto cada dia que passa não lhe faz achar no amor um bem mais caro, ou mais difícil a conquistar. Não tendo tido, nem melhorado, nem endurecido pelos reveses da vida, continuando a ver as

---

10 Referência à lenda cipriota de Pigmalião e Galateia, em que o recluso escultor Pigmalião apaixona-se por Galateia, na verdade sua obra mais perfeita.

mulheres com o mesmo olhar, exprime-lhes os seus amores com as mesmas lágrimas e os mesmos suspiros que lhes reserva para pintar os antigos tormentos. E como ele só exigiu sempre delas aparências de paixão, vem facilmente a persuadir-se que é amado. Longe de fugir, persevera e – triunfa.

IX

O homem de espírito é o menos hábil para merecer a uma mulher.

Quando se arrisca a escrever uma carta, sente dificuldades incríveis. Desprezando o vasconço[11] da galanteria, não sabe como se há de fazer entender. Quer ser reservado e parece frio; quer dizer o que espera e indica receio; confessa que nada tem para agradar, e é apanhado pela palavra. Comete o crime de não ser comum ou vulgar. As suas cartas saem do coração e não da cabeça; têm o estilo simples, claro e límpido, contendo apenas alguns detalhes tocantes. Mas é exatamente o que faz com que elas não sejam lidas, nem compreendidas. São cartas decentes, quando as pedem estúpidas.

O tolo é fortíssimo em correspondência amorosa e tem consciência disso. Longe de recuar diante da remessa de uma carta, é muitas vezes por aí que ele começa. Tem uma coleção de cartas prontas para todos os graus de paixão. Alega nelas em linguagem brusca o *ardor de sua chama*; a cada palavra repete: *meu anjo, eu vos adoro*. As suas fórmulas são enfáticas e chatas: nada que indique uma personalidade. Não faz suspeitar excentricidade ou poesia; é quanto basta; é medíocre e ridículo, tanto melhor. Efetivamente o estranho que ler as suas missivas, nada tem a dizer; na mocidade o pai da menina escrevia assim; a própria menina não esperava outra coisa. Todos estão satisfeitos, até os amigos. Que querem mais?

X

Enfim, o homem de espírito, em vista do que é, inspira às mulheres uma secreta repulsa. Elas se admiram com o ver tímido, acanham-se com o ver delicado, humilham-se com vê-lo distinto.

---

11 Vasconço é um idioma vernáculo dos Pirineus, também conhecido como basco, de estrutura muito diferente das línguas vindas do latim, como o português e o espanhol. A palavra é usada como metáfora para designar algo ininteligível, obscuro.

Por muito que ele faça para descer até elas, nunca consegue fazê-las perder o acanhamento; choca-as, incomoda-as, e esse acanhamento, de que ele é causa, torna frias as conversações mais indiferentes, afasta a familiaridade e assusta a inclinação prestes a nascer.

Mas o tolo não atrapalha, nem ofusca as mulheres. Desde a primeira entrevista, ele as anima e fraterniza-se com elas. Eleva-se sem acanhamento nas conversas mais insulsas, palra e requebra-se como elas. Compreende-as e elas o compreendem. Longe de se sentirem deslocadas na sua companhia, elas a procuram, porque brilham nela. Podem diante dele absorver todos os assuntos e conversar sobre tudo, inocentemente, sem consequência. Na persuasão de que ele não pensa melhor, nem contrário a elas, auxiliam o triste, quando a ideia lhe falta, suprem-lhe a indigência. Como se fazem valer por ele, é justo que lhes paguem, e por isso consentem em ouvi-lo em tudo. Entregam-lhe assim os seus ouvidos, que é o caminho do seu coração, e um belo dia admiram-se de ter encontrado no amigo complacente um senhor imperioso!

XI

Compreende-se, por este curto esboço, como e quanto diferem os tolos e os homens de espírito nos seus meios de sedução. A conclusão final é que os tolos triunfam, e os homens de espírito falham, resultado importante e deplorável, nesta matéria sobretudo.

XII

Depois de ter indagado as causas da felicidade dos tolos, e da desgraça dos homens de espírito: perderemos tempo precioso em acusar as mulheres? Não hesitamos em deitar as culpas sobre os homens de espírito, como fez o profundo Champcenets.[12]

Por que não estudam os tolos, diz-lhes este autor, para conseguir imitá-los? Há de custar-vos muito fazer um tal papel: mas há proveito sem desar? E depois, quando assim sois a isso obrigado, visto como não vos dão outro meio de solução, querer subtrair o belo sexo ao império dos tolos, descortinando-lhe a perversidade do seu gosto,

---

12 Hénaux cita o francês Champcenets (século XVIII) para, na análise de Miranda (2009, p. 34), "criticar as mulheres que ainda estão presas a mundos fantásticos, no qual tudo termina em um final feliz e perfeito".

é coisa em que ninguém deve pensar, é uma loucura; fora o mesmo que querer mudar a natureza, ou contrariar a fatalidade.

Porquanto, ficai sabendo, continua Champcenets, que as mulheres não são senhoras de si próprias; que nelas tudo é instinto ou temperamento, e que portanto elas não podem ser culpadas de suas preferências. Só respondemos pelo que praticamos com intenção e discernimento. Ora, qual delas pode dizer que predileção a impele, que paixão a obriga, que sentimento a faz ingrata, ou que vingança lhe dita as malignidades? Debalde procurareis delas tão cruel prodígio; nenhuma é cúmplice do mal que causa; a este respeito, o seu estouvamento atesta-lhes a candura.

Por que vos obstinais em pedir-lhes o que a Providência não lhes deu? Elas se apresentam belas, apetitosas e cegas: não vos basta isto? E querê-las com juízo, penetrantes e sensíveis, é não conhecê-las.

Procurai as mulheres nas mulheres, admirai-lhes a figura elegante e flexível, afagai-lhes os cabelos, beijai-lhes as mãos mimosas; mas tomai como um brinquedo o seu desdém, aceitai os seus ultrajes sem azedume, e às suas cóleras mostrai indiferença. Para conquistar esses entes frágeis e ligeiros, é preciso atordoá-los pelo rumor dos vossos louvores, pelo fasto do vosso vestuário, pela publicidade das vossas homenagens.

XIII

Sim, sim, é de mister ousar tudo para com as mulheres.

CASADA E VIÚVA

Publicado originalmente no *Jornal das Famílias*,
dividido em três capítulos, durante o mês de novembro de 1864.

I

No dia em que José de Menezes recebeu por mulher Eulália Martins, diante do altar-mor da matriz do Sacramento, na presença das respectivas famílias, aumentou-se com mais um a lista dos casais felizes.

Era impossível amar-se mais do que se amavam aqueles dois. Nem me atrevo a descrevê-lo. Imagine-se a fusão de quatro paixões amorosas das que a fábula e a história nos dão conta e ter-se-á a medida do amor de José de Menezes por Eulália e de Eulália por José de Menezes.

As mulheres tinham inveja à mulher feliz, e os homens riam dos sentimentos, um tanto piegas, do apaixonado marido. Mas os dois filósofos do amor relevaram à humanidade as suas fraquezas e resolveram protestar contra elas amando-se ainda mais.

Mal contava um mês de casado, sentiu José de Menezes, em seu egoísmo de noivo feliz, que devia fugir à companhia e ao rumor da cidade. Foi procurar uma chácara na Tijuca, e lá se encafuou com Eulália.

Ali viam correr os dias no mais perfeito descuido, respirando as auras puras da montanha, sem inveja dos maiores potentados da terra.

Um ou outro escolhido conseguiu às vezes penetrar no santuário em que os dois viviam, e de cada vez que de lá saía vinha com a convicção mais profunda de que a felicidade não podia estar em outra parte senão no amor.

Acontecia, pois, que, se as mulheres invejavam Eulália e se os homens riam de José de Menezes, as mães, as mães previdentes, a espécie santa, no dizer de E. Augier,[13] nem riam nem se deixavam dominar pelo sexto pecado mortal: pediam simplesmente a Deus que lhes deparasse às filhas um marido da estofa e da capacidade de José de Menezes.

Mas cumpre dizer, para inspirar amor a maridos tais como José de Menezes, era preciso mulheres tais como Eulália Martins. Eulália em alma e corpo era o que há de mais puro unido ao que há de mais belo. Tanto era um milagre de beleza carnal, como era um prodígio de doçura, de elevação e de sinceridade de sentimentos. E, sejamos francos, tanta coisa junta não se encontra a cada passo.

Nenhuma nuvem sombreava o céu azul da existência do casal Menezes. Minto; de vez em quando, uma vez por semana apenas, e isto só depois de cinco meses de casados, Eulália derramava algumas lágrimas de impaciência por se demorar mais do que costumava o amante José de Menezes. Mas não passava isso de uma chuva de primavera, que, mal assomava o sol à porta, cessava para deixar aparecer as flores do sorriso e a verdura do amor. A explicação do marido já vinha sobreposse; mas ele não deixava de dá-la apesar dos protestos de Eulália: era sempre excesso de trabalho que pedia a presença dele na cidade até uma parte da noite.

Ano e meio viveram assim os dois, ignorados do resto do mundo, ébrios da felicidade e da solidão.

A família tinha aumentado com uma filha no fim de dez meses. Todos que são pais sabem o que é esta felicidade suprema.[14] Aqueles quase enlouqueceram. A criança era um mimo de graça angélica. Menezes via nela o riso de Eulália; Eulália achava que os olhos eram os de Menezes. E neste combate de galanteios passavam as horas e os dias.

Ora, uma noite, como o luar estivesse claro e a noite fresquíssima, os dois, marido e mulher, deixaram a casa, onde a pequena ficara adormecida, e foram

---

13 Machado faz referência ao poeta e dramaturgo francês Guillaume Victor Émile Augier (1820-1889).

14 Como se sabe, Machado de Assis não teve filhos. No final de seu conhecido romance *Memórias póstumas de Brás Cubas*, publicado em livro em 1881, diz o protagonista Brás Cubas, em chave autobiográfica: "Não tive filhos, não transmiti a nenhuma criatura o legado da nossa miséria".

conversar junto ao portão, sentados em cadeiras de ferro e debaixo de uma viçosa latada, *sub tegmine fagi*.[15]

Meia hora havia que ali estavam, lembrando o passado, saboreando o presente e construindo o futuro, quando parou um carro na estrada.

Voltaram os olhos e viram descer duas pessoas, um homem e uma mulher.

– Há de ser aqui, disse o homem olhando para a chácara de Menezes.

Neste momento o luar deu em cheio no rosto da mulher. Eulália exclamou:

– É Cristiana!

E correu para a recém-chegada.

Os dois novos personagens eram o Capitão Nogueira e Cristiana Nogueira, mulher do capitão.

O encontro foi o mais cordial do mundo. Nogueira era já amigo de José de Menezes, cujo pai fora colega dele na escola militar, andando ambos a estudar engenharia. Isto quer dizer que Nogueira era já homem dos seus quarenta e seis anos.

Cristiana era uma moça de vinte e cinco anos, robusta, corada, uma dessas belezas da terra, muito apreciáveis, mesmo para quem goza uma das belezas do céu, como acontecia a José de Menezes.

Vinham de Minas, onde se haviam casado.

Nogueira, cinco meses antes, saíra para aquela província a serviço do Estado e ali encontrou Cristiana, por quem se apaixonou e a quem soube inspirar uma estima respeitosa. Se eu dissesse amor, mentia, e eu tenho por timbre contar as coisas como as coisas são.

Cristiana, órfã de pai e mãe, vivia na companhia de um tio, homem velho e impertinente, achacado de duas moléstias gravíssimas: um reumatismo crônico e uma saudade do regímen colonial. Devo explicar esta última enfermidade; ele não sentia que o Brasil se tivesse feito independente; sentia que, fazendo-se independente, não tivesse conservado a forma de governo absoluto. *Gorou o ovo*, dizia ele, logo depois de adotada a constituição. E protestan-

---

15 *Sub tegmine fagi* ("debaixo de uma frondosa faia"), traduz Mendes (2005, p. 15), é a um só tempo verso do poeta romano Virgílio (70-19 a.C.) e título de poema do baiano Castro Alves (1847-1871).

do interiormente contra o que se fizera, retirou-se para Minas Gerais, donde nunca mais saiu. A esta ligeira notícia do tio de Cristiana acrescentarei que era rico como um Potosí e avarento como Harpagão.[16]

Entrando na fazenda do tio de Cristiana e sentindo-se influído pela beleza desta, Nogueira aproveitou-se da doença política do fazendeiro para lisonjeá-la com umas fomentações de louvor do passado e indignação pelo presente. Em um servidor do Estado atual das coisas, achou o fazendeiro que era aquilo uma prova de rara independência, e o estratagema do capitão surtiu duas vantagens: o fazendeiro deu-lhe a sobrinha e mais um bom par de contos de réis. Nogueira, que só visava a primeira, achou-se felicíssimo por ter alcançado ambas. Ora, é certo que, sem as opiniões forjadas no momento pelo capitão, o velho fazendeiro não tiraria à sua fortuna um ceitil que fosse.

Quanto a Cristiana, se não sentia pelo capitão um amor igual ou mesmo inferior ao que lhe inspirava, votava-lhe uma estima respeitosa. E o hábito, desde Aristóteles[17] todos reconhecem isto, e o hábito, aumentando a estima de Cristiana, dava à vida doméstica do Capitão Nogueira uma paz, uma tranquilidade, um gozo brando, digno de tanta inveja como era o amor sempre violento do casal Menezes.

Voltando à Corte, Cristiana esperava uma vida mais própria aos seus anos de moça do que a passada na fazenda mineira na companhia fastidiosa do reumático legitimista. Pouco que pudessem alcançar as suas ilusões, era já muito em comparação com o passado.

Dadas todas estas explicações, continuo a minha história.

---

16 Machado cita Harpagão, personagem de Molière (1622-1673) em *O avarento*, comédia de 1668. E Potosí, cidade boliviana que já foi a maior produtora de prata do mundo. No século XVII, Potosí chegou a ser uma das cidades mais ricas e populosas do mundo. No início do século XVIII, no entanto, já experimentava aguda decadência, fruto de séculos de dominação pelos espanhóis.

17 Referência ao pensamento aristotélico: "Nós somos o que fazemos repetidamente, a excelência não é um feito, e sim, um hábito". Aristóteles (384 a.C.-322 a.C.), conhecido filósofo nascido em Estagira, antiga Macedônia, aluno de Platão (428/7 a.C.-348/7 a.C.) e mestre de Alexandre, o Grande (356 a.C.-323 a.C.).

II

Deixo ao espírito do leitor ajuizar como seria o encontro de amigos que se não veem há muito.

Cristiana e Eulália tinham muito que contar uma à outra, e, em sala à parte, ao pé do berço em que dormia a filha de José de Menezes, deram largas à memória, ao espírito e ao coração. Quanto a Nogueira e José de Menezes, depois de narrada a história do respectivo casamento e suas esperanças de esposos, entraram, um na exposição das suas impressões de viagem, o outro na das impressões que deveria ter em uma viagem que projetava.

Passaram-se deste modo as horas até que o chá reuniu a todos quatro à roda da mesa de família. Esquecia-me dizer que Nogueira e Cristiana declararam desde o princípio que, tendo chegado pouco havia, tencionavam demorar-se uns dias em casa de Menezes até que pudessem arranjar na cidade ou nos arrabaldes uma casa conveniente.

Menezes e Eulália ouviram isto, pode-se dizer que de coração alegre. Foi decretada a instalação dos dois viajantes. Tarde se levantaram da mesa, onde o prazer de se verem juntos os prendia insensivelmente. Guardaram o muito que ainda havia a dizer para os outros dias e recolheram-se.

– Conhecia José de Menezes? perguntou Nogueira a Cristiana ao retirar-se para os seus aposentos.

– Conhecia de casa de meu pai. Ele ia lá há oito anos.

– É uma bela alma!

– E Eulália!

– Ambos! Ambos! É um casal feliz!

– Como nós, acrescentou Cristiana abraçando o marido.

No dia seguinte, foram os dois maridos para a cidade, e ficaram as duas mulheres entregues aos seus corações.

De volta, disse Nogueira ter encontrado casa; mas era preciso arranjá-la, e foi marcado para os arranjos o prazo de oito dias.

Os seis primeiros dias deste prazo correram na maior alegria, na mais perfeita intimidade. Chegou-se a aventar a ideia de ficarem os quatro habitando juntos.

Foi Menezes o autor da ideia. Mas Nogueira alegou ter necessidade de casa própria e especial, visto como esperava alguns parentes do Norte.

Enfim, no sétimo dia, isto é, na véspera de se separarem os dois casais, estava Cristiana passeando no jardim, à tardinha, em companhia de José de Menezes, que lhe dava o braço. Depois de trocarem muitas palavras sobre coisas totalmente indiferentes à nossa história, José de Menezes fixou o olhar na sua interlocutora e aventurou estas palavras:

– Não tem saudade do passado, Cristiana?

A moça estremeceu, abaixou os olhos e não respondeu.

José de Menezes insistiu. A resposta de Cristiana foi:

– Não sei; deixe-me!

E forcejou por tirar o braço do de José de Menezes; mas este reteve-a.

– Que susto pueril! Onde quer ir? Meto-lhe medo?

Nisto parou ao portão um moleque com duas cartas para José de Menezes. Os dois passavam neste momento em frente do portão. O moleque fez entrega das cartas e retirou-se sem exigir resposta.

Menezes fez os seguintes raciocínios: – Lê-las imediatamente era dar lugar a que Cristiana se evadisse para o interior da casa; não sendo as cartas de grande urgência, visto que o portador não exigira resposta, não havia grande necessidade de lê-las imediatamente. Portanto guardou as cartas cuidadosamente para lê-las depois.

E de tudo isto conclui o leitor que Menezes tinha mais necessidade de falar a Cristiana do que curiosidade de ler as cartas.

Acrescentarei, para não dar azo aos esmerilhadores de inverossimilhanças, que Menezes conhecia muito bem o portador e sabia ou presumia saber de que tratavam as cartas em questão.

Guardadas as cartas, e sem tirar o braço a Cristiana, Menezes continuou o passeio e a conversação.

Cristiana estava confusa e trêmula. Durante alguns passos não trocaram uma palavra.

Finalmente, Menezes rompeu o silêncio perguntando a Cristiana:

– Então, que me responde?

– Nada, murmurou a moça.

– Nada! exclamou Menezes. Nada! Era então esse o amor que me tinha?

Cristiana levantou os olhos espantados para Menezes. Depois, procurando de novo tirar o braço do de Menezes, murmurou:

– Perdão, devo recolher-me.

Menezes reteve-a de novo.

– Ouça-me primeiro, disse. Não lhe quero fazer mal algum. Se me não ama, pode dizê-lo, não me zangarei; receberei essa confissão como o castigo do passo que dei, casando minha alma que se não achava solteira.

– Que estranha linguagem é essa? disse a moça. A que vem essa recordação de uma curta fase da nossa vida, de um puro brinco da adolescência?

– Fala de coração?

– Pois, como seria?

– Ah! Não me faça crer que um perjúrio...

– Perjúrio!...

A moça sorriu-se com desdém. Depois continuou:

– Perjúrio é isto que faz. Perjúrio é trazer enganada a mais casta e a mais digna das mulheres, a mais digna, ouve? Mais digna do que eu, que ainda o ouço e lhe respondo.

E dizendo isto Cristiana tentou fugir.

– Onde vai? perguntou Menezes. Não vê que está agitada? Poderia fazer nascer suspeitas. Demais, pouco tenho a dizer-lhe. É uma despedida. Nada mais, em nenhuma ocasião, ouvirá de minha boca. Supunha que através dos tempos e das adversidades tivesse conservado pura e inteira a lembrança de um passado que nos fez felizes. Vejo que me enganei. Nenhum dos caracteres superiores que eu enxergava em seu coração tinha existência real. Eram simples criações do meu espírito demasiado crédulo. Hoje que se desfaz o encanto, e que eu posso ver toda a enormidade da fraqueza humana, deixe-me dizer-lhe, perdeu um coração e uma existência que não merecia. Saio-me com honra de um combate em que não havia igualdade de forças. Saio puro. E se no meio do desgosto em que me fica a alma, é-me lícito trazê-la à lembrança, será como um sonho esvaecido, sem objeto real na terra.

Estas palavras foram ditas em um tom sentimental e como que estudado para a ocasião.

Cristiana estava aturdida. Lembrava-se que em vida de seu pai, tinha ela quinze anos, houvera entre ela e José de Menezes um desses namoros de criança, sem consequência, em que o coração empenha-se menos que a fantasia.

Com que direito vinha hoje Menezes reivindicar um passado cuja lembrança, se alguma havia, era indiferente e sem alcance?

Estas reflexões pesaram no espírito de Cristiana. A moça expô-las em algumas palavras cortadas pela agitação em que se achava, e pelas interrupções dramáticas de Menezes.

Depois, como aparecesse Eulália à porta da casa, a conversa foi interrompida.

A presença de Eulália foi um alívio para o espírito de Cristiana. Mal a viu, correu para ela, e convidou-a a passear pelo jardim, antes que anoitecesse.

Se Eulália pudesse nunca suspeitar da fidelidade de seu marido, veria na agitação de Cristiana um motivo para indagações e atribulações. Mas a alma da moça era límpida e confiante, dessa confiança e limpidez que só dá o verdadeiro amor.

Deram as duas o braço, e dirigiram-se para uma alameda de casuarinas, situada na parte oposta àquela em que ficara passeando José de Menezes.

Este, perfeitamente senhor de si, continuou a passear como que entregue a suas reflexões. Seus passos, em aparência vagos e distraídos, procuravam a direção da alameda em que andavam as duas.

Depois de poucos minutos encontraram-se como que por acaso.

Menezes, que ia de cabeça baixa, simulou um ligeiro espanto e parou.

As duas pararam igualmente.

Cristiana tinha a cara voltada para o lado. Eulália, com um divino sorriso, perguntou:

– Em que pensas, meu amor?

– Em nada.
– Não é possível, retorquiu Eulália.
– Penso em tudo.
– O que é tudo?
– Tudo? É o teu amor.
– Deveras?

E voltando-se para Cristiana, Eulália acrescentou:
– Olha, Cristiana, já viste um marido assim? É o rei dos maridos. Traz sempre na boca uma palavra amável para sua mulher. É assim que deve ser. Não esqueça nunca estes bons costumes, ouviu?

Estas palavras alegres e descuidosas foram ouvidas distraidamente por Cristiana. Menezes tinha os olhos cravados na pobre moça.

– Eulália, disse ele, parece que D. Cristiana está triste.

Cristiana estremeceu.

Eulália voltou-se para a amiga e disse:
– Triste! Já assim me pareceu. É verdade, Cristiana? Estarás triste?
– Que ideia! Triste por quê?
– Ora, pela conversa que há pouco tivemos, respondeu Menezes.

Cristiana fitou os olhos em Menezes. Não podia compreendê-lo e não adivinhava onde queria ir o marido de Eulália.

Menezes, com o maior sangue-frio, acudiu à interrogação muda que as duas pareciam fazer.

– Eu contei a D. Cristiana o assunto da única novela que li em minha vida. Era um livro interessantíssimo. O assunto é simples, mas comovente. É uma série de torturas morais por que passa uma moça a quem esqueceu juramentos feitos na mocidade. Na vida real este fato é uma coisa mais que comum; mas tratado pelo romancista toma um tal caráter que chega a assustar o espírito mais refratário às impressões. A análise das atribulações da ingrata é feita por mão de mestre. O fim do romance é mais fraco. Há uma situação forçada... uma carta que aparece... Umas coisas... enfim, o melhor é o estudo profundo e demorado da alma da formosa perjura. D. Cristiana é muito impressível...

– Oh! meu Deus! exclamou Eulália. Só por isto?

Cristiana estava ofegante. Eulália, assustada por vê-la em tal estado, convidou-a a recolher-se. Menezes apressou-se a dar-lhe o braço e dirigiram-se os três para casa. Eulália entrou antes dos dois. Antes de pôr pé no primeiro degrau da escada de pedra que dava acesso à casa, Cristiana disse a Menezes, em voz baixa e concentrada:

– É um bárbaro!

Entraram todos. Era já noite. Cristiana reparou que a situação era falsa e tratou de desfazer os cuidados, ou porventura as más impressões que tivessem ficado a Eulália depois do desconchavo de Menezes. Foi a ela, com o sorriso nos lábios:

– Pois, deveras, disse ela, acreditaste que eu ficasse magoada com a história? Foi uma impressão que passou.

Eulália não respondeu.

Este silêncio não agradou nem a Cristiana, nem a Menezes. Menezes contava com a boa-fé de Eulália, única explicação de ter adiantado aquela história tão fora de propósito. Mas o silêncio de Eulália teria a significação que lhe deram os dois? Parecia ter, mas não tinha. Eulália achou estranhas a história e a comoção de Cristiana; mas, entre todas as explicações que lhe ocorressem, a infidelidade de Menezes seria a última, e ela nem passou da primeira. *Sancta simplicitas!*[18]

A conversa continuou fria e indiferente até a chegada de Nogueira. Seriam então nove horas. Serviu-se o chá, depois do que, todos se recolheram. Na manhã seguinte, como disse acima, deviam partir Nogueira e Cristiana.

A despedida foi como é sempre a despedida de pessoas que se estimam. Cristiana fez os esforços maiores para que no espírito de Eulália não surgisse o menor desgosto; e Eulália, que *não usava mal, mal não cuidou* na história da noite anterior. Despediram-se todos com promessa jurada de se visitarem a miúdo.

---

18 *Sancta simplicitas!*, explica o *Merriam-Webster Dictionary*, pode ser traduzido por *Holy simplicity!* ou, em tradução livre, algo como "Santa simplicidade!", com o evidente caráter irônico tão típico em Machado.

III

Passaram-se quinze dias depois das cenas que narrei acima. Durante esse tempo nenhum dos personagens que nos ocupam tiveram ocasião de se falarem. Não obstante pensavam muito uns nos outros, por saudade sincera, por temor do futuro e por frio cálculo de egoísmo, cada qual pensando segundo os seus sentimentos.

Cristiana refletia profundamente sobre a sua situação. A cena do jardim era para ela um prenúncio de infelicidade, cujo alcance não podia avaliar, mas que lhe pareciam inevitáveis. Entretanto, que tinha ela no passado? Um simples amor de criança, desses amores passageiros e sem consequências. Nada dava direito a Menezes para reivindicar juramentos firmados por corações extremamente juvenis, sem consciência da gravidade das coisas. E demais, o casamento de ambos não invalidara esse passado invocado agora?

Refletindo deste modo, Cristiana era levada às últimas consequências. Ela estabelecia em seu espírito o seguinte dilema: ou a reivindicação do passado feita por Menezes era sincera ou não. No primeiro caso era a paixão concentrada que fazia irrupção no fim de tanto tempo, e Deus sabe onde poderiam ir os seus efeitos. No segundo caso, era um simples cálculo de abjeta lascívia; mas então, se mudara a natureza dos sentimentos do marido de Eulália, não mudava a situação nem desapareciam as apreensões do futuro. Era preciso ter a alma profundamente mirrada para iludir daquele modo uma mulher virtuosa tentando contra a virtude de outra mulher.

Em honra de Cristiana devo acrescentar que os seus temores eram menos por ela que por Eulália. Estando segura de si, o que ela temia era que a felicidade de Eulália se anuviasse, e a pobre moça viesse a perder aquela paz do coração que a fazia invejada de todos.

Apreciando estes fatos à luz da razão prática, se julgarmos legítimos os temores de Cristiana, julgaremos exageradas as proporções que ela dava ao ato de Menezes. O ato de Menezes reduz-se, afinal de contas, a um ato comum, praticado todos os dias, no meio da tolerância geral e até do aplauso de muitos. Certamente que isso não lhe dá virtude mas tira-lhe o mérito da originalidade.

No meio das preocupações de Cristiana tomara lugar a carta a que Menezes aludira. Que carta seria essa? Alguma dessas confidências que o coração da adolescência facilmente traduz no papel. Mas os termos dela? Em qualquer dos casos do dilema apresentado acima Menezes podia usar da carta, a que talvez faltasse a data e sobrassem expressões ambíguas para supô-la de feitura recente.

Nada disto escapava a Cristiana. E com tudo isto entristecia. Nogueira reparou na mudança que apresentava sua mulher e interrogou-a carinhosamente. Cristiana nada lhe quis confiar, porque uma leve esperança lhe fazia crer às vezes que a consciência de sua honra teria por prêmio a tranquilidade e a felicidade. Mas o marido, não alcançando nada e vendo-a continuar na mesma tristeza, entristecia-se também e desesperava. Que podia desejar Cristiana? pensava ele. – Na incerteza e na angústia da situação lembrou-se de ir ter com Eulália para que esta ou o informasse, ou, como mulher, alcançasse de Cristiana o segredo das suas concentradas mágoas. Eulália marcou o dia em que iria à casa de Nogueira, e este saiu da chácara da Tijuca animado por algumas esperanças.

Ora, nesse dia apresentou-se pela primeira vez em casa de Cristiana o exemplar José de Menezes. Apareceu como a estátua do comendador. A pobre moça, ao vê-lo, ficou aterrada. Estava só. Não sabia que dizer quando à porta da sala assomou a figura mansa e pacífica de Menezes. Nem se levantou. Olhou-o fixamente e esperou.

Menezes parou à porta e disse com um sorriso nos lábios:

– Dá licença?

Depois, sem esperar resposta, dirigiu-se para Cristiana; estendeu-lhe a mão e recebeu a dela fria e trêmula. Puxou cadeira e sentou-se ao pé dela familiarmente.

– Nogueira saiu? perguntou depois de alguns instantes, descalçando as luvas.

– Saiu, murmurou a moça.

– Tanto melhor. Tenho então tempo para dizer-lhe duas palavras.

A moça fez um esforço e disse:

– Também eu tenho para dizer-lhe duas palavras.

– Ah! sim. Ora bem, cabe às damas a precedência. Sou todo ouvidos.
– Possui alguma carta minha?
– Possuo uma.
– É um triste documento, porque, respondendo a sentimentos de outro tempo, se eram sentimentos dignos deste nome, de nada pode valer hoje. Todavia, desejo possuir esse escrito.
– Vejo que não tem hábito de argumentar. Se a carta em questão não vale nada, por que deseja possuí-la?
– É um capricho.
– Capricho, se existe algum, é o de tratar por cima do ombro um amor sincero e ardente.
– Falemos de outra coisa.
– Não; falemos disto, que é essencial.
Cristiana levantou-se.
– Não posso ouvi-lo, disse ela.
Menezes segurou-lhe em uma das mãos e procurou retê-la. Houve uma pequena luta. Cristiana ia tocar a campainha que se achava sobre uma mesa, quando Menezes deixou-lhe a mão e levantou-se.
– Basta, disse ele; escusa de chamar seus fâmulos. Talvez que ache grande prazer em pô-los na confidência de um amor que não merece. Mas eu é que me não exponho ao ridículo depois de me expor à baixeza. É baixeza, sim; não devia mendigar para o coração o amor de quem não sabe compreender os grandes sentimentos. Paciência; fique com a sua traição; eu ficarei com o meu amor; mas procurarei esquecer o objeto dele para lembrar-me da minha dignidade.
Depois desta tirada dita em tom sentimental e lacrimoso, Menezes encostou-se a uma cadeira como para não cair. Houve um silêncio entre os dois. Cristiana falou em primeiro lugar.
– Não tenho direito, nem dever, nem vontade de averiguar a extensão e a sinceridade desse amor; mas deixe que eu lhe observe; o seu casamento e a felicidade que parece gozar nele protestam contra as alegações de hoje.
Menezes levantou a cabeça, e disse:

— Oh! Não me exprobre o meu casamento! Que queria que eu fizesse quando uma pobre moça me caiu nos braços declarando amar-me com delírio? Apoderou-se de mim um sentimento de compaixão; foi todo o meu crime. Mas neste casamento não empenhei tudo; dei a Eulália o meu nome e minha proteção; não lhe dei nem o meu coração nem o meu amor.

— Mas essa carta?

— A carta será para mim uma lembrança, nada mais; uma espécie de espectro do amor que existiu, e que me consolará no meio das minhas angústias.

— Preciso da carta!

— Não!

Neste momento entrou precipitadamente na sala a mulher de Menezes. Vinha pálida e trêmula. Ao entrar trazia na mão duas cartas abertas. Não pôde deixar de dar um grito ao ver a atitude meio suplicante de Cristiana e o olhar terno de Menezes. Deu um grito e caiu sobre o sofá. Cristiana correu para ela.

Menezes, lívido como a morte, mas cheio de uma tranquilidade aparente, deu dois passos e apanhou as cartas que caíram da mão de Eulália. Leu-as rapidamente. Descompuseram-se-lhe as feições. Deixou Cristiana prestar os seus cuidados de mulher a Eulália e foi para a janela. Aí fez em tiras miúdas as duas cartas, e esperou, encostado à grade, que passasse a crise de sua mulher.

Eis aqui o que se passara.

Os leitores sabem que era aquele dia destinado à visita de Eulália a Cristiana, visita de que só Nogueira tinha conhecimento.

Eulália deixou que Menezes viesse para a cidade e mandou aprontar um carro para ir à casa de Cristiana. Entretanto, assaltou-lhe uma ideia. Se seu marido voltasse para casa antes dela? Não queria causar-lhe impaciências ou cuidados, e arrependia-se de nada lhe ter dito com antecipação. Mas era forçoso partir. Enquanto se vestia ocorreu-lhe um meio. Deixar escritas duas linhas a Menezes dando-lhe parte de que saíra, e dizendo-lhe para que fim. Redigiu a cartinha mentalmente e dirigiu-se para o gabinete de Menezes.

Sobre a mesa em que Menezes costumava trabalhar não havia papel. Devia haver na gaveta, mas a chave estava seguramente com ele. Ia saindo para ir ver papel a outra parte, quando viu junto da porta uma chave; era a da gaveta. Sem escrúpulo algum, travou da chave, abriu a gaveta e tirou um caderno de papel. Escreveu algumas linhas em uma folha, e deixou a folha sobre a mesa debaixo de um pequeno globo de bronze. Guardou o resto do papel, e ia fechar a gaveta, quando reparou em duas cartinhas que, entre outras muitas, se distinguiam por um sobrescrito de letra trêmula e irregular, de caráter puramente feminino.

Olhou para a porta a ver se alguém espreitava a sua curiosidade e abriu as cartinhas, que, aliás, já se achavam descoladas. A primeira carta dizia assim:

Meu caro Menezes. Está tudo acabado. Lúcia contou-me tudo. Adeus; esquece-te de mim. – MARGARIDA.

A segunda carta era concebida nestes termos:

Meu caro Menezes. Está tudo acabado. Margarida contou-me tudo. Adeus; esquece-te de mim. – LÚCIA.

Como o leitor adivinha, estas cartas eram as duas que Menezes recebera na tarde em que andou passeando com Cristiana no jardim.

Eulália, lendo estas duas cartas, quase teve uma síncope. Pôde conter-se, e, aproveitando o carro que a esperava, foi buscar a Cristiana as consolações da amizade e os conselhos da prudência.

Entrando em casa de Cristiana pôde ouvir as últimas palavras do diálogo entre esta e Menezes. Esta nova traição de seu marido quebrara-lhe a alma.

O resto desta simples história conta-se em duas palavras.

Cristiana conseguira acalmar o espírito de Eulália e inspirar-lhe sentimentos de perdão. Entretanto, contou-lhe tudo o que ocorrera entre ela e Menezes, no presente e no passado.

Eulália mostrou ao princípio grandes desejos de separar-se de seu marido e ir viver com Cristiana; mas os conselhos desta, que, entre as razões de decoro que apresentou para que Eulália não tornasse pública a história das suas desgraças domésticas, alegou a existência de uma filha do casal, que cumpria educar e proteger, esses conselhos desviaram o espírito de Eulália dos seus primeiros projetos e fizeram-na resignada ao suplício.

Nogueira quase nada soube das ocorrências que acabo de narrar; mas soube quanto era suficiente para esfriar a amizade que sentia por Menezes.

Quanto a este, enfiado ao princípio com o desenlace das coisas, tomou de novo o ar descuidoso e aparentemente singelo com que tratava tudo. Depois de uma mal alinhavada explicação dada à mulher a respeito dos fatos que tão evidentemente o acusavam, começou de novo a tratá-la com as mesmas carícias e cuidados do tempo em que merecia a confiança de Eulália.

Nunca mais voltou ao casal Menezes a alegria franca e a plena satisfação dos primeiros dias. Os afagos de Menezes encontravam sua mulher fria e indiferente, e se alguma coisa mudava era o desprezo íntimo e crescente que Eulália votava a seu marido.

A pobre mãe, viúva da pior viuvez desta vida, que é aquela que anula o casamento conservando o cônjuge, só vivia para sua filha.

Dizer como acabaram ou como vão acabando as coisas não entra no plano deste escrito: o desenlace ainda é mais vulgar que o corpo da ação.

Quanto ao que há de vulgar em tudo o que acabo de contar, sou eu o primeiro a reconhecê-lo. Mas que querem? Eu não pretendo senão esboçar quadros ou caracteres, conforme me ocorrem ou vou encontrando. É isto e nada mais.

ASTÚCIAS DE MARIDO

Publicado originalmente em *Jornal das Famílias*,
out.-nov. 1866, n. 10/1866.

I

Não me admira, dizia um poeta antigo, que um homem case uma vez; admira-me que, depois de viúvo, torne a casar. Valentim Barbosa achava-se ainda no primeiro caso e já compartia a admiração do poeta pelos que se casavam duas vezes.

Não é que a mulher dele fosse um dragão ou uma fúria, uma mulher como a de Sócrates; ao contrário, Clarinha era meiga, dócil e submissa, como uma rola; nunca abrira os lábios para exprobrar ao marido uma expressão ou um gesto. Mas que faria então a desgraça de Valentim? É o que eu vou dizer aos que tiverem a paciência de ler esta história até o fim.

Valentim fora apresentado em casa de Clarinha pelo correspondente de seu pai no Rio de Janeiro. Era um rapaz de vinte e oito anos, formado em Direito, mas suficientemente rico para não usar do título como meio de vida.

Era um belo rapaz, no sentido mais elevado da palavra. Adquirira nos campos rio-grandenses uma robustez que lhe ia bem com a beleza máscula. Tinha tudo quanto podia seduzir uma donzela: uma beleza varonil e uma graça de cavaleiro. Tinha tudo quanto podia seduzir um pai de família: nome e fortuna.

Clarinha era então uma interessante menina, cheia de graças e prendas. Era alta e magra, não da magreza mórbida, mas da magreza natural, poética, fascinante; era dessas mulheres que inspiram o amor de longe e de joelhos, tão impossível parece que se lhes possa tocar sem profanação. Tinha um olhar límpido e uma fisionomia insinuante. Cantava e tocava piano, com a inspiração de uma musa.

A primeira vez que Valentim a viu, Clarinha saía da cama, onde a detivera, durante um mês, uma febre intermitente. Um rosto pálido e uns olhos mórbidos deixaram logo o advogado sem saber de si, o que prova que não havia nele uma alma de lorpa.

Clarinha não se inspirou de nada; gostava do rapaz, como o rapaz gostara de outras mulheres; achou-o bonito; mas não sentiu amor por ele.

Valentim não teve tempo nem força para analisar a situação. Ficou abalado pela menina e decidiu-se a apresentar-lhe as suas homenagens. Não há ninguém que tome mais facilmente intimidade do que um namorado. Valentim, aos primeiros oferecimentos do pai de Clarinha, não hesitou; volveu à casa da moça e tornou-se o mais assíduo frequentador.

Valentim conhecia a vida; metade por ciência, metade por intuição. Tinha lido o *Tratado de paz com os homens*, de Nicole,[19] e reteve estas duas condições a que o filósofo de Port Royal reduz o seu sistema: não opor-se às paixões, não contrariar as opiniões. O pai de Clarinha era doido pelo xadrez e não via salvação fora do Partido Conservador; Valentim fustigava os liberais e acompanhava o velho na estratégia do rei e dos elefantes. Uma tia da moça detestava o império e a constituição, chorava pelos minuetos da Corte e ia sempre resmungando ao Teatro Lírico;[20] Valentim contrafazia-se no teatro, dançava a custo uma quadrilha e tecia loas ao regímen absoluto. Enfim, um primo de Clarinha mostrava-se ardente liberal e amigo das polcas; Valentim não via nada que valesse uma polca e um artigo do programa liberal.

Graças a este sistema era amigo de todos e tinha seguro o bom agasalho.

Mas daqui resultavam algumas cenas divertidas.

Por exemplo, o velho surpreendia às vezes uma conversa entre Ernesto (o sobrinho) e Valentim a respeito de política: ambos coroavam a liberdade.

---

19 Machado se refere a Pierre Nicole (1625-1695), importante moralista francês. Nota-se que as bases irônicas do escritor brasileiro encontram suporte nas mesmas do francês Hénaux, escritor que o Bruxo do Cosme Velho traduziu em suas primeiras experiências literárias e autor do primeiro texto desta coletânea.

20 Tão citado por Machado, o Teatro Lírico de fato existiu, na antiga rua da Guarda Velha, 7 (atual rua Treze de Maio), no centro da cidade do Rio de Janeiro. Ocupou o lugar em que funcionara desde 1857 o Circo Olímpico, chamando-se Imperial Teatro Dom Pedro II na inauguração, em 1871, com um baile de Carnaval. Com os novos ventos trazidos pela República, ganhou o nome Lírico em 1889. Declinou até ser fechado, em 1932, e demolido no ano seguinte, para integrar o que viria a ser o Largo da Carioca.

– Que é isso, meu caro? Então segue as opiniões escaldadas de Ernesto?
– Ah! respondia Valentim.
– Dar-se-á caso que também pertença ao Partido Liberal?[21]
– Sou, mas não sou...
– Como assim? perguntava Ernesto.
– Quero dizer, não sou, mas sou...

Aqui Valentim tomava a palavra e fazia um longo discurso tão bem deduzido que contentava as duas opiniões. Dizem que é isto uma qualidade para ser ministro.

Outras vezes era a tia quem o surpreendia no campo contrário, mas a habilidade de Valentim triunfava sempre.

Deste modo, concordando em tudo, nas opiniões como nas paixões, – apesar das pesadas obrigações de jogar o xadrez e ouvir à velha e as histórias do outro tempo –, Valentim conseguiu na casa de Clarinha uma posição proeminente. Sua opinião tornou-se decisiva em tudo quanto concernia aos projetos do velho pai. Baile onde não fosse Valentim não ia a família. Dia em que este não fosse visitá-la podia dizer-se que corria mal.

Mas o amor caminhava ao lado da intimidade, e até por causa da intimidade. Cada dia trazia a Valentim a descoberta de uma nova prenda no objeto do seu culto. A moça estava na mesma situação do primeiro dia, mas era tão amável, tão doce, tão delicada, que Valentim, tomando a nuvem por Juno,[22] chegou a acreditar que era amado. Talvez mesmo Clarinha não fosse completamente ingênua no engano em que fazia cair Valentim. Um olhar e uma palavra não custa, e é tão bom alargar o círculo dos adoradores!

O pai de Clarinha descobriu o amor de Valentim e aprovou-o logo antes da declaração oficial. Aconteceu o mesmo à tia. Só o primo, apenas desconfiou, declarou-se interiormente em oposição.

Para que encobri-lo mais? Não sou romancista que me alegre com as

---

21 O Partido Liberal funcionou de meados dos anos 1830 até o final do Império brasileiro, e se contrapunha ao Partido Conservador.

22 Machado faz referência à deusa romana Juno, esposa de Júpiter e rainha dos deuses. "Tomar a nuvem por Juno" é expressão que significa iludir-se, tomar o que se deseja como realidade. Refere-se à história mitológica na qual a deusa foi transformada em nuvem por seu marido, para ludibriar e divertir-se com um apaixonado dela.

torturas do leitor, pousando, como o abutre de Prometeu,[23] no fígado da paciência sempre renascente. Direi as coisas como elas são: Clarinha e Ernesto amavam-se.

Não era recente esse amor: datava de dois anos. De três em três meses Ernesto pedia ao velho a mão da prima, e o velho recusava-lhe dizendo que não dava a filha a quem não tinha eira nem beira. O moço não pôde arranjar um emprego, apesar de todos os esforços; mas no fim do período regular de três meses voltava à carga para receber a mesma recusa.

A última vez que Ernesto renovou o pedido, o pai de Clarinha respondeu que se lhe ouvisse mais falar nisso fechava-lhe a porta. Proibiu à filha que falasse ao primo, e comunicou tudo à irmã, que julgou oportuna a ocasião para obrigá-lo a suspender a assinatura do Teatro Lírico.

Ir à casa de Clarinha sem poder falar-lhe era cruel para o jovem Ernesto. Ernesto, portanto, retirou-se amigavelmente. No fim de algum tempo voltou declarando estar curado. Pede a fidelidade que manifeste neste ponto ser a declaração de Ernesto a mais séria do mundo. O pai acreditou, e tudo voltou ao seu antigo estado; sim, ao seu antigo estado, digo bem, porque o amor que Ernesto cuidara extinto reviveu à vista da prima. Quanto a esta, ausente ou presente, nunca esqueceu o amante. Mas a vigilância prudente do pai pôs os nossos dois heróis de sobreaviso, e ambos passaram a amar em silêncio.

Foi pouco depois disto que apareceu Valentim em casa de Clarinha.

Aqui devo eu fazer notar aos leitores desta história, como ela vai seguindo suave e honestamente, e como os meus personagens se parecem com todos os personagens de romance: um velho maníaco; uma velha impertinente, e amante platônico do passado; uma moça bonita apaixonada por um primo, que eu tive o cuidado de fazer pobre para dar-lhe maior relevo, sem, todavia, decidir-me a fazê-lo poeta, em virtude de acontecimentos que se hão de seguir; um pretendente rico e elegante,

---

23 Outra referência machadiana à mitologia. Astuto e defensor da humanidade, o grego Prometeu roubou de Zeus o fogo para dá-lo aos mortais. Como castigo, o deus do Olimpo amarrou-o a uma rocha e deu-lhe sofrimento eterno: uma grande ave de rapina comeria seu fígado durante o dia, o qual se restabeleceria durante a noite para contínua repetição do martírio.

cujo amor é aceito pelo pai, mas rejeitado pela moça; enfim, os dois amantes à borda de um abismo condenados a não verem coroados os seus legítimos desejos, e no fundo do quadro um horizonte enegrecido de dúvidas e de receios.

Depois disto, duvido que um só dos meus leitores não me acompanhe até o fim desta história, que, apesar de tão comum ao princípio, vai ter alguma coisa de original lá para o meio. Mas como convém que não vá tudo de uma assentada, eu dou algum tempo para que o leitor acenda um charuto, e entro então no segundo capítulo.

II

Se o leitor já amou imagine qual não seria o desespero de Ernesto, descobrindo um rival em Valentim. A primeira pergunta que o pobre namorado fez a si mesmo foi esta:

– Ama-lo-á ela?

Para responder a esta pergunta Ernesto preparou-se a averiguar o estado do coração da moça.

Não o fez sem algum despeito. Um sentimento interior dizia-lhe que Valentim lhe era superior, e nesse caso suspeitava o pobre rapaz que o triunfo coubesse ao rival intruso. Neste estado fez as suas primeiras indagações. Ou fosse cálculo, ou natural sentimento, Clarinha, às primeiras interrogações de Ernesto, mostrou que era insensível ao afeto de Valentim. Nós podemos saber que era cálculo, apesar de me servir este ponto para eu atormentar um bocado os meus leitores. Mas Ernesto viveu na dúvida durante alguns dias.

Um dia, porém, convenceu-se de que Clarinha continuava a amá-lo, como dantes, e que portanto o iludido era Valentim. Para chegar a esta convicção lançou mão de um estratagema: declarou que se ia matar.

A pobre moça quase chorou lágrimas de sangue. E Ernesto, que tinha tanta vontade de morrer como eu, apesar de amar doidamente a prima, pediu-lhe que jurasse que nunca amaria outro. A moça jurou. Ernesto quase morreu de alegria, e pela primeira vez, apesar de serem primos, pôde selar a sua paixão com um beijo de fogo, longo, mas inocente.

Entretanto, Valentim embalava-se nas mais enganadoras esperanças. Cada gesto da moça (e ela os fazia por garridice) parecia-lhe a promessa mais decisiva. Todavia; nunca Valentim alcançara um momento que lhe permitisse fazer uma declaração positiva à moça. Ela sabia até onde convinha ir e não dava um passo adiante.

Nesta luta íntima e secreta passaram-se muitos dias. Um dia entrou, não sei como, na cabeça de Valentim que devia sem prévia autorização pedir ao velho a mão de Clarinha. Acreditando-se amado, mas supondo que a ingenuidade da pequena era igual à beleza, Valentim julgou que tudo dependia daquele passo extremo.

O velho, que aguardava aquilo mesmo, armado de um sorriso benévolo, como um caçador armado da espingarda à espera da onça, apenas Valentim fez-lhe o pedido da mão da filha, declarou que aceitava a honra que o moço lhe fazia, e prometeu-lhe, nadando em júbilo, que Clarinha aceitaria do mesmo modo.

Consultada particularmente acerca do pedido de Valentim, Clarinha não hesitou um momento: recusou. Foi um escândalo doméstico. Interveio a tia, munida de dois conselhos e dois axiomas, para convencer a rapariga de que devia aceitar a mão do rapaz. O velho assumiu as proporções de semideus e atroava a casa; finalmente Ernesto exasperado prorrompeu em protestos enérgicos, sem poupar alguns adjetivos mais ou menos desairosos para a autoridade paternal.

Do que resultou ser o rapaz expulso de casa pela segunda vez, e ficar assentado de pedra e cal que Clarinha casaria com Valentim.

Quando Valentim foi de novo saber do resultado do pedido, o velho afirmou-lhe que Clarinha consentia em aceitá-lo por marido. Valentim manifestou logo um desejo legítimo de falar à noiva, mas o futuro sogro respondeu-lhe que ela se achava meio incomodada. O incômodo era nem mais nem menos resultante das cenas a que dera lugar o pedido de casamento.

O velho contava com a docilidade de Clarinha, e não se iludia. A pobre menina, antes de tudo, acatava o pai e recebia as ordens dele como se foram artigos de fé. Passada a primeira comoção, teve de resignar-se a aceitar a mão de Valentim.

O leitor, que ainda anda à procura das astúcias do marido, sem que ainda tenha visto nem marido, nem astúcias, ao chegar a este ponto exclama naturalmente:

— Ora, graças a Deus! já temos um marido.

E eu, para furtar-me à obrigação de narrar o casamento e a lua de mel, passo a escrever o terceiro capítulo.

III

Lua de mel!

Há sempre uma lua de mel em todos os casamentos, não a houve no casamento de Valentim. O pobre noivo viu na reserva de Clarinha um acanhamento natural do estado em que ia entrar; mas desde que, passados os primeiros dias, a moça não saía do mesmo propósito, Valentim concluiu que havia enguia na erva.

O autor desta novela não se viu ainda em situação igual, nem também caiu num poço de cabeça para baixo, mas acredita que a impressão deve ser absolutamente a mesma.

Valentim fez o seguinte raciocínio:

— Se Clarinha não me ama é que ama alguém; esse alguém talvez não me valha, mas tem sobre mim a grande vantagem de ser preferido. Ora, esse alguém quem é?

Desde então a questão de Otelo[24] entrou no espírito de Valentim e fez cama aí: ser ou não ser amado, tal era o problema do infeliz marido.

Amar uma mulher moça, bela, adorável e adorada; ter a subida glória de possuí-la de poucos dias, à face da Igreja, à face da sociedade; viver por ela

---

[24] "A questão de Otelo", referência machadiana ao protagonista da conhecida obra homônima do dramaturgo britânico William Shakespeare (1564-1616), diz respeito aos ingredientes principais daquela trama, como traição, inveja e ciúme.

e para ela; mas ter ao mesmo tempo a certeza de que diante de si não existe mais do que o corpo frio e insensível, e que a alma vagueia em busca da alma do outro; transformar-se ele, noivo e amante, em objeto de luxo, em simples pessoa oficial, sem um elo do coração, sem uma centelha de amor que lhe dê a posse inteira daquela que ama, tal era a miseranda e dolorosa situação de Valentim.

Como homem de espírito e de coração, o rapaz compreendeu que era esta a sua situação. Negá-la era absurdo, confessá-la no interior era ganhar metade do caminho, porque era saber o terreno que pisava. Valentim não se detive em suposições vãs; assegurou-se da verdade e tratou de descobri-la.

Mas como? Perguntar à própria Clarinha, era inaugurar o casamento por uma desconsideração, e qualquer que fosse o direito que tivesse de resgatar o coração da mulher, Valentim não queria desprestigiá-la aos seus próprios olhos. Restava a pesquisa. Mas de que modo exercê-la? À casa dele não ia ninguém; e demais, se alguma coisa havia, devera ter começado em casa do pai. Interrogar o pai seria assisado? Valentim desistiu de toda a investigação do passado e dispôs-se simplesmente a analisar o presente.

A reserva de Clarinha não era uma dessas reservas que levam o desespero ao fundo do coração; era uma reserva dócil e submissa. E era exatamente isso o que feria o despeito e a vaidade de Valentim. A submissão de Clarinha parecia a resignação do condenado à morte. Valentim via nessa resignação um protesto mudo contra ele; cada olhar da moça parecia-lhe anunciar um remorso.

Uma tarde...

O leitor há de ter achado muito singular que eu não tenha marcado nesta novela os lugares em que se passam as diversas cenas de que ela se compõe. É de propósito que faço; limitei-me a dizer que a ação se passava no Rio de Janeiro. Fica à vontade do leitor marcar as ruas e até as casas.

Uma tarde, Valentim e Clarinha achavam-se no jardim. Se se amassem igualmente estariam àquela hora num verdadeiro céu; o sol parecia ter guardado um dos seus melhores ocasos para aquela tarde. Mas os dois esposos pareciam apenas dois conhecidos que por acaso se haviam encontrado num hotel; ela por uma reserva natural e que tinha explicação no amor de Ernesto, ele por uma reserva estudada, filha do ciúme e do despeito.

O sol morria numa das suas melhores mortes; uma aragem fresca agitava mansamente as folhas dos arbustos e trazia ao lugar onde se achavam os dois esposos o doce aroma das acácias e das magnólias.

Os dois estavam assentados em bancos de junco, colocados sobre um chão de relva; uma espécie de parede composta de trepadeiras formava por assim dizer o fundo do quadro. Perto ouvia-se o murmúrio de um regato que atravessava a chácara. Finalmente duas rolas brincavam a dez passos do chão.

Como se vê, a cena pedia uma conversação adequada em que se falasse de amor, de esperanças, de ilusões, enfim de tudo quanto pudesse varrer da memória a boa prosa da vida.

Mas em que conversavam os dois? A descrição fez-nos perder as primeiras palavras do diálogo; mal podemos pilhar uma interrogação de Valentim.

– Mas então, não és feliz? perguntou ele.

– Sou, respondeu a moça.

– Como dizes isso! parece que respondes a uma interrogação da morte!

Um triste sorriso passou pelos lábios de Clarinha.

Seguiu-se um breve silêncio, durante o qual Valentim considerava as botas e Clarinha analisava a barra do vestido.

– Pois olha, não me falta vontade... disse Valentim.

– Vontade de quê?

– De fazer-te feliz.

– Ah!

– Nem foi para outra coisa que eu te fui buscar à casa de teu pai. Amo-te muito, mas se eu soubera que tu não correspondias com o mesmo amor desistiria do meu intento, porque para mim é um duplo remorso ver o objeto de meu amor triste e desconsolado.

– Parece-te isso!

– E não é?

– Não é.

Clarinha procurou dar a esta última resposta uma expressão da maior ternura; mas se ela tivesse pedido um copo d'água teria empregado a mesmíssima expressão.

Valentim respondeu com um suspiro.

– Não sei como queres que eu te diga as coisas!

– Não quero nada; desde que eu te impusesse um modo de falar pode ser que eu me arrufasse menos, mas não era diversa a minha situação.

Clarinha levantou-se.

– Anda passear.

Valentim obedeceu, mas obedeceu maquinalmente.

– Então, ainda estás triste?

– Ah! se tu me amasses, Clarinha! respondeu Valentim.

– Pois não te... amo?

Valentim olhou para ela e murmurou:

– Não!

Valentim deu o braço a Clarinha e foram passear pelo jardim, dos mais bem arruados e plantados da capital; a enxada, a tesoura e a simetria ajudavam ali o nascimento das rosas. A tarde caía, o céu tomava essa cor de chumbo que inspira tanta melancolia e convida a alma e o corpo ao repouso. Valentim parecia não ver nada disso: estava diante do seu tremendo infortúnio.

Clarinha, por seu lado, procurava distrair o marido, substituindo por algumas palavras de terno interesse o amor que lhe não tinha.

Valentim respondia por monossílabos ao princípio; depois a conversa foi-se empenhando e ao cabo de meia hora já Valentim mostrava-se menos sombrio. Clarinha procurava por esse modo acalmar o espírito do marido, quando ele insistia na conversação que ouvimos há pouco.

Uma coruja que acaba de cantar agora à janela traz-me à memória que eu devia apresentar em cena neste momento a tia de Clarinha.

Entra, portanto, a tia de Clarinha. Vem acompanhada de um moleque vestido de pajem. A moça vai lançar-se-lhe aos braços, e Valentim encaminha-se para ela com passo regular, para dar tempo às efusões de amizade. Mas aquele mesmo espetáculo da afeição que ligava a tia e a sobrinha, a espontaneidade com que esta correra a receber àquela, mais o entristecia, comparando o que Clarinha era há pouco e o que era agora.

Findos os primeiros cumprimentos entraram todos em casa. A boa velha vinha passar oito dias com a sobrinha; Valentim fez um gesto de desgosto; mas a moça manifestou uma grande alegria com a visita da tia.

Valentim retirou-se para o seu gabinete e deixou às duas plena liberdade.

À mesa do chá falou-se de muita coisa; Clarinha indagava de tudo quanto era da casa do pai. Este devia vir no dia seguinte jantar com o genro.

Valentim pouco falou.

Mas lá para o meio do chá, Clarinha voltou-se para a tia e perguntou com certa timidez o que era feito de Ernesto. A moça procurou dar à pergunta o tom mais inocente do mundo; mas tão mal o fez que despertou a atenção do marido.

– Ah! respondeu a tia; está bom, isto é... está doente.

– Ah! de quê? perguntou a moça empalidecendo.

– De umas febres...

Clarinha calou-se, pálida como a morte.

Valentim tinha os olhos fixos nela. Um sorriso, meio de satisfação, meio de ódio, pairava-lhe nos lábios. Enfim o marido descobrira o segredo da reserva da mulher.

Seguiu-se um longo silêncio da parte de ambos, só interrompido pelo palavreado da tia, que afinal, depois de fazer algumas perguntas aos dois sem obter resposta, decidiu-se a reclamar contra aquele silêncio.

– Estamos ouvindo, minha tia, disse Valentim.

E tão significativas foram aquelas palavras, que Clarinha olhou para ele assustada.

– Estamos ouvindo, repetiu Valentim.

– Ah! pois bem... Como ia dizendo...

A conversa continuou até o fim do chá. Às onze horas todos se recolheram aos seus aposentos. É a melhor ocasião para terminar o terceiro capítulo e deixar que o leitor acenda um novo charuto.

IV

A tia de Clarinha não se demorou oito dias em casa da sobrinha, demorou-se quinze dias. A boa velha estava encantada com o agasalho que encontrara aí.

Durante esse tempo não houve incidente algum que interesse à nossa história. O primeiro susto de Clarinha causado pelas palavras do marido desvaneceu-se à vista do procedimento posterior dele, que pareceu nada haver descoberto. Com efeito, Valentim, como homem atilado que era, entendeu que lhe não cumpria provocar uma declaração da parte de Clarinha. Julgou melhor estudar a situação e esperar os acontecimentos. Demais, ele nada tinha de positivo a alegar. Temia enganar-se e não se perdoaria nunca se fizesse a injúria de atribuir à sua mulher um delito que não existia. Deste modo, nunca fez alusão alguma nem mudou o procedimento; era o mesmo homem que no primeiro dia.

Valentim pensava ainda que a afeição que ele supunha existir em Clarinha pelo primo, talvez não passasse de uma ligeira afeição da infância, própria a desaparecer diante da ideia do dever. É verdade que isto anulava um pouco a sua própria pessoa, mas Valentim, para que não ficasse só ao tempo e aos bons instintos da moça a mudança do estado das coisas, cuidou de ajudar a um e aos outros deitando na balança a sua própria influência.

Seu cálculo foi este: ao passo que Ernesto perdesse no coração de Clarinha, graças à ausência e nobreza dos sentimentos dela, ele Valentim procuraria ganhar a influência do outro e substituí-lo no coração em litígio.

Estavam as coisas neste pé, quando, no quinquagésimo dia apareceu em casa de Valentim... quem? o próprio Ernesto, meio enfermo ainda, cheio de uma palidez poética e fascinante.

Clarinha recebeu-o no jardim, por cuja porta Ernesto entrou.

Teve um movimento para abraçá-lo; mas recuou logo, corada e envergonhada. Baixou os olhos. Depois do casamento era a primeira vez que se viam. Ernesto aproximou-se para ela sem dizer palavra, e durante alguns minutos assim estiveram interditos, até que a tia veio pôr termo ao embaraço, entrando no jardim.

Mas, ao mesmo tempo que aquela cena se dava, Valentim, através dos vidros de uma das janelas da sala de jantar, tinha os olhos pregados em Clarinha e Ernesto. Viu tudo, o movimento dela quando Ernesto entrou e o movimento de reserva que se seguiu a esse. Quando a velha entrou Valentim desceu ao jardim.

A recepção da parte do marido foi a mais cordial e amiga; parecia que estava longe da cabeça dele a menor ideia de que os dois se amavam. Foi essa a última prova para Clarinha; mas isso a perdeu decerto, porque, confiada na boa-fé de Valentim, entregou-se demasiado ao prazer de tornar a ver Ernesto. Esse prazer contrastava singularmente com a tristeza dos dias anteriores.

Não tenho o propósito de acompanhar dia por dia os acontecimentos da família Valentim. Apenas me ocuparei com aqueles que importarem à nossa história, e neste ponto entro já nas astúcias empregadas pelo marido para libertar a mulher do amor que ainda parecia conservar pelo primo.

Que astúcias foram essas? Valentim refletiu nelas uma noite inteira. Ele tinha diversos meios para empregar: uma viagem, por exemplo. Mas uma viagem não adiantaria nada; a ausência dava até mais incremento ao amor. Valentim compreendeu isso e desistiu logo da ideia. Que meio escolheu? Um: o ridículo.

Na verdade, o que há neste mundo que resista ao ridículo? Nem mesmo o amor.

O marido perspicaz compreendeu que era esse o meio mais rápido.

Todavia, não tomou o ridículo senão naquilo que ele é de convenção, naquilo que o mundo aceita como tal, sem que o seja muitas vezes. Clarinha não podia resistir a esse. Era mulher como as outras.

Um dia, pois, estando reunida a família toda em casa de Valentim, e com ela muitas visitas mais, o marido de Clarinha convidou Ernesto, que se dava por cavaleiro perfeito, a ensaiar um cavalo que havia comprado.

— Onde está ele?

— Chegou ontem... é um animal lindíssimo.

— Mas, onde está?

— Vai vê-lo.

Enquanto se deram ordens de aparelhar o cavalo, Ernesto dirigia-se às senhoras e dizia-lhes com ênfase:

— Desculpem se fizer má figura.

— Ora!

— Pode ser.

— Não acreditamos; há de fazer sempre boa figura.

— Talvez não.

— Quer que o elogiemos?

Aparelhado o cavalo, saiu Ernesto a montá-lo. Todos foram vê-lo do terraço.

O cavalo era um animal fogoso e manhoso. Ernesto saltou para ele com certa graça e agilidade que adquiriu logo os aplausos das damas, inclusive Clarinha.

Mal o cavalo sentiu o destro cavaleiro em seu dorso, começou a pinotear. Mas Ernesto susteve-se, e com tanta graça que as damas aplaudiram alegremente.

Mas Valentim sabia o que fazia. Contava com o resultado da cena, e olhava tranquilo o triunfo tão celebrado de Ernesto.

Esse resultado não se fez esperar. Não tardou muito que Ernesto não começasse a sentir que estava mal. Tanto bastou para que nunca mais pudesse dominar o animal. Este, como se pudesse conhecer o enfraquecimento do cavaleiro e os desejos secretos de Valentim, redobrou na violência dos seus movimentos. A cena tornou-se então mais séria. Um sorriso que pairava nos lábios de Ernesto desapareceu; o moço foi tomando uma posição grotesca quando só tinha presente a ideia de cair e não a ideia de que estava diante de mulheres, entre as quais estava Clarinha. Por mal dos pecados, se havia de cair como Hipólito,[25] calado e nobre, começou a soltar uns gritos entrecortados. As damas assustaram-se, entre elas Clarinha, que mal podia

---

25 Machado faz menção a Hipólito, na mitologia grega, filho de Teseu e Hipólita, a rainha das amazonas. Por encomenda do pai, ele é morto em acidente provocado por Poseidon, deus dos mares. A carruagem que conduzia espatifa-se contra as rochas.

dissimular o terror de que se achava possuída. Mas quando o cavalo, com um movimento mais violento, deitou o cavaleiro na relva, e que, depois de cair prosaicamente estendido, levantou-se sacudindo o paletó, houve uma grande gargalhada geral.

Então, Valentim, para tornar a situação de Ernesto mais ridícula ainda, mandou chegar o cavalo e montou.

– Aprende, olha Ernesto.

E, com efeito, Valentim, airoso e tranquilo, sopeava os movimentos do animal e cumprimentava as senhoras. Foi uma tríplice bateria de aplausos. Nesse dia um foi o objeto das palmas de todos, como o outro fora o objeto da pateada geral.

O próprio Ernesto, que ao princípio quis meter o caso à bulha, não pôde fugir depois à humilhação da sua derrota. Essa humilhação foi completa quando Clarinha, mais compadecida que despeitada com a situação dele, procurou consolá-lo da figura que fizera. Ele viu nas consolações de Clarinha uma confirmação à sua derrota. E não está bem o amante que inspira mais compaixão que amor.

Ernesto reconheceu por instinto esse desastroso inconveniente; mas como remediá-lo? Curvou a cabeça e protestou não cair noutra. E deste modo terminou a sua primeira humilhação como termina o nosso quarto capítulo.

V

Fazia anos o pai de Clarinha. A casa estava cheia de amigos e parentes. Havia uma festa de família com os parentes e os amigos para celebrar aquele dia.

Desde a cena do cavalo até o dia dos anos do velho já Valentim tinha armado a Ernesto mais dois laços do mesmo gênero, cujo resultado era sempre expor o pobre rapaz ao motejo dos outros. Todavia, Ernesto não atribuía nunca intenções malignas ao primo, que era o primeiro a compungir-se dos infortúnios dele.

O dia do aniversário do sogro era para Valentim um dia excelente: mas que fazer? que nova humilhação, que novo ridículo preparar ao rapaz? Valentim, tão fértil de ordinário, não achava nada naquele dia.

O dia passou-se nos folguedos próprios de uma festa aniversária como aquela. A casa era fora da cidade. Folgava-se melhor.

À hora própria serviu-se um jantar esplêndido. O velho tomou a cabeceira da mesa, entre a filha e a irmã; seguiu-se Valentim e Ernesto, e o resto sem ordem de precedência.

No meio da conversa animada que acompanhou o jantar desde o princípio, Valentim teve uma ideia e preparou-se para praticá-la à sobremesa. Entretanto, correram as saúdes mais cordiais e mais entusiásticas.

Notou-se, porém, que Ernesto do meio do jantar em diante ficara triste.

Que seria? Todos perguntavam, ninguém sabia responder, nem mesmo ele, que teimava em recolher-se ao mais absoluto silêncio.

Valentim levantou-se então para fazer a saúde de Ernesto, e pronunciou algumas palavras de entusiasmo cujo efeito foi fulminante. Ernesto durante alguns minutos viu-se o objeto de aplausos que lhe valiam as pateadas da montaria.

Uma coisa o perdeu, e nisto estava o segredo de Valentim. Ernesto quis responder ao *speech*[26] de Valentim. A tristeza que se lhe notara antes era o resultado de uma desastrada mistura de dois vinhos antipáticos. Forçado a responder por um capricho tomou o copo e respondeu ao primo. Daí em diante era ele o iniciador de todas as saúdes. Quando ninguém falava para ser objeto dos seus *speechs*, fez uma saúde ao cozinheiro, que foi extremamente aplaudida.

Descreverei eu as cenas que se seguiram a esta? Fora entreter os leitores com algumas páginas repugnantes. Ernesto excedera-se no entusiasmo, e quando todos se levantavam da mesa e tomavam o caminho das outras salas, Ernesto desatou a chorar. Imaginem o efeito desta cena grotesca. Ninguém pôde conter o riso; mas também ninguém pôde estancar o pranto ao infeliz, que chorou ainda por espaço de duas horas.

---

26 Algo como "discurso". Nota-se a liberdade com que, aqui e ali, Machado traz a seu texto expressões de línguas cultas variadas, como o inglês aqui, mas em outras situações o francês e o latim.

VI

Uma noite havia reunião em casa de Valentim. Era puramente familiar. Meia dúzia de amigos e meia dúzia de parentes formavam toda a companhia. Às onze horas essa companhia estava reduzida a muito pequeno número.

Armou-se (para usar da expressão familiar), armou-se uma mesa de jogo, em que Valentim tomou parte. Ernesto ao princípio não quis, estava amuado... Por quê?

Parecia-lhe ver em Clarinha uma frieza a que não estava acostumado. Finalmente aceitou; mas procurou tomar lugar em frente da mulher de Valentim; ela, porém, ou fosse por indiferença ou fosse adrede, retirou-se para a janela com algumas amigas.

Abriu-se o jogo.

Em pouco tempo estavam os jogadores tão animados que as próprias senhoras foram-se aproximando do campo da batalha.

Os mais empenhados eram Valentim e Ernesto.

Tudo estava observando um curioso, mas tranquilo interesse, quando de repente Valentim para o jogo e diz para Ernesto:

– Não jogo mais!

– Por quê? perguntou Ernesto.

Um primo de Valentim, de nome Lúcio, olhou igualmente para Ernesto e disse:

– Tens razão.

– Por quê? insistiu Ernesto.

Valentim levantou-se, atirou as cartas para o lugar de Ernesto, e disse com um tom de desprezo:

– Por nada!

Lúcio e mais um dos presentes disseram:

– É caso de duelo.

Houve profundo silêncio. Lúcio olhou para Ernesto e perguntou-lhe:

– Que faz o senhor?

– Que faço?

– É caso de duelo.

– Ora, isso não está nos nossos hábitos... o que eu posso fazer é abandonar aquele senhor ao meu desprezo...

– O quê? perguntou Valentim.

– Abandoná-lo ao desprezo, porque o senhor é um...

– Um... quê?

– O que quiser!

– Há de dar-me uma satisfação!

– Eu?

– Decerto, disse Lúcio.

– Mas, os nossos hábitos...

– Em toda a parte vinga-se a honra!

– Sou o ofendido, tenho a escolha das armas.

– A pistola, disse Lúcio.

– Ambas carregadas, acrescentou Valentim.

Durante este tempo as senhoras estavam trêmulas e embasbacadas. Não sabiam o que se presenciava. Enfim, Clarinha pôde falar, e as suas primeiras palavras foram para o marido.

Mas este parecia não atender a nada. Em poucos minutos redobrou a confusão.

Ernesto insistia contra o emprego do meio lembrado para resolver a questão, alegando que ele não estava nos nossos hábitos. Mas Valentim não queria, nem admitia outra coisa.

Depois de larga discussão admitiu Ernesto o sanguinolento desenlace.

– Pois sim, venha a pistola.

– E já, disse Valentim.

– Já? perguntou Ernesto.

– No jardim.

Ernesto empalideceu.

Quanto a Clarinha, sentiu faltar-lhe a luz e caiu desfalecida no sofá.

Aqui nova confusão.

Imediatamente prestaram-se-lhe os primeiros socorros. Tanto bastou. No fim de quinze minutos ela voltava à vida.

Estava então no quarto, onde só havia o marido e um dos convivas, que era médico.

A presença do marido lembrou-lhe o que se passara. Deu um leve grito, mas Valentim tranquilizou-a imediatamente, dizendo:

– Nada houve...

– Mas...

– Nem haverá.

– Ah!

– Foi brincadeira, Clarinha, foi tudo um plano. O duelo há de haver, mas só para experimentar o Ernesto. Pois cuidas que eu faria semelhante coisa?

– Falas sério?

– Falo, sim.

O médico confirmou.

Valentim contou que as duas testemunhas já se entendiam com as duas do outro, tiradas todas dentre os que jogavam e que entravam no plano. O duelo teria lugar pouco depois.

– Ah! não acredito!

– Juro... juro por esta bela cabeça...

E Valentim inclinando-se para a cama beijou a testa da mulher.

– Oh! se tu morresses! disse esta.

Valentim olhou para ela: duas lágrimas rolaram-lhe pelas faces. Que mais queria o marido?

Interveio o médico.

– Há um meio para crê-lo. Venham duas pistolas.

Clarinha levantou-se e foi para outra sala, que dava para o jardim e onde se achavam as outras senhoras.

Aí foram ter as pistolas. Carregaram-nas à vista de Clarinha e dispararam depois, a fim de assegurar à pobre senhora que o duelo era pura brincadeira.

Valentim desceu para o jardim. As quatro testemunhas levaram as pistolas. As senhoras, prevenidas do que havia, ficaram na sala, onde olhavam para o jardim, que foi iluminado de propósito.

Marcaram-se os passos e entregou-se a cada um dos combatentes uma pistola.

Ernesto, que até então parecia alheio à vida, mal viu diante de si uma arma, apesar de ter outra, mas tendo-lhe as testemunhas dito que ambas se achavam armadas, começou a tremer.

Valentim apontou sobre ele. Ernesto fazia esforços, mas não conseguia levantar o braço. Estava ansiado. Fez sinal para que Valentim se detivesse, e tirou um lenço para enxugar o suor.

Tudo contribuía para assustá-lo, e de mais a mais as seguintes palavras que se ouviam em roda:

– O que ficar morto há de ser enterrado aqui mesmo no jardim.

– Está claro. Já se foi fazer a cova.

– Ah! que seja profunda!

Enfim, soaram as pancadas. À primeira Ernesto estremeceu, à segunda caiu-lhe o braço, e quando lhe diziam que apontasse o alvo para soar a terceira pancada, ele deixou cair a pistola no chão e estendeu a mão para o adversário.

– Prefiro dar a satisfação. Confesso que fui injusto!

– Como? Prefere? disseram todos.

– Tenho razões para não morrer, respondeu Ernesto, e confesso que fui injusto.

As pazes foram feitas.

Uma gargalhada, uma só, mas terrível, porque foi dada por Clarinha, soou na sala. Voltaram todos para lá. Clarinha tomando as pistolas, apontou-as para Ernesto e disparou-as.

Houve então uma gargalhada geral.

Ernesto tinha o rosto mais enfiado deste mundo. Era um lacre.

Clarinha largou as pistolas e lançou-se nos braços de Valentim.

– Pois tu brincas com a morte, meu amor?

– Com a morte, pelo amor, sim!

Ernesto arranjou daí a dias uma viagem e nunca mais voltou.

Quanto aos nossos esposos, amaram-se muito e tiveram muitos filhos.

CONFISSÕES DE UMA VIÚVA MOÇA

Publicado originalmente nos *Contos fluminenses*, em 1870.

I

Há dois anos tomei uma resolução singular: fui residir em Petrópolis em pleno mês de junho. Esta resolução abriu largo campo às conjecturas. Tu mesma, nas cartas que me escreveste para aqui, deitaste o espírito a adivinhar e figuraste mil razões, cada qual mais absurda.

A estas cartas, em que a tua solicitude traía a um tempo dois sentimentos, a afeição da amiga e a curiosidade de mulher, a essas cartas não respondi e nem podia responder. Não era oportuno abrir-te o meu coração nem desfiar-te a série de motivos que me arredou da Corte, onde as óperas do Teatro Lírico, as tuas partidas e os serões familiares do primo Barros deviam distrair-me da recente viuvez.

Esta circunstância de viuvez recente acreditavam muitos que fosse o único motivo da minha fuga. Era a versão menos equívoca. Deixei-a passar como todas as outras e conservei-me em Petrópolis.

Logo no verão seguinte vieste com teu marido para cá, disposta a não voltar para a Corte sem levar o segredo que eu teimava em não revelar. A palavra não fez mais do que a carta. Fui discreta como um túmulo, indecifrável como a Esfinge.[27] Depuseste as armas e partiste.

Desde então não me trataste senão por tua Esfinge.

---

[27] A imagem do leão estendido, com cabeça de humano ou falcão, foi criada pela mitologia egípcia e tem na Esfinge de Gizé seu símbolo mais conhecido. "Decifra-me ou te devoro", diz a Esfinge na mitologia grega.

Era Esfinge, era. E se, como Édipo,[28] tivesses respondido ao meu enigma a palavra "homem" descobririas o meu segredo, e desfarias o meu encanto.

Mas não antecipemos os acontecimentos, como se diz nos romances.

É tempo de contar-te este episódio da minha vida.

Quero fazê-lo por cartas e não por boca. Talvez corasse de ti. Deste modo o coração abre-se melhor e a vergonha não vem tolher a palavra nos lábios. Repara que eu não falo em lágrimas, o que é um sintoma de que a paz voltou ao meu espírito.

As minhas cartas irão de oito em oito dias, de maneira que a narrativa pode fazer-te o efeito de um folhetim de periódico semanal.

Dou-te a minha palavra de que hás de gostar e aprender.

E oito dias depois da minha última carta irei abraçar-te, beijar-te, agradecer-te. Tenho necessidade de viver. Estes dois anos são nulos na conta de minha vida: foram dois anos de tédio, de desespero íntimo, de orgulho abatido, de amor abafado.

Lia, é verdade. Mas só o tempo, a ausência, a ideia do meu coração enganado, da minha dignidade ofendida, puderam trazer-me a calma necessária, a calma de hoje.

E sabe que não ganhei só isto. Ganhei conhecer um homem cujo retrato trago no espírito e que me parece singularmente parecido com outros muitos. Já não é pouco; e a lição há de servir-me, como a ti, como às nossas amigas inexperientes. Mostra-lhes estas cartas; são folhas de um roteiro que se eu tivera antes, talvez não houvesse perdido uma ilusão e dois anos de vida.

Devo terminar esta. É o prefácio do meu romance, estudo, conto, o que quiseres. Não questiono sobre a designação, nem consulto para isso os mestres d'arte.

Estudo ou romance, isto é simplesmente um livro de verdades, um episódio singelamente contado, na confabulação íntima dos espíritos, na plena confiança de dois corações que se estimam e se merecem.

Adeus.

---

28 Na peça *Édipo rei*, de Sófocles (497/6 a.C.-406/5 a.C.), Édipo soluciona o enigma proposto pela Esfinge e tem sua vida poupada. Perguntado sobre "que criatura pela manhã tem quatro pés, ao meio-dia tem dois e à tarde tem três?", Édipo responde "O homem", que engatinha na infância, anda sobre os dois pés na idade adulta e com a ajuda de uma bengala quando chega à velhice.

II

Era no tempo de meu marido.

A Corte estava então animada e não tinha esta cruel monotonia que eu sinto aqui através das tuas cartas e dos jornais de que sou assinante.

Minha casa era um ponto de reunião de alguns rapazes conversados e algumas moças elegantes. Eu, rainha eleita pelo voto universal... de minha casa, presidia aos serões familiares. Fora de casa, tínhamos os teatros animados, as partidas das amigas, mil outras distrações que davam à minha vida certas alegrias exteriores em falta das íntimas, que são as únicas verdadeiras e fecundas.

Se eu não era feliz, vivia alegre.

E aqui vai o começo do meu romance.

Um dia meu marido pediu-me como obséquio especial que eu não fosse à noite ao Teatro Lírico. Dizia ele que não podia acompanhar-me por ser véspera de saída de paquete.

Era razoável o pedido.

Não sei, porém, que espírito mau sussurrou-me ao ouvido e eu respondi peremptoriamente que havia de ir ao teatro, e com ele. Insistiu no pedido, insisti na recusa. Pouco bastou para que eu julgasse a minha honra empenhada naquilo. Hoje vejo que era a minha vaidade ou o meu destino.

Eu tinha certa superioridade sobre o espírito de meu marido. O meu tom imperioso não admitia recusa; meu marido cedeu a despeito de tudo, e à noite fomos ao Teatro Lírico.

Havia pouca gente e os cantores estavam endefluxados. No fim do primeiro ato meu marido, com um sorriso vingativo, disse-me estas palavras rindo-se:

— Estimei isto.

— Isto? perguntei eu franzindo a testa.

— Este espetáculo deplorável. Fizeste da vinda hoje ao teatro um capítulo de honra; estimo ver que o espetáculo não correspondeu à tua expectativa.

— Pelo contrário, acho magnífico.

— Está bom.

Deves compreender que eu tinha interesse em me não dar por vencida; mas acreditas facilmente que no fundo eu estava perfeitamente aborrecida do espetáculo e da noite.

Meu marido, que não ousava retorquir, calou-se com ar de vencido, e adiantando-se um pouco à frente do camarote percorreu com o binóculo as linhas dos poucos camarotes fronteiros em que havia gente.

Eu recuei a minha cadeira, e, encostada à divisão do camarote, olhava para o corredor vendo a gente que passava.

No corredor, exatamente em frente à porta do nosso camarote, estava um sujeito encostado, fumando e com os olhos fitos em mim. Não reparei ao princípio, mas a insistência obrigou-me a isso. Olhei para ele a ver se era algum conhecido nosso que esperava ser descoberto a fim de vir então cumprimentar-nos. A intimidade podia explicar este brinco. Mas não conheci.

Depois de alguns segundos, vendo que ele não tirava os olhos de mim, desviei os meus e cravei-os no pano da boca e na plateia.

Meu marido, tendo acabado o exame dos camarotes, deu-me o binóculo e sentou-se ao fundo diante de mim.

Trocamos algumas palavras.

No fim de um quarto de hora a orquestra começou os prelúdios para o segundo ato. Levantei-me, meu marido aproximou a cadeira para a frente, e nesse ínterim lancei um olhar furtivo para o corredor.

O homem estava lá.

Disse a meu marido que fechasse a porta.

Começou o segundo ato.

Então, por um espírito de curiosidade, procurei ver se o meu observador entrava para as cadeiras. Queria conhecê-lo melhor no meio da multidão.

Mas, ou porque não entrasse, ou porque eu não tivesse reparado bem, o que é certo é que o não vi.

Correu o segundo ato mais aborrecido do que o primeiro.

No intervalo recuei de novo a cadeira, e meu marido, a pretexto de que fazia calor, abriu a porta do camarote.

Lancei um olhar para o corredor.

Não vi ninguém; mas daí a poucos minutos chegou o mesmo indivíduo, colocando-se no mesmo lugar, e fitou em mim os mesmos olhos impertinentes.

Somos todas vaidosas da nossa beleza e desejamos que o mundo inteiro nos admire. É por isso que muitas vezes temos a indiscrição de admirar a corte mais ou menos arriscada de um homem. Há, porém, uma maneira de fazê-la que nos irrita e nos assusta; irrita-nos por impertinente, assusta-nos por perigosa. É o que se dava naquele caso.

O meu admirador insistia de modo tal que me levava a um dilema: ou ele era vítima de uma paixão louca, ou possuía a audácia mais desfaçada. Em qualquer dos casos não era conveniente que eu animasse as suas adorações.

Fiz estas reflexões enquanto decorria o tempo do intervalo. Ia começar o terceiro ato. Esperei que o mudo perseguidor se retirasse e disse a meu marido:

– Vamos?

– Ah!

– Tenho sono simplesmente; mas o espetáculo está magnífico.

Meu marido ousou exprimir um sofisma.

– Se está magnífico como te faz sono?

Não lhe dei resposta.

Saímos.

No corredor encontramos a família do Azevedo que voltava de uma visita a um camarote conhecido. Demorei-me um pouco para abraçar as senhoras.

Disse-lhes que tinha uma dor de cabeça e que me retirava por isso.

Chegamos à porta da rua dos Ciganos.[29]

Aí esperei o carro por alguns minutos.

Quem me havia de aparecer ali, encostado ao portal fronteiro?

O misterioso.

Enraiveci.

---

[29] Desde 1865 chamada de rua da Constituição, via carioca que liga a praça Tiradentes à praça da República.

Cobri o rosto o mais que pude com o meu capuz e esperei o carro, que chegou logo.

O misterioso lá ficou tão insensível e tão mudo como o portal a que estava encostado.

Durante a viagem a ideia daquele incidente não me saiu da cabeça. Fui despertada na minha distração quando o carro parou à porta da casa, em Matacavalos.[30]

Fiquei envergonhada de mim mesma e decidi não pensar mais no que se havia passado.

Mas acreditarás tu, Carlota? Dormi meia hora mais tarde do que supunha, tanto a minha imaginação teimava em reproduzir o corredor, o portal, e o meu admirador platônico.

No dia seguinte pensei menos. No fim de oito dias tinha-me varrido do espírito aquela cena, e eu dava graças a Deus por haver-me salvo de uma preocupação que podia ser-me fatal.

Quis acompanhar o auxílio divino, resolvendo não ir ao teatro durante algum tempo.

Sujeitei-me à vida íntima e limitei-me à distração das reuniões à noite.

Entretanto estava próximo o dia dos anos da tua filhinha. Lembrei-me que para tomar parte na tua festa de família, tinha começado um mês antes um trabalhozinho. Cumpria rematá-lo.

Uma quinta-feira de manhã mandei vir os preparos da obra e ia continuá-la, quando descobri dentre uma meada de lã um invólucro azul fechando uma carta.

Estranhei aquilo. A carta não tinha indicação. Estava colada e parecia esperar que a abrisse a pessoa a quem era endereçada. Quem seria? Seria meu marido? Acostumada a abrir todas as cartas que lhe eram dirigidas, não hesitei. Rompi o invólucro e descobri o papel cor-de-rosa que vinha dentro.

Dizia a carta:

---

30 Antiga estrada de Matacavalos, a partir de 1848 rua de Matacavalos e, desde 1865, chamada de rua do Riachuelo, localizada no centro do Rio de Janeiro.

Não se surpreenda, Eugênia; este meio é o do desespero, este desespero é o do amor. Amo-a e muito. Até certo tempo procurei fugir-lhe e abafar este sentimento; não posso mais. Não me viu no Teatro Lírico? Era uma força oculta e interior que me levava ali. Desde então não a vi mais. Quando a verei? Não a veja embora, paciência; mas que o seu coração palpite por mim um minuto em cada dia, é quanto basta a um amor que não busca nem as venturas do gozo, nem as galas da publicidade. Se a ofendo, perdoe um pecador; se pode amar-me, faça-me um deus.

Li esta carta com a mão trêmula e os olhos anuviados; e ainda durante alguns minutos depois não sabia o que era de mim.

Cruzavam-se e confundiam-se mil ideias na minha cabeça, como estes pássaros negros que perpassam em bandos no céu nas horas próximas da tempestade.

Seria o amor que movera a mão daquele incógnito? Seria simplesmente aquilo um meio de sedutor calculado? Eu lançava um olhar vago em derredor e temia ver entrar meu marido.

Tinha o papel diante de mim e aquelas letras misteriosas pareciam-me outros tantos olhos de uma serpente infernal. Com um movimento nervoso e involuntário amarrotei a carta nas mãos.

Se Eva tivesse feito outro tanto à cabeça da serpente que a tentava não houvera pecado. Eu não podia estar certa do mesmo resultado, porque esta que me aparecia ali e cuja cabeça eu esmagava, podia, como a hidra de Lerna,[31] brotar muitas outras cabeças.

Não cuides que eu fazia então esta dupla evocação bélica e pagã. Naquele momento, não refletia, desvairava; só muito tempo depois pude ligar duas ideias.

Dois sentimentos atuavam em mim: primeiramente, uma espécie de terror que infundia o abismo, abismo profundo que eu pressentia atrás daquela carta; depois uma vergonha amarga de ver que eu não estava tão alta na consideração daquele desconhecido, que pudesse demovê-lo do meio que empregou.

---

31 Criatura presente na mitologia greco-romana, a hidra de Lerna é um animal monstruoso com corpo de dragão de nove cabeças de serpente, morto por Hércules no segundo de seus conhecidos Doze Trabalhos.

Quando o meu espírito se acalmou é que eu pude fazer a reflexão que devia acudir-me desde o princípio. Quem poria ali aquela carta? Meu primeiro movimento foi para chamar todos os meus fâmulos. Mas deteve-me logo a ideia de que por uma simples interrogação nada poderia colher e ficava divulgado o achado da carta. De que valia isto?

Não chamei ninguém.

Entretanto, dizia eu comigo, a empresa foi audaz; podia falhar a cada trâmite; que móvel impeliu àquele homem a dar este passo? Seria amor, ou sedução?

Voltando a este dilema, meu espírito, apesar dos perigos, comprazia-se em aceitar a primeira hipótese: era a que respeitava a minha consideração de mulher casada e a minha vaidade de mulher formosa.

Quis adivinhar lendo a carta de novo: li-a, não uma, mas duas, três, cinco vezes.

Uma curiosidade indiscreta prendia-me àquele papel. Fiz um esforço e resolvi aniquilá-lo, protestando que ao segundo caso nenhum escravo ou criado me ficaria em casa.

Atravessei a sala com o papel na mão, dirigi-me para o meu gabinete, onde acendi uma vela e queimei aquela carta que me queimava as mãos e a cabeça.

Quando a última faísca do papel enegreceu e voou, senti passos atrás de mim. Era meu marido.

Tive um movimento espontâneo: atirei-me em seus braços.

Ele abraçou-me com certo espanto.

E quando o meu abraço se prolongava senti que ele me repelia com brandura dizendo-me:

– Está bom, olha que me afogas!

Recuei.

Entristeceu-me ver aquele homem, que podia e devia salvar-me, não compreender, por instinto ao menos, que se eu o abraçava tão estreitamente era como se me agarrasse à ideia do dever.

Mas este sentimento que me apertava o coração passou um momento para dar lugar a um sentimento de medo. As cinzas da carta ainda estavam no chão, a vela conservava-se acesa em pleno dia; era bastante para que ele me interrogasse.

Nem por curiosidade o fez!

Deu dois passos no gabinete e saiu.

Senti uma lágrima rolar-me pela face. Não era a primeira lágrima de amargura. Seria a primeira advertência do pecado?

III

Decorreu um mês.

Não houve durante esse tempo mudança alguma em casa. Nenhuma carta apareceu mais, e a minha vigilância, que era extrema, tornou-se de todo inútil.

Não me podia esquecer o incidente da carta. Se fosse só isto! As primeiras palavras voltavam-me incessantemente à memória; depois, as outras, as outras, todas. Eu tinha a carta de cor!

Lembras-te? Uma das minhas vaidades era ter a memória feliz. Até neste dote era castigada. Aquelas palavras atordoavam-me, faziam-me arder a cabeça. Por quê? Ah! Carlota! é que eu achava nelas um encanto indefinível, encanto doloroso, porque era acompanhado de um remorso, mas encanto de que eu me não podia libertar.

Não era o coração que se empenhava, era a imaginação. A imaginação perdia-me; a luta do dever e da imaginação é cruel e perigosa para os espíritos fracos. Eu era fraca. O mistério fascinava a minha fantasia.

Enfim os dias e as diversões puderam desviar o meu espírito daquele pensamento único. No fim de um mês, se eu não tinha esquecido inteiramente o misterioso e a carta dele, estava, todavia, bastante calma para rir de mim e dos meus temores.

Na noite de uma quinta-feira, achavam-se algumas pessoas em minha casa, e muitas das minhas amigas, menos tu. Meu marido não tinha voltado, e a ausência dele não era notada nem sentida, visto que, apesar de franco cavalheiro como era, não tinha o dom particular de um conviva para tais reuniões.

Tinha-se cantado, tocado, conversado; reinava em todos a mais franca e expansiva alegria; o tio da Amélia Azevedo fazia rir a todos com as suas excentricidades; a Amélia arrebatava bravos a todos com as notas da sua garganta celeste; estávamos em um intervalo, esperando a hora do chá.

Anunciou-se meu marido.

Não vinha só. Vinha ao lado dele um homem alto, magro, elegante. Não pude conhecê-lo. Meu marido adiantou-se, e no meio do silêncio geral veio apresentar-mo.

Ouvi de meu marido que o nosso conviva chamava-se Emílio.

*

Fixei nele um olhar e retive um grito.

Era *ele*!

O meu grito foi substituído por um gesto de surpresa. Ninguém percebeu. Ele pareceu perceber menos que ninguém. Tinha os olhos fixos em mim, e com um gesto gracioso dirigiu-me algumas palavras de lisonjeira cortesia.

Respondi como pude.

Seguiram-se as apresentações, e durante dez minutos houve um silêncio de acanhamento em todos.

Os olhos voltavam-se todos para o recém-chegado. Eu também voltei os meus e pude reparar naquela figura em que tudo estava disposto para atrair as atenções: cabeça formosa e altiva, olhar profundo e magnético, maneiras elegantes e delicadas, certo ar distinto e próprio que fazia contraste com o ar afetado e prosaicamente medido dos outros rapazes.

Este exame de minha parte foi rápido. Eu não podia, nem me convinha encontrar o olhar de Emílio. Tornei a abaixar os olhos e esperei ansiosa que a conversação voltasse de novo ao seu curso.

Meu marido encarregou-se de dar o tom. Infelizmente era ainda o novo conviva o motivo da conversa geral.

Soubemos então que Emílio era um provinciano filho de pais opulentos, que recebera uma esmerada educação na Europa, onde não houve um só recanto que não visitasse.

Voltara há pouco tempo ao Brasil, e antes de ir para a província tinha determinado passar algum tempo no Rio de Janeiro.

Foi tudo quanto soubemos. Vieram as mil perguntas sobre as viagens de Emílio, e este com a mais amável solicitude, satisfazia a curiosidade geral.

Só eu não era curiosa. É que não podia articular palavra. Pedia interiormente a explicação deste romance misterioso, começado em um corredor do teatro, continuado em uma carta anônima e na apresentação em minha casa por intermédio de meu próprio marido.

De quando em quando levantava os olhos para Emílio e achava-o calmo e frio, respondendo polidamente às interrogações dos outros e narrando ele próprio, com uma graça modesta e natural, alguma das suas aventuras de viagem.

Ocorreu-me uma ideia. Seria realmente ele o misterioso do teatro e da carta? Pareceu-me ao princípio que sim, mas eu podia ter-me enganado; eu não tinha as feições do outro bem presentes à memória; parecia-me que as duas criaturas eram uma e a mesma; mas não podia explicar-se o engano por uma semelhança miraculosa?

De reflexão em reflexão, foi-me correndo o tempo, e eu assistia à conversa de todos como se não estivesse presente. Veio a hora do chá. Depois cantou-se e tocou-se ainda. Emílio ouvia tudo com atenção religiosa e mostrava-se tão apreciador do gosto como era conversador discreto e pertinente.

No fim da noite tinha cativado a todos. Meu marido, sobretudo, estava radiante. Via-se que ele se considerava feliz por ter feito a descoberta de mais um amigo para si e um companheiro para as nossas reuniões de família.

Emílio saiu prometendo voltar algumas vezes.

Quando eu me achei a sós com meu marido, perguntei-lhe:

– Donde conheces este homem?

– É uma pérola, não é? Foi-me apresentado no escritório há dias; simpatizei logo; parece ser dotado de boa alma, é vivo de espírito e discreto como o bom senso. Não há ninguém que não goste dele...

E como eu o ouvisse séria e calada, meu marido interrompeu-se e perguntou-me:

– Fiz mal em trazê-lo aqui?

– Mal, por quê? perguntei eu.

– Por coisa nenhuma. Que mal havia de ser? É um homem distinto...

Pus termo ao novo louvor do rapaz, chamando um escravo para dar algumas ordens.

E retirei-me ao meu quarto.

O sono dessa noite não foi o sono dos justos, podes crer. O que me irritava era a preocupação constante em que eu andava depois destes acontecimentos. Já eu não podia fugir inteiramente a essa preocupação: era involuntária, subjugava-me, arrastava-me. Era a curiosidade do coração, esse primeiro sinal das tempestades em que sucumbe a nossa vida e o nosso futuro.

Parece que aquele homem lia na minha alma e sabia apresentar-se no momento mais próprio a ocupar-me a imaginação como uma figura poética e imponente. Tu, que o conheceste depois, dize-me se, dadas as circunstâncias anteriores, não era para produzir esta impressão no espírito de uma mulher como eu!

Como eu, repito. Minhas circunstâncias eram especiais; se não o soubeste nunca, suspeitaste-o ao menos.

Se meu marido tivesse em mim uma mulher, e se eu tivesse nele um marido, minha salvação era certa. Mas não era assim. Entramos no nosso lar nupcial como dois viajantes estranhos em uma hospedaria, e aos quais a calamidade do tempo e a hora avançada da noite obrigam a aceitar pousada sob o teto do mesmo aposento.

Meu casamento foi resultado de um cálculo e de uma conveniência. Não inculpo meus pais. Eles cuidavam fazer-me feliz e morreram na convicção de que o era.

Eu podia, apesar de tudo, encontrar no marido que me davam um objeto de felicidade para todos os meus dias. Bastava para isso que meu marido visse em mim uma alma companheira da sua alma, um coração sócio do seu coração. Não se dava isto; meu marido entendia o casamento ao modo da maior parte da gente; via nele a obediência às palavras do Senhor no *Gênesis*.[32]

Fora disso, fazia-me cercar de certa consideração e dormia tranquilo na convicção de que havia cumprido o dever.

O dever! esta era a minha tábua de salvação. Eu sabia que as paixões não eram soberanas e que a nossa vontade pode triunfar delas. A este respeito eu tinha em mim forças bastantes para repelir ideias más. Mas não era o presente que me abafava e atemorizava; era o futuro. Até então aquele romance influía no meu espírito pela circunstância do mistério em que vinha envolto; a realidade havia de abrir-me os olhos; consolava-me a esperança de que eu triunfaria de um amor culpado. Mas, poderia nesse futuro, cuja proximidade eu não calculava, resistir convenientemente à paixão e salvar intactas a minha consideração e a minha consciência? Esta era a questão.

Ora, no meio destas oscilações, eu não via a mão do meu marido estender-se para salvar-me. Pelo contrário, quando na ocasião de queimar a carta, atirava-me a ele, lembras-te que ele me repeliu com uma palavra de enfado.

Isto pensei, isto senti, na longa noite que se seguiu à apresentação de Emílio.

No dia seguinte estava fatigada de espírito; mas, ou fosse calma ou fosse prostração, senti que os pensamentos dolorosos que me haviam torturado durante a noite esvaeceram-se à luz da manhã, como verdadeiras aves da noite e da solidão.

Então abriu-se ao meu espírito um raio de luz. Era a repetição do mesmo pensamento que me voltava no meio das preocupações daqueles últimos dias.

Por que temer? dizia eu comigo. Sou uma triste medrosa; e fatigo-me em criar montanhas para cair extenuada no meio da planície. Eia! nenhum obstáculo se opõe ao meu caminho de mulher virtuosa e considerada. Este homem, se é o mesmo, não passa de um mau leitor de romances realistas. O mistério é que lhe dá algum valor; visto de mais perto há de ser vulgar ou hediondo.

---

32 Primeiro livro das Bíblias hebraica e cristã, o *Gênesis* narra da criação do mundo à fixação dos hebreus no Egito.

IV

Não te quero fatigar com a narração minuciosa e diária de todos os acontecimentos.

Emílio continuou a frequentar a nossa casa, mostrando sempre a mesma delicadeza e gravidade, e encantando a todos por suas maneiras distintas sem afetação, amáveis sem fingimento.

Não sei por que meu marido revelava-se cada vez mais amigo de Emílio. Este conseguira despertar nele um entusiasmo novo para mim e para todos. Que capricho era esse da natureza?

Muitas vezes interroguei meu marido acerca desta amizade tão súbita e tão estrepitosa; quis até inventar suspeitas no espírito dele; meu marido era inabalável.

– Que queres? respondia-me ele. Não sei por que simpatizo extraordinariamente com este rapaz. Sinto que é uma bela pessoa, e eu não posso dissimular o entusiasmo de que me possuo quando estou perto dele.

– Mas sem conhecê-lo... objetava eu.

– Ora essa! Tenho as melhores informações; e demais, vê-se logo que é uma pessoa distinta...

– As maneiras enganam muitas vezes.

– Conhece-se...

Confesso, minha amiga, que eu podia impor a meu marido o afastamento de Emílio; mas quando esta ideia me vinha à cabeça, não sei por que ria-me dos meus temores e declarava-me com forças de resistir a tudo o que pudesse sobrevir.

Demais, o procedimento de Emílio autorizava-me a desarmar. Ele era para mim de um respeito inalterável, tratava-me como a todas as outras, sem deixar entrever a menor intenção oculta, o menor pensamento reservado.

Sucedeu o que era natural. Diante de tal procedimento não me ficava bem proceder com rigor e responder com a indiferença à amabilidade.

As coisas marchavam de tal modo que eu cheguei a persuadir-me de que tudo o que sucedera antes não tinha relação alguma com aquele rapaz, e que não havia entre ambos mais do que um fenômeno da semelhança, o que aliás eu não podia afirmar, porque, como te disse já, não pudera reparar bem no homem do teatro.

Aconteceu que dentro de pouco tempo estávamos na maior intimidade, e eu era para ele o mesmo que todas as outras: admiradora e admirada.

Das reuniões passou Emílio às simples visitas de dia, nas horas em que meu marido estava presente, e mais tarde, mesmo quando ele se achava ausente.

Meu marido de ordinário era quem o trazia. Emílio vinha então no seu carrinho que ele próprio dirigia, com a maior graça e elegância. Demorava-se horas e horas em nossa casa, tocando piano ou conversando.

A primeira vez que o recebi só, confesso que estremeci; mas foi um susto pueril; Emílio procedeu sempre do modo mais indiferente em relação às minhas suspeitas. Nesse dia, se algumas me ficaram, desvaneceram-se todas.

Nisto passaram-se dois meses.

Um dia, era de tarde, eu estava só; esperava-te para irmos visitar teu pai enfermo. Parou um carro à porta. Mandei ver. Era Emílio.

Recebi-o como de costume.

Disse-lhe que íamos visitar um doente, e ele quis logo sair. Disse-lhe que ficasse até à tua chegada. Ficou como se outro motivo o detivesse além de um dever de cortesia.

Passou-se meia hora.

Nossa conversa foi sobre assuntos indiferentes.

Em um dos intervalos da conversa Emílio levantou-se e foi à janela. Eu levantei-me igualmente para ir ao piano buscar um leque. Voltando para o sofá reparei pelo espelho que Emílio me olhava com um olhar estranho. Era uma transfiguração. Parecia que naquele olhar estava concentrada toda a alma dele.

Estremeci.

Todavia fiz um esforço sobre mim e fui sentar-me, então mais séria que nunca.

Emílio encaminhou-se para mim.

Olhei para ele.

Era o mesmo olhar.

Baixei os meus olhos.

– Assustou-se? perguntou-me ele.

Não respondi nada. Mas comecei a tremer de novo e parecia-me que o coração me queria pular fora do peito.

É que naquelas palavras havia a mesma expressão do olhar; as palavras faziam-me o efeito das palavras da carta.

– Assustou-se? repetiu ele.

– De quê? perguntei eu procurando rir para não dar maior gravidade à situação.

– Pareceu-me.

Houve um silêncio.

– D. Eugênia, disse ele sentando-se; não quero por mais tempo ocultar o segredo que faz o tormento da minha vida. Fora um sacrifício inútil. Feliz ou infeliz, prefiro a certeza da minha situação. D. Eugênia, eu amo-a.

Não te posso descrever como fiquei, ouvindo estas palavras. Senti que empalidecia; minhas mãos estavam geladas. Quis falar: não pude.

Emílio continuou:

– Oh! eu bem sei a que me exponho. Vejo como este amor é culpado. Mas que quer? É fatalidade. Andei tantas léguas, passei à ilharga de tantas belezas, sem que o meu coração pulsasse. Estava-me reservada a ventura rara ou o tremendo infortúnio de ser amado ou desprezado pela senhora. Curvo-me ao destino. Qualquer que seja a resposta que eu possa obter, não recuso, aceito. Que me responde?

Enquanto ele falava, eu podia, ouvindo-lhe as palavras, reunir algumas ideias. Quando ele acabou levantei os olhos e disse:

– Que resposta espera de mim?

– Qualquer.

– Só pode esperar uma...

– Não me ama?

– Não! Nem posso e nem amo, nem amaria se pudesse ou quisesse... Peço que se retire.

E levantei-me.

Emílio levantou-se.

– Retiro-me, disse ele; e parto com o inferno no coração.

Levantei os ombros em sinal de indiferença.

– Oh! eu bem sei que isso lhe é indiferente. É isso o que eu mais sinto. Eu preferia o ódio; o ódio, sim; mas a indiferença, acredite, é o pior castigo. Mas eu o recebo resignado. Tamanho crime deve ter tamanha pena.

E tomando o chapéu chegou-se a mim de novo.

Eu recuei dois passos.

– Oh! não tenha medo. Causo-lhe medo?

– Medo? retorqui eu com altivez.

– Asco? perguntou ele.

– Talvez... murmurei.

– Uma única resposta, tornou Emílio; conserva aquela carta?

– Ah! disse eu. Era o autor da carta?

– Era. E aquele misterioso do corredor do Teatro Lírico. Era eu. A carta?

– Queimei-a.

– Preveniu o meu pensamento.

E cumprimentando-me friamente dirigiu-se para a porta. Quase a chegar à porta senti que ele vacilava e levava a mão ao peito.

Tive um momento de piedade. Mas era necessário que ele se fosse, quer sofresse quer não. Todavia, dei um passo para ele e perguntei-lhe de longe:

– Quer dar-me uma resposta?

Ele parou e voltou-se.

– Pois não!

– Como é que para praticar o que praticou fingiu-se amigo de meu marido?

– Foi um ato indigno, eu sei; mas o meu amor é daqueles que não recuam ante a indignidade. É o único que eu compreendo. Mas, perdão; não quero enfadá-la mais. Adeus! Para sempre!

E saiu.

Pareceu-me ouvir um soluço.

Fui sentar-me ao sofá. Daí a pouco ouvi o rodar do carro.

O tempo que mediou entre a partida dele e a tua chegada não sei como se passou. No lugar em que fiquei aí me achaste.

Até então eu não tinha visto o amor senão nos livros. Aquele homem parecia-me realizar o amor que eu sonhara e vira descrito. A ideia de que o coração de Emílio sangrava naquele momento despertou em mim um sentimento vivo de piedade. A piedade foi um primeiro passo.

– Quem sabe, dizia eu comigo mesma, o que ele está agora sofrendo? E que culpa é a dele, afinal de contas? Ama-me, disse-mo; o amor foi mais forte do que a razão; não viu que eu era sagrada para ele; revelou-se. Ama, é a sua desculpa.

Depois repassava na memória todas as palavras dele e procurava recordar-me do tom em que ele as proferira. Lembrava-me também do que eu dissera e o tom com que respondera às suas confissões.

Fui talvez severa demais. Podia manter a minha dignidade sem abrir-lhe uma chaga no coração. Se eu falasse com mais brandura podia adquirir dele o respeito e a veneração. Agora há de amar-me ainda, mas não se recordará do que se passou sem um sentimento de amargura.

Estava nestas reflexões quando entraste.

Lembras-te que me achaste triste e perguntaste a causa disso. Nada te respondi. Fomos à casa da tua tia, sem que eu nada mudasse do ar que tinha antes.

À noite, quando meu marido me perguntou por Emílio, respondi sem saber o que respondia:

– Não veio cá hoje.

– Deveras? disse ele. Então está doente.

– Não sei.

– Lá vou amanhã.

– Lá onde?

– À casa dele.

– Para quê?

– Talvez esteja doente.

– Não creio; esperemos até ver...

Passei uma noite angustiosa. A ideia de Emílio perturbava-me o sono. Afigurava-se-me que ele estaria àquela hora chorando lágrimas de sangue no desespero do amor não aceito.

Era piedade? Era amor?

Carlota, era uma e outra coisa. Que podia ser mais? Eu tinha posto o pé em uma senda fatal; uma força me atraía. Eu fraca, podendo ser forte. Não me inculpo senão a mim.

Até domingo.

V

Na tarde seguinte, quando meu marido voltou perguntei por Emílio.

— Não o procurei, respondeu-me ele; tomei o conselho; se não vier hoje, sim.

Passou-se, pois, um dia sem ter notícias dele.

No dia seguinte, não tendo aparecido, meu marido foi lá.

Serei franca contigo, eu mesma lembrei isso a meu marido.

Esperei ansiosa a resposta.

Meu marido voltou pela tarde. Tinha um certo ar triste. Perguntei o que havia.

— Não sei. Fui encontrar o rapaz de cama. Disse-me que era uma ligeira constipação; mas eu creio que não é isso só...

— Que será então? perguntei eu, fitando um olhar em meu marido.

— Alguma coisa mais. O rapaz falou-me em embarcar para o Norte. Está triste, distraído, preocupado. Ao mesmo tempo que manifesta a esperança de ver os pais, revela receios de não tornar a vê-los. Tem ideias de morrer na viagem. Não sei que lhe aconteceu, mas foi alguma coisa. Talvez...

— Talvez?

— Talvez alguma perda de dinheiro.

Esta resposta transtornou o meu espírito. Posso afirmar-te que esta resposta entrou por muito nos acontecimentos posteriores.

Depois de algum silêncio perguntei:

— Mas que pretendes fazer?

— Abrir-me com ele. Perguntar o que é, e acudir-lhe se for possível. Em qualquer caso não o deixarei partir. Que achas?

– Acho que sim.

Tudo o que ia acontecendo contribuía poderosamente para tornar a ideia de Emílio cada vez mais presente à minha memória, e, é com dor que o confesso, não pensava já nele sem pulsações do coração.

Na noite do dia seguinte estávamos reunidas algumas pessoas. Eu não dava grande vida à reunião. Estava triste e desconsolada. Estava com raiva de mim própria. Fazia-me algoz de Emílio e doía-me a ideia de que ele padecesse ainda mais por mim.

Mas, seriam nove horas, quando meu marido apareceu trazendo Emílio pelo braço.

Houve um movimento geral de surpresa.

Realmente porque Emílio não aparecia alguns dias já todos começavam a perguntar por ele; depois, porque o pobre moço vinha pálido de cera.

Não te direi o que se passou nessa noite. Emílio parecia sofrer, não estava alegre como dantes; ao contrário, era naquela noite de uma taciturnidade, de uma tristeza que incomodava a todos, mas que me mortificava atrozmente, a mim que me fazia causa das suas dores.

Pude falar-lhe em uma ocasião, a alguma distância das outras pessoas.

– Desculpe-me, disse-lhe eu, se alguma palavra dura lhe disse. Compreende a minha posição. Ouvindo bruscamente o que me disse não pude pensar no que dizia. Sei que sofreu; peço-lhe que não sofra mais e esqueça...

– Obrigado, murmurou ele.

– Meu marido falou-me de projetos seus...

– De voltar à minha província, é verdade.

– Mas doente...

– Esta doença há de passar.

E dizendo isto lançou-me um olhar tão sinistro que eu tive medo.

– Passar? passar como?

– De algum modo.

– Não diga isso...

– Que me resta mais na terra?

E voltou os olhos para enxugar uma lágrima.

– Que é isso? disse eu. Está chorando?

– As últimas lágrimas.

– Oh! se soubesse como me faz sofrer! Não chore; eu lho peço. Peço-lhe mais. Peço-lhe que viva.

– Oh!

– Ordeno-lhe.

– Ordena-me? E se eu não obedecer? Se eu não puder?... Acredita que se possa viver com um espinho no coração?

Isto que te escrevo é feio. A maneira por que ele falava é que era apaixonada, dolorosa, comovente. Eu ouvia sem saber de mim. Aproximavam-se algumas pessoas. Quis pôr termo à conversa e disse-lhe:

– Ama-me? disse eu. Só o amor pode ordenar? Pois é o amor que lhe ordena que viva!

Emílio fez um gesto de alegria. Levantei-me para ir falar às pessoas que se aproximavam.

– Obrigado, murmurou-me ele aos ouvidos.

Quando, no fim do serão, Emílio se despediu de mim, dizendo-me, com um olhar em que a gratidão e o amor irradiavam juntos: – Até amanhã! – não sei que sentimento de confusão e de amor, de remorso e de ternura se apoderou de mim.

– Bem; Emílio está mais alegre, dizia-me meu marido.

Eu olhei para ele sem saber o que responder.

Depois retirei-me precipitadamente. Parecia-me que via nele a imagem da minha consciência.

No dia seguinte recebi de Emílio esta carta:

Eugênia.

Obrigado. Torno-me à vida, e à senhora o devo.

Obrigado! fez de um cadáver um homem, faça agora de um homem um deus. Ânimo! ânimo!

Li esta carta, reli, e... dir-to-ei, Carlota? beijei-a. Beijei-a repetidas vezes com alma, com paixão, com delírio. Eu amava! eu amava!

Então houve em mim a mesma luta, mas estava mudada a situação dos meus sentimentos. Antes era o coração que fugia à razão, agora a razão fugia ao coração.

Era um crime, eu bem o via, bem o sentia; mas não sei qual era a minha fatalidade, qual era a minha natureza, eu achava nas delícias do crime desculpa ao meu erro, e procurava com isso legitimar a minha paixão.

Quando meu marido se achava perto de mim eu me sentia melhor e mais corajosa...

Paro aqui desta vez. Sinto uma opressão no peito. É a recordação de todos estes acontecimentos.

Até domingo.

VI

Seguiram-se alguns dias às cenas que eu te contei na minha carta passada.

Ativou-se entre mim e Emílio uma correspondência. No fim de quinze dias eu só vivia do pensamento dele.

Ninguém dos que frequentavam a nossa casa, nem mesmo tu, pôde descobrir este amor. Éramos dois namorados discretos ao último ponto.

É certo que muitas vezes me perguntavam por que é que eu me distraía tanto e andava tão melancólica; isto chamava-me à vida real e eu mudava logo de parecer.

Meu marido sobretudo parecia sofrer com as minhas tristezas.

A sua solicitude, confesso, incomodava-me. Muitas vezes lhe respondia mal, não já porque eu o odiasse, mas porque de todos era ele o único a quem eu não quisera ouvir destas interrogações.

Um dia voltando para casa à tarde chegou-se ele a mim e disse:

– Eugênia, tenho uma notícia a dar-te.

— Qual?
— E que te há de agradar muito.
— Vejamos qual é.
— É um passeio.
— Aonde?
— A ideia foi minha. Já fui ao Emílio e ele aplaudiu muito. O passeio deve ser domingo à Gávea; iremos daqui muito cedinho. Tudo isto, é preciso notar, não está decidido. Depende de ti. O que dizes?
— Aprovo a ideia.
— Muito bem. A Carlota pode ir.
— E deve ir, acrescentei eu; e algumas outras amigas.

Pouco depois recebias tu e outras um bilhete de convite para o passeio. Lembras-te que lá fomos. O que não sabes é que nesse passeio, a favor da confusão e da distração geral, houve entre mim e Emílio um diálogo que foi para mim a primeira amargura de amor.

— Eugênia, dizia ele dando-me o braço, estás certa de que me amas?
— Estou.
— Pois bem. O que te peço, nem sou eu que te peço, é o meu coração, o teu coração que te pedem, um movimento nobre e capaz de nos engrandecer aos nossos próprios olhos. Não haverá um recanto no mundo em que possamos viver, longe de todos e perto do céu?
— Fugir?
— Sim!
— Oh! isso nunca!
— Não me amas.
— Amo, sim; é já um crime, não quero ir além.
— Recusas a felicidade?
— Recuso a desonra.
— Não me amas.
— Oh! meu Deus, como respondê-lo? Amo, sim; mas desejo ficar a seus olhos a mesma mulher, amorosa é verdade, mas até certo ponto... pura.

— O amor que calcula, não é amor.

Não respondi. Emílio disse estas palavras com uma expressão tal de desdém e com uma intenção de ferir-me que eu senti o coração bater-me apressado, e subir-me o sangue ao rosto.

O passeio acabou mal.

Esta cena tornou Emílio frio para mim; eu sofria com isso; procurei torná-lo ao estado anterior; mas não consegui.

Um dia em que nos achávamos a sós, disse-lhe:

— Emílio, se eu amanhã te acompanhasse, o que farias?

— Cumpria essa ordem divina.

— Mas depois?

— Depois? perguntou Emílio com ar de quem estranhava a pergunta.

— Sim, depois, continuei eu; depois quando o tempo volvesse não me havias de olhar com desprezo?

— Desprezo? Não vejo...

— Como não? Que te mereceria eu depois?

— Oh! esse sacrifício seria feito por minha causa, eu fora covarde se te lançasse isso em rosto.

— Di-lo-ias no teu íntimo.

— Juro que não.

— Pois a meus olhos é assim; eu nunca me perdoaria esse erro.

Emílio pôs o rosto nas mãos e pareceu chorar. Eu que até ali falava com esforço, fui a ele e tirei-lhe o rosto das mãos.

— Que é isto? disse eu. Não vês que me fazes chorar também?

Ele olhou para mim com os olhos rasos de lágrimas. Eu tinha os meus úmidos.

— Adeus, disse ele repentinamente. Vou partir.

E deu um passo para a porta.

— Se me prometes viver, disse-lhe, parte; se tens alguma ideia sinistra, fica.

Não sei o que viu ele no meu olhar, mas tomando a mão que eu lhe estendia beijou-a repetidas vezes (eram os primeiros beijos) e disse-me com fogo:

— Fico, Eugênia!

Ouvimos um ruído fora. Mandei ver. Era meu marido que chegava enfermo. Tinha tido um ataque no escritório. Tornara a si, mas achava-se mal. Alguns amigos o trouxeram dentro de um carro.

Corri para a porta. Meu marido vinha pálido e desfeito. Mal podia andar ajudado pelos amigos.

Fiquei desesperada, não cuidei de mais coisa alguma. O médico que acompanhara meu marido mandou logo fazer algumas aplicações de remédios. Eu estava impaciente; perguntava a todos se meu marido estava salvo.

Todos me tranquilizavam.

Emílio mostrou-se pesaroso com o acontecimento. Foi a meu marido e apertou-lhe a mão.

Quando Emílio quis sair, meu marido disse-lhe:

– Olhe, sei que não pode estar aqui sempre; peço-lhe, porém, que venha, se puder, todos os dias.

– Pois não, disse Emílio.

E saiu.

Meu marido passou mal o resto daquele dia e a noite. Eu não dormi. Passei a noite no quarto.

No dia seguinte estava exausta. Tantas comoções diversas e uma vigília tão longa deixaram-me prostrada: cedia à força maior. Mandei chamar a prima Elvira e fui deitar-me.

Fecho esta carta neste ponto. Pouco falta para chegar ao termo da minha triste narração.

Até domingo.

VII

A moléstia de meu marido durou poucos dias. De dia para dia agravava-se.

No fim de oito dias os médicos desenganaram o doente.

Quando recebi esta fatal nova fiquei como louca. Era meu marido, Carlota, e apesar de tudo eu não podia esquecer que ele tinha sido o companheiro da minha vida e a ideia salvadora nos desvios do meu espírito.

Emílio achou-me num estado de desespero. Procurou consolar-me. Eu não lhe ocultei que esta morte era um golpe profundo para mim.

Uma noite estávamos juntos todos, eu, a prima Elvira, uma parenta de meu marido e Emílio. Fazíamos companhia ao doente. Este, depois de um longo silêncio, voltou-se para mim e disse-me:

– A tua mão.

E apertando-me a mão com uma energia suprema, voltou-se para a parede. Expirou.

*

Passaram-se quatro meses depois dos fatos que te contei. Emílio acompanhou-me na dor e foi dos mais assíduos em todas as cerimônias fúnebres que se fizeram ao meu finado marido.

Todavia, as visitas começaram a escassear. Era, parecia-me, por motivo de uma delicadeza natural.

No fim do prazo de que te falei, soube, por boca de um dos amigos de meu marido, que Emílio ia partir. Não pude crer. Escrevi-lhe uma carta.

Eu amava-o então, como dantes, mais ainda, agora que estava livre.

Dizia a carta:

Emílio.

Constou-me que ias partir. Será possível? Eu mesma não posso acreditar nos meus ouvidos! Bem sabes se eu te amo. Não é tempo de coroar os nossos votos; mas não faltará muito para que o mundo nos releve uma união que o amor nos impõe. Vem tu mesmo responder-me por boca.

Tua Eugênia.

Emílio veio em pessoa. Asseverou-me que, se ia partir, era por negócio de pouco tempo, mas que voltaria logo. A viagem devia ter lugar daí a oito dias.

Pedi-lhe que jurasse o que dizia, e ele jurou.

Deixei-o partir.

Daí a quatro dias recebia eu a seguinte carta dele:

Menti, Eugênia; vou partir já. Menti ainda, eu não volto. Não volto porque não posso. Uma união contigo seria para mim o ideal da felicidade se eu não fosse homem de hábitos opostos ao casamento. Adeus. Desculpa-me, e reza para que eu faça uma boa viagem. Adeus.

Emílio.

Avalias facilmente como fiquei depois de ler esta carta. Era um castelo que se desmoronava. Em troca do meu amor, do meu primeiro amor, recebia deste modo a ingratidão e o desprezo. Era justo: aquele amor culpado não podia ter bom fim; eu fui castigada pelas consequências mesmo do meu crime.

Mas, perguntava eu, como é que este homem, que parecia amar-me tanto, recusou aquela de cuja honestidade podia estar certo, visto que pôde opor uma resistência aos desejos de seu coração? Isto me pareceu um mistério.

Hoje vejo que não era; Emílio era um sedutor vulgar e só se diferençava dos outros em ter um pouco mais de habilidade que eles.

Tal é a minha história. Imagina o que sofri nestes dois anos. Mas o tempo é um grande médico: estou curada.

O amor ofendido e o remorso de haver de algum modo traído a confiança de meu esposo fizeram-me doer muito. Mas eu creio que caro paguei o meu crime e acho-me reabilitada perante a minha consciência.

Achar-me-ei perante Deus?

E tu? É o que me hás de explicar amanhã; vinte e quatro horas depois de partir esta carta eu serei contigo.

Adeus!

AS BODAS DE LUIZ DUARTE

Publicado originalmente nas *Histórias da meia-noite*, 1873.

Na manhã de um sábado, 25 de abril, andava tudo em alvoroço em casa de José Lemos.

Preparava-se o aparelho de jantar dos dias de festa, lavavam-se as escadas e os corredores, enchiam-se os leitões e os perus para serem assados no forno da padaria defronte; tudo era movimento; alguma coisa ia acontecer nesse dia.

O arranjo da sala ficou a cargo de José Lemos. O respeitável dono da casa, trepado num banco, tratava de pregar à parede duas gravuras compradas na véspera em casa do Bernasconi; uma representava a *Morte de Sardanapalo*;[33] outra a *Execução de Maria Stuart*.[34] Houve alguma luta entre ele e a mulher a respeito da colocação da primeira gravura. D. Beatriz achou que era indecente um grupo de homem abraçado com tantas mulheres. Além disso, não lhe pareciam próprios dois quadros fúnebres em dia de festa. José Lemos, que tinha sido membro de uma sociedade literária, quando era rapaz, respondeu triunfantemente que os dois quadros eram históricos, e que a história está bem em todas as famílias. Podia acrescentar que nem todas as famílias estão bem na história; mas este trocadilho era mais lúgubre que os quadros.

D. Beatriz, com as chaves na mão, mas sem a *melena desgrenhada* do so-

---

33 A obra original, do pintor romântico francês Ferdinand-Victor Eugène Delacroix (1798-1863), encontra-se exposta no Museu do Louvre, em Paris. A obra, pintada em 1827, retrata o horror imposto pelo rei assírio Assurbanipal (séc. VII a. C., era chamado de Sardanapalo pelos gregos), ao seu povo, ao optar pelo extermínio coletivo à aceitação de uma derrota. A temática não combina com festividade, daí a ironia machadiana.

34 O escritor parece se referir, aqui, à tela em que Philippe Jacques Van Bree (1786-1871) retrata Maria Stuart (1542-1587) sendo levada para a execução, pertencente ao Louvre. Mas, a julgar pela gravura de Delacroix que a acompanha, pode ter imaginado outros trabalhos anônimos, da mesma época, mas que são muito mais explícitos ao mostrar a rainha da Escócia sendo decapitada.

neto de Tolentino,³⁵ andava literalmente da sala para a cozinha, dando ordens, apressando as escravas, tirando toalhas e guardanapos lavados e mandando fazer compras, em suma, ocupada nas mil coisas que estão a cargo de uma dona de casa, maxime num dia de tanta magnitude.

De quando em quando, chegava D. Beatriz à escada que ia ter ao segundo andar, e gritava:

– Meninas, venham almoçar.

Mas parece que as meninas não tinham pressa, porque só depois das nove horas acudiram ao oitavo chamado da mãe, já disposta a subir ao quarto das pequenas, o que era verdadeiro sacrifício da parte de uma senhora tão gorda.

Eram duas moreninhas de truz as filhas do casal Lemos. Uma representava ter vinte anos, outra dezessete; ambas eram altas e um tanto refeitas. A mais velha estava um pouco pálida; a outra, coradinha e alegre, desceu cantando não sei que romance do Alcazar, então em moda. Parecia que das duas a mais feliz seria a que cantava; não era; a mais feliz era a outra que nesse dia devia ligar-se pelos laços matrimoniais ao jovem Luiz Duarte, com quem nutria longo e porfiado namoro. Estava pálida por ter tido uma insônia terrível, doença de que até então não padecera nunca. Há doenças assim.

Desceram as duas pequenas, tomaram a bênção à mãe, que lhes fez um rápido discurso de repreensão e foram à sala para falar ao pai. José Lemos, que pela sétima vez trocava a posição dos quadros, consultou as filhas sobre se era melhor que a *Stuart* ficasse do lado do sofá ou do lado oposto. As meninas disseram que era melhor deixá-la onde estava, e esta opinião pôs termo às dúvidas de José Lemos que deu por concluída a tarefa e foi almoçar.

Além de José Lemos, sua mulher D. Beatriz, Carlota (a noiva) e Luiza, estavam à mesa Rodrigo Lemos e o menino Antonico, filhos também do casal Lemos. Rodrigo tinha dezoito anos e Antonico seis; o Antonico era a miniatura do Rodrigo; distinguiam-se ambos por uma notável preguiça, e nisso eram perfeitamente irmãos. Rodrigo desde as oito horas da manhã gastou o tempo em duas coisas: ler

---

35 Machado agora se refere ao poeta lisboeta Nicolau Tolentino de Almeida (1740-1811) ("Chaves na mão, melena desgrenhada").

os anúncios do *Jornal* e ir à cozinha saber em que altura estava o almoço. Quanto ao Antonico, tinha comido às seis horas um bom prato de mingau, na forma de costume, e só se ocupou em dormir tranquilamente até que a mucama o foi chamar.

O almoço correu sem novidade. José Lemos era homem que comia calado; Rodrigo contou o enredo da comédia que vira na noite antecedente no Ginásio; e não se falou em outra coisa durante o almoço. Quando este acabou, Rodrigo levantou-se para ir fumar; e José Lemos encostando os braços na mesa perguntou se o tempo ameaçava chuva. Efetivamente o céu estava sombrio, e a Tijuca não apresentava bom aspecto.

Quando Antonico ia levantar-se, impetrada a licença, ouviu da mãe este aviso:

— Olha lá, Antonico, não faças logo ao jantar o que fazes sempre que há gente de fora.

— O que é que ele faz? perguntou José Lemos.

— Fica envergonhado e mete o dedo no nariz. Só os meninos tolos é que fazem isto: eu não quero semelhante coisa.

O Antonico ficou envergonhado com a repriménda e foi para a sala lavado em lágrimas. D. Beatriz correu logo atrás para acalentar o seu Benjamin, e todos os mais se levantaram da mesa.

José Lemos indagou da mulher se não faltava nenhum convite, e depois de certificar-se que estavam convidados todos os que deviam assistir à festa, foi vestir-se para sair. Imediatamente foi incumbido de várias coisas: recomendar ao cabeleireiro que viesse cedo, comprar luvas para a mulher e as filhas, avisar de novo os carros, encomendar os sorvetes e os vinhos, e outras coisas mais em que poderia ser ajudado pelo jovem Rodrigo, se este homônimo do Cid[36] não tivesse ido dormir para *descansar o almoço*.

Apenas José Lemos pôs a sola dos sapatos em contato com as pedras da rua, D. Beatriz disse a sua filha Carlota que a acompanhasse à sala, e apenas ali chegaram ambas, proferiu a boa senhora o seguinte *speech*:

— Minha filha, hoje termina a tua vida de solteira, e amanhã começa a

---

36 Outra referência literária de Machado, desta vez a El Cid, na verdade Rodrigo Díaz de Vivar (c. 1043-1099), nobre cavaleiro castelhano.

tua vida de casada. Eu, que já passei pela mesma transformação, sei praticamente que o caráter de uma senhora casada traz consigo responsabilidades gravíssimas. Bom é que cada qual aprenda à sua custa; mas eu sigo nisto o exemplo de tua avó, que na véspera da minha união com teu pai, expôs em linguagem clara e simples a significação do casamento e a alta responsabilidade dessa nova posição...

D. Beatriz estacou; Carlota que atribuiu o silêncio da mãe ao desejo de obter uma resposta, não achou melhor palavra do que um beijo amorosamente filial.

Entretanto, se a noiva de Luiz Duarte tivesse espiado três dias antes pela fechadura do gabinete de seu pai, adivinharia que D. Beatriz recitava um discurso composto por José Lemos, e que o silêncio era simplesmente um eclipse de memória.

Melhor fora que D. Beatriz, como as outras mães, tirasse alguns conselhos do seu coração e da sua experiência. O amor materno é a melhor retórica deste mundo. Mas o Sr. José Lemos, que conservara desde a juventude um sestro literário, achou que fazia mal expondo a cara-metade a alguns erros gramaticais numa ocasião tão solene.

Continuou D. Beatriz o seu discurso, que não foi longo e terminou perguntando se realmente Carlota amava o noivo, e se aquele casamento não era, como podia acontecer, um resultado de despeito. A moça respondeu que amava o noivo tanto como a seus pais. A mãe acabou beijando a filha com ternura, não estudada na prosa de José Lemos.

Pelas duas horas da tarde voltou este, suando em bica, mas satisfeito de si, porque além de ter dado conta de todas as incumbências da mulher, relativas aos carros, cabeleireiro etc., conseguiu que o tenente Porfírio fosse lá jantar, coisa que até então estava duvidosa.

O tenente Porfírio era o tipo do orador de sobremesa; possuía o entono, a facilidade, a graça, todas as condições necessárias a esse mister. A posse de tão belos talentos proporcionava ao tenente Porfírio alguns lucros de valor; raro domingo ou dia de festa jantava em casa. Convidava-se o tenente Porfírio com a condição tácita de fazer um discurso, como se convida um músico para tocar alguma coisa. O tenente Porfírio estava entre o creme e o café; e não se cuide que era acepipe gratuito; o bom homem, se bem falava, melhor comia. De maneira que, bem pesadas as coisas, o discurso valia o jantar.

Foi grande assunto de debate nos três dias anteriores ao dia das bodas, se o jantar devia preceder a cerimônia ou vice-versa. O pai da noiva inclinava-se a que o casamento fosse celebrado depois do jantar, e nisto era apoiado pelo jovem Rodrigo, que com uma sagacidade digna de estadista, percebeu que, no caso contrário, o jantar seria muito tarde. Prevaleceu entretanto a opinião de D. Beatriz que achou esquisito ir para a igreja com a barriga cheia. Nenhuma razão teológica ou disciplinar se opunha a isso, mas a esposa de José Lemos tinha opiniões especiais em assunto de igreja.

Venceu a sua opinião.

Pelas quatro horas começaram a chegar convidados.

Os primeiros foram os Vilelas, família composta de Justiniano Vilela, chefe de seção aposentado, D. Margarida, sua esposa, e D. Augusta, sobrinha de ambos.

A cabeça de Justiniano Vilela, – se se pode chamar cabeça a uma jaca metida numa gravata de cinco voltas, – era um exemplo da prodigalidade da natureza quando quer fazer cabeças grandes. Afirmavam, porém, algumas pessoas que o talento não correspondia ao tamanho; posto que tivesse corrido algum tempo o boato contrário. Não sei de que talento falavam essas pessoas; e a palavra pode ter várias aplicações. O certo é que um talento teve Justiniano Vilela, foi a escolha da mulher, senhora que, apesar dos seus quarenta e seis anos bem puxados, ainda merecia, no entender de José Lemos, dez minutos de atenção.

Trajava Justiniano Vilela como é de uso em tais reuniões; e a única coisa verdadeiramente digna de nota eram os seus sapatos ingleses de apertar no peito do pé por meio de cordões. Ora, como o marido de D. Margarida, tinha horror às calças compridas, aconteceu que apenas se sentou deixou patente a alvura de um fino e imaculado par de meias.

Além do ordenado com que foi aposentado, tinha Justiniano Vilela uma casa e dois molecotes, e com isto ia vivendo menos mal. Não gostava de política; mas tinha opiniões assentadas a respeito dos negócios públicos. Jogava o solo e o gamão todos os dias, alternadamente; gabava as coisas ao seu tempo; e tomava rapé com o dedo polegar e o dedo médio.

Outros convidados foram chegando, mas em pequena quantidade, porque à cerimônia e ao jantar só devia assistir um pequeno número de pessoas íntimas.

Às quatro horas e meia chegou o padrinho, Dr. Valença, e a madrinha, sua irmã viúva D. Virgínia. José Lemos correu a abraçar o Dr. Valença; mas este que era homem formalista e cerimonioso, repeliu brandamente o amigo, dizendo-lhe ao ouvido que naquele dia toda a gravidade era pouca. Depois, com uma serenidade que só ele possuía, entrou o Dr. Valença e foi cumprimentar a dona da casa e as outras senhoras.

Era ele homem de seus cinquenta anos, nem gordo nem magro, mas dotado de um largo peito e um largo abdômen que lhe davam maior gravidade ao rosto e às maneiras. O abdômen é a expressão mais positiva da gravidade humana; um homem magro tem necessariamente os movimentos rápidos; ao passo que para ser completamente grave precisa ter os movimentos tardos e medidos. Um homem verdadeiramente grave não pode gastar menos de dois minutos em tirar o lenço e assoar-se. O Dr. Valença gastava três quando estava com defluxo e quatro no estado normal. Era um homem gravíssimo.

Insisto neste ponto porque é a maior prova de inteligência do Dr. Valença. Compreendeu este advogado, logo que saiu da academia, que a primeira condição para merecer a consideração dos outros era ser grave; e indagando o que era gravidade pareceu-lhe que não era nem o peso da reflexão, nem a seriedade do espírito, mas unicamente certo *mistério do corpo*, como lhe chama La Rochefoucauld;[37] o qual mistério acrescentará o leitor, é como a bandeira dos neutros em tempo de guerra: salva do exame a carga que cobre.

Podia-se dar uma boa gratificação a quem descobrisse uma ruga na casaca do Dr. Valença. O colete tinha apenas três botões e abria-se até ao pescoço em forma de coração. Uma elegante claque completava a *toilette* do Dr. Valença.

---

[37] Machado cita o moralista francês La Rochefoucauld (1613-1680), como já fizera Hénaux no texto que abre esta coletânea.

Não era ele bonito de feições no sentido afeminado que alguns dão à beleza masculina; mas não deixava de ter certa correção nas linhas do rosto, o qual se cobria de um véu de serenidade que lhe ficava a matar.

Depois da entrada dos padrinhos, José Lemos perguntou pelo noivo, e o Dr. Valença respondeu que não sabia dele. Eram já cinco horas. Os convidados, que cuidavam ter chegado tarde para a cerimônia, ficaram desagradavelmente surpreendidos com a demora, e Justiniano Vilela confessou ao ouvido da mulher que estava arrependido de não ter comido alguma coisa antes. Era justamente o que estava fazendo o jovem Rodrigo Lemos, desde que percebeu que o jantar viria lá para as sete horas.

A irmã do Dr. Valença de quem não falei detidamente por ser uma das figuras insignificantes que jamais produziu a raça de Eva, apenas entrou manifestou logo o desejo de ir ver a noiva, e D. Beatriz saiu com ela da sala, deixando plena liberdade ao marido que encetava uma conversação com a interessante esposa do Sr. Vilela.

– Os noivos de hoje não se apressam, disse filosoficamente Justiniano; quando eu me casei fui o primeiro que apareceu em casa da noiva.

A esta observação, toda filha do estômago implacável do ex-chefe de seção, o Dr. Valença respondeu dizendo:

– Compreendo a demora e a comoção de aparecer diante da noiva.

Todos sorriram ouvindo esta defesa do noivo ausente e a conversa tomou certa animação.

Justamente, no momento em que Vilela discutia com o Dr. Valença as vantagens do tempo antigo sobre o tempo atual, e as moças conversavam entre si do último corte dos vestidos, entrou na sala a noiva, escoltada pela mãe e pela madrinha, vindo logo na retaguarda a interessante Luiza, acompanhada do jovem Antonico.

Eu não seria narrador exato nem de bom gosto se não dissesse que houve na sala um murmúrio de admiração.

Carlota estava efetivamente deslumbrante com o seu vestido branco, e a sua grinalda de flores de laranjeira, e o seu finíssimo véu, sem outra joia mais que os seus olhos negros, verdadeiros diamantes da melhor água.

José Lemos interrompeu a conversa em que estava com a esposa de Justiniano, e contemplou a filha. Foi a noiva apresentada aos convidados, e conduzida para o sofá, onde se sentou entre a madrinha e o padrinho. Este, pondo o claque em pé sobre a perna, e sobre o claque a mão apertada numa luva de três mil e quinhentos, disse à afilhada palavras de louvor que a moça ouviu corando e sorrindo, aliança amável de vaidade e modéstia.

Ouviram-se passos na escada, e já o Sr. José Lemos esperava ver entrar o futuro genro, quando assomou à porta o grupo dos irmãos Valadares.

Destes dois irmãos, o mais velho que se chamava Calisto, era um homem amarelo, nariz aquilino, cabelos e olhos redondos. Chamava-se o mais moço Eduardo, e só se diferenciava do irmão na cor, que era vermelha. Eram ambos empregados numa Companhia, e estavam na flor dos quarenta para cima. Outra diferença havia: era que Eduardo cultivava a poesia quando as cifras lho permitiam, ao passo que o irmão era inimigo de tudo o que cheirava a literatura.

Passava o tempo, e nem o noivo, nem o tenente Porfírio davam sinais de si. O noivo era essencial para o casamento, e o tenente para o jantar. Eram cinco e meia quando apareceu finalmente Luiz Duarte. Houve um *Gloria in excelsis Deo*[38] no interior de todos os convidados.

Luiz Duarte apareceu à porta da sala, e daí mesmo fez uma cortesia geral, cheia de graça e tão cerimoniosa que o padrinho lha invejou. Era um rapaz de vinte e cinco anos, tez mui alva, bigode louro e sem barba nenhuma. Trazia o cabelo apartado no centro da cabeça. Os lábios eram tão rubros que um dos Valadares disse ao ouvido do outro: Parece que os tingiu. Em suma, Luiz Duarte era uma figura capaz de agradar a uma moça de vinte anos, e eu não teria grande repugnância em chamar-lhe um Adônis,[39] se ele realmente o fosse. Mas não era. Dada a hora, saíram os noivos, os pais e os padrinhos, e foram à igreja, que ficava perto; os outros convidados ficaram em casa, fazendo as honras dela a menina Luiza e o jovem Rodrigo, a quem o pai foi chamar, e que

---

38 "Glória a Deus nas alturas", expressado em latim.
39 Machado volta à mitologia grega ao citar Adônis, jovem de grande beleza, filho do rei Círias do Chipre com sua filha Mirra.

apareceu logo trajado no rigor da moda.

– É um par de pombos, disse a Sra. D. Margarida Vilela, apenas saiu a comitiva.

– É verdade! disseram em coro os dois irmãos Valadares e Justiniano Vilela.

A menina Luiza, que era alegre por natureza, alegrou a situação, conversando com as outras moças, uma das quais, a convite seu, foi tocar alguma coisa ao piano. Calisto Valadares suspeitava que houvesse uma omissão nas Escrituras, e vinha a ser que entre as pragas do Egito devia ter figurado o piano. Imagine o leitor com que cara viu ele sair uma das moças do seu lugar e dirigir-se ao fatal instrumento. Soltou um longo suspiro e começou a contemplar as duas gravuras compradas na véspera.

– Que magnífico é isso! exclamou ele diante do *Sardanapalo*, quadro que achava detestável.

– Foi papai quem escolheu, disse Rodrigo, e foi essa a primeira palavra que pronunciou desde que entrou na sala.

– Pois, senhor, tem bom gosto, continuou Calisto; não sei se conhecem o assunto do quadro...

– O assunto é *Sardanapalo*, disse afoitamente Rodrigo.

– Bem sei, retrucou Calisto, estimando que a conversa pegasse; mas pergunto se...

Não pôde acabar; soaram os primeiros compassos.

Eduardo, que na sua qualidade de poeta, devia amar a música, aproximou-se do piano e inclinou-se sobre ele na posição melancólica de um homem que conversa com as musas. Quanto ao irmão, não tendo podido evitar a cascata de notas, foi sentar-se ao pé de Vilela, com quem travou conversa, começando por perguntar que horas eram no relógio dele. Era tocar na tecla mais preciosa do ex-chefe de seção.

– É já tarde, disse este com voz fraca; olhe, seis horas.

– Não podem tardar muito.

– Eu sei! A cerimônia é longa, e talvez não achem o padre... Os casamentos deviam fazer-se em casa e de noite.

– É a minha opinião.

A moça terminou o que estava tocando; Calisto suspirou. Eduardo, que estava encostado ao piano, cumprimentou a executante com entusiasmo.

– Por que não toca mais alguma coisa? disse ele.

– É verdade, Mariquinhas, toca alguma coisa da *Sonâmbula*,[40] disse Luiza obrigando a amiga a sentar-se.

– Sim! a *Son...*

Eduardo não pôde acabar; viu em frente os dois olhos repreensivos do irmão e fez uma careta. Interromper uma frase e fazer uma careta podia ser indício de um calo. Todos assim pensaram, exceto Vilela, que, julgando os outros por si, ficou convencido de que algum grito agudo do estômago tinha interrompido a voz de Eduardo. E, como acontece às vezes, a dor alheia despertou a própria, de maneira que o estômago de Vilela formulou um verdadeiro *ultimatum*, ao qual o homem cedeu, aproveitando a intimidade que tinha na casa e indo ao interior sob pretexto de dar exercício às pernas.

Foi uma felicidade.

A mesa, que já tinha em cima de si alguns acepipes convidativos, apareceu como uma verdadeira fonte de Moisés aos olhos do ex-chefe de seção. Dois pastelinhos e um croquete foram os parlamentares que Vilela mandou ao estômago rebelado e com os quais aquela víscera se conformou.

No entanto D. Mariquinhas fazia maravilhas ao piano; Eduardo encostado à janela parecia meditar um suicídio, ao passo que o irmão brincando com a corrente do relógio ouvia umas confidências de D. Margarida a respeito do mau serviço dos escravos. Quanto a Rodrigo, passeava de um lado para outro, dizendo de vez em quando em voz alta:

– Já tardam!

Eram seis horas e um quarto; nada de carros; algumas pessoas já estavam impacientes. Às seis e vinte minutos ouviu-se um rumor de rodas; Rodrigo correu à janela: era um tílburi. Às seis e vinte e cinco minutos todos supuseram ouvir o rumor dos carros.

---

40 Referência à ópera *La Sonnambula*, do siciliano Vincenzo Bellini (1801-1835).

– É agora, exclamou uma voz.

Não era nada. Pareceu-lhes ouvir por um efeito (desculpem a audácia com que eu caso este substantivo a este adjetivo) por um efeito de *miragem auricular*.

Às seis e trinta e oito minutos apareceram os carros. Grande alvoroço na sala; as senhoras correram às janelas. Os homens olharam uns para os outros como conjurados que medem as suas forças para uma grande empresa. Toda a comitiva entrou. As escravas da casa, que espreitavam do corredor a entrada dos noivos, causaram uma verdadeira surpresa à sinhá-moça, deitando-lhe sobre a cabeça um dilúvio de folhas de rosa. Cumprimentos e beijos, houve tudo quanto se faz em tais ocasiões.

O Sr. José Lemos estava contentíssimo, mas caiu-lhe água na fervura quando soube que o tenente Porfírio não tinha chegado.

– É preciso mandá-lo chamar.

– A esta hora! murmurou Calisto Valadares.

– Sem o Porfírio não há festa completa, disse o Sr. José Lemos confidencialmente ao Dr. Valença.

– Papai, disse Rodrigo, eu creio que ele não vem.

– É impossível!

– São quase sete horas.

– E o jantar já nos espera, acrescentou D. Beatriz.

O voto de D. Beatriz pesava muito no ânimo de José Lemos; por isso não insistiu. Não houve remédio senão sacrificar o tenente.

Mas o tenente era homem das situações difíceis, o salvador dos lances arriscados. Mal acabava D. Beatriz de falar, e José Lemos de assentir mentalmente à opinião da mulher, ouviu-se na escada a voz do tenente Porfírio. O dono da casa soltou um suspiro de alívio e satisfação. Entrou na sala o longamente esperado conviva.

Pertencia o tenente a essa classe feliz de homens que não têm idade; uns lhe davam trinta anos, outros trinta e cinco e outros quarenta; alguns chegavam até os quarenta e cinco, e tanto esses como os outros podiam ter igualmente razão. A todas as hipóteses se prestavam a cara e as suíças castanhas do tenente. Era ele magro e de estatura meã; vestia com certa graça, e, comparado com um boneco não havia grande diferença. A única coisa que destoava um pouco era o modo de pisar; o tenente Porfírio pisava para fora a tal ponto, que da ponta do pé esquerdo à ponta do pé direito, quase se podia traçar uma linha reta. Mas como tudo tem compensação, usava ele sapatos rasos de verniz, mostrando um fino par de meias de fio de Escócia mais lisas que a superfície de uma bola de bilhar.

Entrou com a graça que lhe era peculiar. Para cumprimentar os noivos arredondou o braço direito, pôs a mão atrás das costas segurando o chapéu, e curvou profundamente o busto, ficando em posição que fazia lembrar (de longe!) os antigos lampiões das nossas ruas.

Porfírio tinha sido tenente do exército, e dera baixa, com o que andou perfeitamente, porque entrou no comércio de trastes e já possuía algum pecúlio. Não era bonito, mas algumas senhoras afirmavam que apesar disso era mais perigoso que uma lata de nitroglicerina. Naturalmente não devia essa qualidade à graça da linguagem, pois falava sibilando muito a letra *s*; dizia assim: Asss minhasss botasss...

Quando Porfírio acabou os cumprimentos, disse-lhe o dono da casa:

— Já sei que hoje temos coisa boa!

— Qual! respondeu ele com uma modéstia exemplar; quem ousará levantar a voz diante de ilustrações?

Porfírio disse estas palavras pondo os quatro dedos da mão esquerda no bolso do colete, gesto que ele praticava por não saber onde havia de pôr aquele fatal braço, obstáculo dos atores novéis.

— Mas por que veio tarde? perguntou D. Beatriz.

— Condene-me, minha senhora, mas poupe-me a vergonha de explicar uma demora que não tem atenuante no código da amizade e da polidez.

José Lemos sorriu olhando para todos e como se destas palavras do tenente lhe resultasse alguma glória para ele. Mas Justiniano Vilela que, apesar dos pastelinhos, sentia-se impelido para a mesa, exclamou velhacamente:

— Felizmente chegou à hora de jantar!

— É verdade; vamos para a mesa, disse José Lemos dando o braço a D. Margarida e a D. Virgínia. Seguiram-se os mais em procissão.

Não há mais júbilo nos peregrinos de Meca do que houve nos convivas ao avistarem uma longa mesa, profusamente servida, alastrada de porcelanas e cristais, assados, doces e frutas.

Sentaram-se em boa ordem. Durante alguns minutos houve aquele silêncio que precede a batalha, e só no fim dela, começou a geral conversação.

— Quem diria há um ano, quando eu aqui apresentei o nosso Duarte, que ele seria hoje noivo desta interessante D. Carlota? disse o Dr. Valença limpando os lábios com o guardanapo, e lançando um benévolo olhar para a noiva.

— É verdade! disse D. Beatriz.

— Parece dedo da Providência, opinou a mulher de Vilela.

— Parece, e é, disse D. Beatriz.

— Se é o dedo da Providência, acudiu o noivo, agradeço aos céus o interesse que toma por mim.

Sorriu D. Carlota, e José Lemos achou o dito de bom gosto e digno de um genro.

— Providência ou acaso? perguntou o tenente. Eu sou mais pelo acaso.

— Vai mal, disse Vilela que, pela primeira vez levantara a cabeça do prato; isso que o senhor chama acaso não é senão a Providência. O casamento e a mortalha no céu se talha.

— Ah! o senhor acredita nos provérbios?

— É a sabedoria das nações, disse José Lemos.

— Não, insistiu o tenente Porfírio, repare que para cada provérbio afirmando uma coisa, há outro provérbio afirmando coisa contrária. Os provérbios mentem. Eu creio que foi simplesmente um felicíssimo acaso, ou antes uma lei de atração das almas que fez com que o Sr. Luiz Duarte se aproximasse da interessante filha do nosso anfitrião.

José Lemos ignorava até aquela data se era anfitrião; mas considerou que da parte de Porfírio não podia vir coisa má. Agradeceu sorrindo o que lhe pareceu cumprimento, enquanto se servia da gelatina, que Justiniano Vilela dizia estar excelente.

As moças conversavam baixinho e sorrindo; os noivos estavam embebidos

As bodas de Luiz Duarte

com a troca de palavras amorosas, ao passo que Rodrigo palitava os dentes com tal ruído, que a mãe não pôde deixar de lhe lançar um desses olhares fulminantes que eram as suas melhores armas.

— Quer gelatina, Sr. Calisto? perguntou José Lemos com a colher no ar.

— Um pouco, disse o homem de cara amarela.

— A gelatina é excelente! disse pela terceira vez o marido de D. Margarida, e tão envergonhada ficou a mulher com estas palavras do homem que não pôde reter um gesto de desgosto.

— Meus senhores, disse o padrinho, eu bebo aos noivos.

— Bravo! disse uma voz.

— Só isso? perguntou Rodrigo; deseja-se uma saúde historiada.

— Mamãe: eu quero gelatina! disse o menino Antonico.

— Eu não sei fazer discursos; bebo simplesmente à saúde dos noivos.

Todos beberam à saúde dos noivos.

— Quero gelatina! insistiu o filho de José Lemos.

D. Beatriz sentiu ímpetos de Medeia; o respeito aos convidados impediu que ali houvesse uma cena grave. A boa senhora limitou-se a dizer a um dos serventes:

— Leva isto a nhonhô...

O Antonico recebeu o prato, e entrou a comer como comem as crianças quando não têm vontade: levava uma colherada à boca e demorava-se tempo infinito rolando o conteúdo da colher entre a língua e o paladar, ao passo que a colher, empurrada por um lado formava na bochecha direita uma pequena elevação. Ao mesmo tempo agitava o pequeno as pernas de maneira que batia alternadamente na cadeira e na mesa.

Enquanto se davam estes incidentes, em que ninguém realmente reparava, a conversa continuava seu caminho. O Dr. Valença discutia com uma senhora a excelência do vinho Xerez, e Eduardo Valadares recitava uma décima à moça que lhe ficava ao pé.

De repente levantou-se José Lemos.

— Sio! Sio! Sio! gritaram todos impondo silêncio.

José Lemos pegou num copo e disse aos circunstantes:

— Não é, meus senhores, a vaidade de ser ouvido por tão notável assembleia que me obriga a falar. É um alto dever de cortesia, de amizade, de gratidão; um desses deveres que podem mais que todos os outros, dever santo, dever imortal.

A estas palavras a assembleia seria cruel se não aplaudisse. O aplauso não atrapalhou o orador, pela simples razão de que ele sabia o discurso de cor.

— Sim, senhores. Curvo-me a esse dever, que é para mim a lei mais santa e imperiosa. Eu bebo aos meus amigos, a estes sectários do coração, a estas vestais, tanto masculinas como femininas, do puro fogo da amizade! Aos meus amigos! À amizade!

A falar verdade, o único homem que percebeu a nulidade do discurso de José Lemos foi o Dr. Valença, que aliás não era águia. Por isso mesmo levantou-se e fez um brinde aos talentos oratórios do anfitrião.

Seguiu-se a estes dois brindes o silêncio de uso, até que Rodrigo dirigindo-se ao tenente Porfírio perguntou-lhe se havia deixado a musa em casa.

— É verdade! queremos ouvi-lo, disse uma senhora; dizem que fala tão bem!

— Eu, minha senhora? respondeu Porfírio com aquela modéstia de um homem que se supõe um S. João Boca de Ouro.[41]

Distribuiu-se o champanhe; e o tenente Porfírio levantou-se. Vilela, que se achava um pouco distante, pôs a mão em forma de concha atrás da orelha direita, ao passo que Calisto fincando um olhar profundo sobre a toalha parecia estar contando os fios do tecido. José Lemos chamou a atenção da mulher, que nesse momento servia uma castanha gelada ao implacável Antonico; todos os mais estavam com os olhos no orador.

— Minhas senhoras! Meus senhores! disse Porfírio; não irei esquadrinhar no âmago da história, essa mestra da vida, o que era o himeneu[42] nas priscas da humanidade. Seria lançar a luva do escárnio às faces imaculadas desta brilhante reunião. Todos nós sabemos, senhoras e senhores, o que é o himeneu.

---

[41] S. João Boca de Ouro, ou São João Crisóstomo (349-407), foi arcebispo de Constantinopla. O apelido "boca de ouro" adveio de seu discurso inflamado.

[42] Nos seus volteios, o tenente Porfírio faz uso do substantivo "himeneu", sinônimo de casamento, mais usual à época de Machado. Vem de Himeneu, o deus grego do casamento.

O himeneu é a rosa, rainha dos vergéis, abrindo as pétalas rubras, para amenizar os cardos, os abrolhos, os espinhos da vida...

– Bravo!

– Bonito!

– Se o himeneu é isto que eu acabo de expor aos vossos sentidos auriculares, não é mister explicar o gáudio, o fervor, os ímpetos de amor, as explosões de sentimento com que todos nós estamos à roda deste altar, celebrando a festa do nosso caro e prezadíssimo amigo.

José Lemos curvou a cabeça até tocar com a ponta do nariz numa pera que tinha diante de si, enquanto D. Beatriz voltando-se para o Dr. Valença, que lhe ficava ao pé, dizia:

– Fala muito bem! Parece um dicionário!

José Porfírio continuou:

– Sinto, senhores, não ter um talento digno do assunto...

– Não apoiado! Está falando muito bem! disseram muitas vozes em volta do orador.

– Agradeço a bondade de V. V. Ex.; mas eu persisto na crença de que não tenho o talento capaz de arcar com um objeto de tanta magnitude.

– Não apoiado!

– V. V. Ex. confundem-me, respondeu Porfírio curvando-se. Não tenho esse talento; mas sobra-me boa vontade, aquela boa vontade com que os apóstolos plantaram no mundo a religião do Calvário, e graças a este sentimento poderei resumir em duas palavras o brinde aos noivos. Senhores, duas flores nasceram em diverso canteiro, ambas pulcras, ambas rescendentes, ambas cheias de vitalidade divina. Nasceram uma para outra; era o cravo e a rosa; a rosa vivia para o cravo, o cravo vivia para a rosa: veio uma brisa e comunicou os perfumes das duas flores, e as flores, conhecendo que se amavam, correram uma para a outra. A brisa apadrinhou essa união. A rosa e o cravo ali consorciados no amplexo da simpatia: a brisa ali está honrando a nossa reunião.

Ninguém esperava pela brisa; a brisa era o Dr. Valença.

Estrepitosos aplausos celebraram este discurso em que o Calvário andou unido ao cravo e à rosa. Porfírio sentou-se com a satisfação íntima de ter cumprido o seu dever.

O jantar chegava ao fim: eram oito horas e meia; vinham chegando alguns músicos para o baile. Todavia, ainda houve uma poesia de Eduardo Valadares e alguns brindes a todos os presentes e a alguns ausentes. Ora, como os licores iam ajudando as musas, travou-se especial combate entre o tenente Porfírio e Justiniano Vilela, que, só depois de *animado*, pôde entrar na arena. Esgotados os assuntos, fez Porfírio um brinde ao exército e aos seus generais, e Vilela outro à união das províncias do império. Neste terreno os assuntos não podiam escassear. Quando todos se levantaram da mesa, lá ficaram os dois brindando calorosamente todas as ideias práticas e úteis deste mundo, e do outro.

Seguiu-se o baile, que foi animadíssimo e durou até às três horas da manhã. Nenhum incidente perturbou esta festa. Quando muito podia citar-se um ato de mau gosto da parte de José Lemos que, dançando com D. Margarida, ousou lamentar a sorte dessa pobre senhora cujo marido se entretinha a fazer saúdes em vez de ter a inapreciável ventura de estar ao lado dela. D. Margarida sorriu; mas o incidente não foi adiante.

Às duas horas retirou-se o Dr. Valença com a família, sem que durante a noite, e apesar da familiaridade da reunião, perdesse um átomo sequer da gravidade habitual. Calisto Valadares esquivou-se na ocasião em que a filha mais moça de Dona Beatriz ia cantar ao piano. Os mais foram-se retirando a pouco e pouco.

Quando a festa acabou de todo, ainda os dois últimos Abencerragens[43] do copo e da mesa lá estavam levantando brindes de todo o tamanho. O último brinde de Vilela foi ao progresso do mundo por meio do café e do algodão, e o de Porfírio ao estabelecimento da paz universal.

Mas o verdadeiro brinde dessa festa memorável foi um pequerrucho que viu a luz em janeiro do ano seguinte, o qual perpetuará a dinastia dos Lemos, se não morrer na crise da dentição.

---

[43] Referência à tribo árabe que governava Granada, na Espanha, à época da recuperação desta pelos Reis Católicos, em 1492. A metáfora machadiana ancora-se no fato de que a localidade ibérica foi a última a ser reconquistada dos mouros pelos cristãos.

ANTES QUE CASES

Publicado originalmente no *Jornal das Famílias*,
de julho a setembro de 1875.

I

Era um dia um rapaz de vinte e cinco anos, bonito e celibatário, não rico, mas vantajosamente empregado. Não tinha ambições, ou antes tinha uma ambição só; era amar loucamente uma mulher e casar sensatamente com ela. Até então não se apaixonara por nenhuma. Estreara algumas afeições que não passaram de namoricos modestos e prosaicos. O que ele sonhava era outra coisa.

A viveza da imaginação e a leitura de certos livros lhe desenvolveram o germe que a natureza lhe pusera no coração. Alfredo Tavares (é o nome do rapaz) povoara o seu espírito de Julietas e Virgínias,[44] e aspirava noite e dia viver um romance como só ele o podia imaginar. Em amor, a prosa da vida metia-lhe nojo, e ninguém dirá certamente que ela seja uma coisa inteiramente agradável; mas a poesia é rara e passageira, – a poesia como a queria Alfredo Tavares, e não viver a prosa, na esperança de uma poesia incerta, era arriscar-se a não viver absolutamente.

Este raciocínio não o fazia Alfredo. É até duvidoso que ele raciocinasse alguma vez. Alfredo devaneava e nada mais. Com a sua imaginação, vivia às vezes séculos, sobretudo de noite à mesa do chá, que ele ia tomar no Carceller.[45] Os castelos que ele fabricava entre duas torradas eram obras-primas de

---

[44] Machado constrói seu personagem Alfredo Tavares como alguém rodeado por musas inspiradoras. Aqui, faz menção a duas peças literárias: *Romeu e Julieta*, de William Shakespeare (1564-1616), e *Appius e Virgínia*, de John Webster (c. 1580-c. 1632).

[45] O Carceller foi uma elegante confeitaria que fez fama na rua Direita (hoje Primeiro de Março), no centro do Rio de Janeiro, no século XIX.

fantasia. Seus sonhos oscilavam entre o alaúde do trovador e a gôndola veneziana, entre uma castelã da Idade Média[46] e uma fidalga da idade dos doges.[47]

Não era isto só; era mais e menos.

Alfredo não exigia especialmente um sangue real; muita vez ia além da castelã, muita vez vinha aquém da filha dos doges, sonhava com Semíramis e com Ruth[48] ao mesmo tempo. O que ele pedia era o poético, o delicioso, o vago; uma mulher bela e vaporosa, delgada se fosse possível, em todo o caso vaso de quimeras, com quem iria suspirar uma vida mais do céu que da terra, à beira de um lago ou entre duas colinas eternamente verdes. A vida para ele devia ser a cristalização de um sonho. Essa era nem mais nem menos a sua ambição e o seu desespero.

Alfredo Tavares adorava as mulheres bonitas. Um leitor menos sagaz achará nisto uma vulgaridade. Não é; admirá-las, amá-las, que é a regra comum; Alfredo adorava-as literalmente. Não caía de joelhos porque a razão lhe dizia que seria ridículo; mas se o corpo ficava de pé, o coração ajoelhava. Elas passavam e ele ficava mais triste que dantes, até que a imaginação o levasse outra vez nas asas, além e acima dos paralelepípedos e do Carceller.

Mas se a sua ambição era amar uma mulher, por que razão não amara uma de tantas que adorava assim de passagem? Leitor, nenhuma delas lhe tocara o verdadeiro ponto do coração. Sua admiração era de artista; a bala que o devia matar, ou não estava fundida, ou não fora disparada. Não seria porém difícil que uma das que ele simplesmente admirava, lograsse dominar-lhe o coração; bastava-lhe um quebrar de olhos, um sorriso, um gesto qualquer. A imaginação dele faria o resto.

---

46 Período histórico compreendido entre os séculos V e XV, antecedido pela Idade Antiga (4000 a.C.-476 d.C.) e sucedido pela Idade Moderna (1453-1789).

47 Os doges (do latim *dux*, "chefe") foram ricos governantes de Veneza e Gênova (697-1797).

48 Machado volta a povoar o imaginário de Tavares com musas. Semíramis, que teria sido Shammuramat (a rainha dos assírios entre 811 a.C.-808 a.C.), aparece nas mitologias grega e persa como rainha fundadora da Babilônia, a "rainha dos céus"). É mencionada em diversas obras artísticas, como na *Divina comédia* de Dante Alighieri (1265-1321), em obra literária homônima de Voltaire (1694-1778) e em ópera de Rossini (1792-1868). Ruth (cujo nome significa "amizade") é personagem hebraica, aparecendo no *Livro de Ruth*, um dos livros históricos do Antigo Testamento.

Do que vai dito até aqui não se conclua rigorosamente que Alfredo fosse apenas um habitante dos vastos intermúndios de Epicuro,[49] como dizia o Diniz. Não; Alfredo não vivia sempre das suas quimeras. A *outra* viajava muito mas a *besta* comia, passeava, londreava, e até (ó desilusão última!) e até engordava. Alfredo era refeito e corado devendo ser pálido e magro, como convinha a um sonhador da sua espécie. Vestia com apuro, regateava as suas contas, não era raro cear nas noites em que ia ao teatro, tudo isto sem prejuízo dos seus sentimentos poéticos. Feliz não era, mas também não torcia o nariz às necessidades vulgares da vida. Casava o devaneio com a prosa.

Tal era Alfredo Tavares.

Agora que o leitor o conhece, vou contar o que lhe aconteceu, por onde verá o leitor como os acontecimentos humanos dependem de circunstâncias fortuitas e indiferentes. Chame a isto acaso ou providência; nem por isso a coisa deixa de existir.

II

Uma noite, era em 1867, subia Alfredo pela rua do Ouvidor.[50] Eram oito horas; ia aborrecido, impaciente, com vontade de se distrair, mas sem vontade de falar a ninguém. A rua do Ouvidor oferecia boa distração, mas era um perigo para quem não queria conversar. Alfredo reconheceu isto mesmo; e chegando à esquina da rua da Quitanda parou. Seguiria pela rua da Quitanda ou pela rua do Ouvidor? *That was the question.*[51]

Depois de hesitar uns dez minutos, e de tomar ora por uma, ora por outra rua,

---

49 Menção ao filósofo grego Epicuro (341 a.C.-270 a.C), para quem a busca por prazeres moderados levaria à tranquilidade.

50 A rua do Ouvidor, no centro da cidade do Rio de Janeiro, liga o Largo de São Francisco à rua Primeiro de Março (que, à época de Machado, chama-se rua Direita).

51 Machado faz menção à conhecida máxima *"To be or not to be: that is the question."* ("Ser ou não ser, eis a questão."), escrita por Shakespeare (1564-1616) em *Hamlet*.

Alfredo seguiu enfim pela da Quitanda na direção da de São José.⁵² Sua ideia era subir depois por esta, entrar na da Ajuda, ir pela do Passeio, dobrar a dos Arcos, vir pela do Lavradio até ao Rocio, descer pela do Rosário até a Direita, onde iria tomar chá ao Carceller, depois do que se recolheria a casa estafado e com sono.

Foi neste ponto que interveio o personagem que o leitor pode chamar Dom Acaso ou madre Providência, como lhe aprouver. Nada mais fortuito que ir por uma rua em vez de ir por outra, sem nenhuma necessidade que obrigue a seguir por esta ou por aquela. Pois este ato assim fortuito é o ponto de partida da aventura de Alfredo Tavares.

Havia em frente de uma loja, que ficava adiante do extinto *Correio Mercantil*,⁵³ um carro parado. Esta circunstância não chamou a atenção de Alfredo; ele ia cheio de seu próprio aborrecimento, de todo alheio ao mundo exterior. Mas uma mulher não é um carro, e a coisa de seis passos da loja, Alfredo via assomar à porta uma mulher, vestida de preto, a esperar que um criado lhe abrisse a portinhola.

Alfredo parou.

A necessidade de esperar que a senhora entrasse no carro justificava este ato; mas a razão dele era pura e simplesmente a admiração, o pasmo, o êxtase em que ficou o nosso Alfredo ao contemplar, de perfil e à meia-luz, um rosto idealmente belo, uma figura elegantíssima, gravemente envolvida em singelas roupas pretas, que lhe realçavam mais a alvura dos braços e do rosto. Eu diria que o rapaz ficara embasbacado, se o permitisse a nobreza dos seus sentimentos e o asseio do escrito.

A moça desceu a calçada, pôs um pé quase invisível no estribo do carro e entrou; fechou-se a portinhola, o criado subiu a almofada e o carro partiu. Alfredo só se moveu quando o carro começou a andar. A visão desaparecera, mas o rosto dela ficara-lhe na memória e no coração. O coração palpitava com força. Alfredo apressou o passo atrás do carro, mas muito antes de chegar à

---

52 Na geografia atual do centro da cidade do Rio de Janeiro, a rua São José permanece sendo uma travessa da rua Primeiro de Março (antiga rua Direita). Com pequenas alterações, o circuito feito por Machado em seu texto do século XIX segue sendo possível de ser realizado a pé nos dias de hoje.

53 O *Correio Mercantil*, publicado no Rio de Janeiro entre 1848 e 1868, teve o próprio Machado entre seus colaboradores.

esquina da rua da Assembleia, já o carro subia por esta acima. Quis a sua felicidade que um tílburi viesse atrás dele e vazio. Alfredo meteu-se no tílburi e mandou tocar atrás do carro.

A aventura sorria-lhe. O fortuito do encontro, a corrida de um veículo atrás de outro, ainda que não fossem coisas raras, davam-lhe sempre um ponto de partida para um romance. Sua imaginação estava já além deste primeiro capítulo. A moça devia ser uma Lélia[54] perdida na realidade, uma Heloísa ignota da sociedade fluminense, de quem ele seria, salvo algumas alterações, o apaixonado Abelardo.[55] Neste caminho de invenção Alfredo tinha já mentalmente escrito muitos capítulos do seu romance, quando o carro parou em frente de uma casa da rua de Matacavalos, chamada hoje de Riachuelo.

O tílburi parou a alguns passos.

Não tardou que a moça saísse do carro e entrasse na casa, cuja aparência indicava certa abastança. O carro voltou depois pelo mesmo caminho, a passo lento, enquanto o tílburi, também a passo lento, seguia para diante. Alfredo tomou nota da casa, e de novo mergulhou-se nas suas reflexões.

O cocheiro do tílburi, que até então guardara um inexplicável silêncio, entendeu que devia oferecer os seus bons ofícios ao freguês.

– V. S. ficou entusiasmado por aquela moça, disse ele com ar sonso. É bem bonita!

– Parece que sim, respondeu Alfredo; vi-a de relance. Morará ali mesmo?

– Mora.

– Ah! o senhor já ali foi...

– Duas vezes.

– Foi naturalmente levar o marido.

– É viúva.

– Sabe disso?

---

54 O significado de Lélia, nome de uma deusa grega, é "aquela que muito fala".

55 Machado volta a fazer referências históricas; desta vez menciona a trágica história de amor entre o filósofo francês Pedro Abelardo (1079-1142) e a abadessa francesa Heloísa de Paráclito (1101-1164), narrada por Abelardo em sua *História das minhas calamidades*.

– Sei, sim, senhor... Onde pus eu o meu charuto?...

– Tome um.

Alfredo ofereceu um charuto de Havana ao cocheiro, que o aceitou com muitos sinais de reconhecimento. Aceso o charuto, o cocheiro continuou.

– Aquela moça é viúva e luxa muito. Muito homem anda aí mordido por ela, mas parece que ela não quer casar.

– Como sabe disso?

– Eu moro ali na rua do Rezende.[56] Não viu como o cavalo queria quebrar a esquina?

Alfredo esteve um instante calado.

– Mora só? perguntou ele.

– Mora com uma tia velha e uma irmã mais moça.

– Sozinhas?

– Há também um primo.

– Moço?

– Trinta e tantos anos.

– Solteiro?

– Viúvo.

Alfredo confessou a si mesmo que este primo era carta desnecessária no baralho.

Palpitou-lhe que seria um obstáculo às suas venturas. Se fosse um pretendente? Era natural, se não estava morto para as paixões da terra. Uma prima tão bonita é uma Eva tentada e tentadora. Alfredo fantasiava já assim um inimigo e as forças dele, antes de conhecer a disposição da praça.

O cocheiro deu-lhe algumas informações mais. Havia umas partidas na casa da formosa dama, mas só de mês a mês, as quais eram frequentadas por algumas poucas pessoas escolhidas. Ângela, que assim dizia ele chamar-se a moça, tinha alguns haveres, e viria a herdar da tia, que já estava muito velha.

---

[56] O escritor, que citara a rua de Riachuelo (antiga Matacavalos), agora menciona uma rua paralela desta, a rua do Rezende. Tanto uma como a outra permanecem com o mesmo nome no centro do Rio de Janeiro dos dias de hoje. A rua do Rezende encontra a rua do Lavradio, já na Lapa.

Alfredo recolheu carinhosamente as informações todas do cocheiro, e o nome de Ângela para logo lhe ficou entranhado no coração. Inquiriu do número do tílburi, o lugar onde estacionava e o número da cocheira na rua do Rezende, e mandou voltar para baixo. Ao passar em frente à casa de Ângela, Alfredo deitou para lá os olhos. A sala estava alumiada, mas nenhum vulto de mulher ou de homem lhe apareceu. Alfredo recostou-se molemente e o tílburi partiu a todo o galope.

III

Alfredo estava contente consigo e com a fortuna. Depara-lhe esta uma mulher como senhora, teve ele a ideia de a seguir, as circunstâncias o ajudaram poderosamente; sabia agora onde morava a bela, sabia que era livre, e enfim, e mais que tudo, amava.

Amava, sim. Aquela primeira noite foi toda dedicada à lembrança da visão ausente e passageira. Enquanto ela talvez dormia no silêncio da sua alcova solitária, Alfredo pensava nela e fazia já de longe mil castelos no ar. Um pintor não compõe na imaginação o seu primeiro painel com mais amor do que ele delineava os incidentes da sua paixão e o feliz desenlace que ela não podia deixar de ter. Escusado é dizer que não entrava no espírito do solitário amador a ideia de que Ângela fosse uma mulher vulgar. Era impossível que uma mulher tão bela não fosse igualmente em espírito superior ou melhor uma imaginação etérea, vaporosa, com aspirações análogas às dele, que eram de viver como se poetisa. Isto devia ser Ângela, sem o que não se cansaria a natureza a dar-lhe tão aprimorado invólucro.

Com estas e outras reflexões foi passando a noite, e já a aurora tingia o horizonte sem que o nosso aventuroso herói tivesse dormido. Mas era preciso dormir e dormiu. O sol já ia alto quando ele acordou. Ângela foi ainda o seu primeiro pensamento. Ao almoço pensou nela, pensou nela durante o trabalho, nela pensou ainda quando se sentou à mesa do hotel. Era a primeira vez que se sentia tão fortemente abalado; não tinha que ver; era chegada a sua hora.

De tarde foi a Matacavalos. Não achou ninguém à janela. Passou três ou quatro vezes por diante da casa sem ver o menor vestígio da moça. Alfredo era naturalmente impaciente e frenético; este primeiro revés da fortuna o pôs de mau humor. A noite desse dia foi pior que a anterior. A tarde seguinte porém alguma compensação lhe deu. Ao avistar a casa deu com um vulto de mulher à janela. Se lho não dissessem os olhos, dizia-lho claramente o coração que a mulher era Ângela. Alfredo ia pelo lado oposto, com os olhos pregados na moça e tão apaixonados os levava, que se ela os visse, não deixaria de lhes ler o que andava no coração do pobre rapaz. Mas a moça, ou porque alguém a chamasse de dentro, ou porque já estivesse aborrecida de estar à janela, entrou rapidamente, sem dar fé do nosso herói.

Alfredo nem por isso ficou desconsolado.

Tinha visto outra vez a moça; tinha verificado que era realmente uma formosura notável; sentia o coração cada vez mais preso. Isto era o essencial. O resto seria objeto de paciência e de fortuna.

Como era natural, amiudaram-se os passeios a Matacavalos. A moça ora estava, ora não estava à janela; mas ainda ao cabo de oito dias não reparara no paciente amador. No nono dia Alfredo foi visto por Ângela. Não se admirou de que ele já de longe viesse a olhar para ela, porque isso era o que faziam todos os rapazes que ali passavam; mas a expressão com que ele olhava é que lhe chamou a atenção. Desviou contudo os olhos por não lhe parecer conveniente que atendia ao desconhecido. Não tardou porém que de novo olhasse; mas como ele não houvesse desviado os seus dela, Ângela retirou-se.

Alfredo suspirou.

O suspiro de Alfredo tinha dois sentidos.

Era o primeiro uma homenagem do coração.

O segundo era uma confissão de desânimo.

O rapaz via claramente que o coração da bela não fora tomado de assalto, como ele supunha. Todavia não tardou que reconhecesse a possibilidade de pôr as coisas em bom caminho, com o andar do tempo, e bem assim a obrigação que tinha Ângela de não parecer namoradeira deixando-se ir ao sabor da ternura que naturalmente havia de ter lido nos olhos dele.

Daí a quatro dias Ângela tornou a ver o rapaz; pareceu reconhecê-lo, e mais depressa que da primeira vez, deixou a janela. Alfredo desta vez enfiou. Um monólogo triste e à meia-voz entrou a correr-lhe dos lábios fora, monólogo em que ele acusava a sorte e a natureza, culpadas de não terem feito e dirigido os corações de modo que quando um amasse ao outro se afinasse pela mesma corda. Queria ele dizer na sua que as almas deviam descer aos pares cá a este mundo. O sistema era excelente, agora que ele amava a bela viúva; se o amasse alguma velha desdentada e tabaquista, o sistema seria detestável.

Assim vai o mundo.

Cinco ou seis semanas correram assim, ora a vê-la e ela a fugir-lhe, ora a não vê-la absolutamente e a passar noites atrozes. Um dia estando em uma loja na rua do Ouvidor ou dos Ourives, não sei bem onde foi, viu-a entrar acompanhada da irmã mais moça, e estremeceu. Ângela olhou para ele; se o conheceu não o disse no rosto, que se mostrou impassível. De outra vez indo a uma missa fúnebre na Lapa,[57] deu com os olhos na formosa esquiva; mas foi o mesmo que se olhasse para uma pedra; a moça não se moveu; uma só fibra do rosto não se lhe alterou.

Alfredo não tinha amigos íntimos a quem confiasse estas coisas de coração. Mas o sentimento era mais forte, e ele sentia a necessidade de derramar o que sentia no coração de alguém. Deitou os olhos a um companheiro de passeios, com quem aliás não andava desde a aventura da rua da Quitanda. Tibúrcio era o nome do confidente. Era um sujeito magro e amarelo, que se andasse naturalmente podia apresentar uma figura sofrivelmente elegante, mas que tinha o sestro de contrariar a natureza dando-lhe um jeito particular e perfeitamente ridículo. Votava todas as senhoras honestas ao maior desprezo; e era muito querido e festejado na roda das que o não eram.

Alfredo reconhecia isto mesmo; mas olhava-lhe algumas qualidades boas, e sempre o considerara seu amigo. Não hesitou portanto em dizer tudo a Tibúrcio. O amigo ouviu lisonjeado a narração.

---

[57] Conhecido bairro carioca próximo ao centro da cidade do Rio de Janeiro.

– É de fato bonita?

– Oh! não sei como a descreva!

– Mas é rica?...

– Não sei se o é... sei que por ora tudo é inútil; pode ser que ame alguém e esteja até para casar com o tal primo, ou com outro qualquer. O certo é que eu estou cada vez pior.

– Imagino.

– Que farias tu?

– Eu insistia.

– Mas se nada alcançar?

– Insiste sempre. Já arriscaste uma carta?

– Oh! não!

Tibúrcio refletiu.

– Tens razão, disse ele; seria inconveniente. Não sei que te diga; eu nunca naveguei nesses mares. Ando cá por outros, cujos parcéis conheço, e cuja bússola é conhecida por todos.

– Se eu pudesse esquecer-me dela, disse Alfredo, que nenhuma atenção prestara às palavras do amigo, já tinha deixado isto de mão. Às vezes penso que estou fazendo figura ridícula, porque enfim ela é pessoa de outra sociedade...

– O amor iguala as distâncias, disse sentenciosamente Tibúrcio.

– Então parece-te?...

– Parece-me que deves continuar como hoje; e se daqui a algumas semanas mais nada houveres adiantado, fala-me porque eu terei meio de te dar algum conselho bom.

Alfredo apertou fervorosamente as mãos do amigo.

– Entretanto, continuou este, seria bom que eu a visse; talvez que, não estando namorado como tu, possa conhecer-lhe o caráter e saber se é frieza ou soberba o que a faz até agora esquiva.

Interiormente Alfredo fez uma careta. Não lhe parecia conveniente passar por casa de Ângela acompanhado de outro, o que tiraria ao seu amor o caráter romântico de um padecimento solitário e discreto. Era entretanto impossível recusar nada a um amigo que se interessava por ele. Convieram em que iriam nessa mesma tarde a Matacavalos.

— Acho bom, disse o namorado alegre com uma ideia súbita, acho bom que não passemos juntos; tu irás adiante e eu um pouco atrás.

— Pois sim. Mas estará ela à janela hoje?

— Talvez; estes últimos cinco dias tenho-a visto sempre à janela.

— Oh! isso é já um bom sinal.

— Mas não olha para mim.

— Dissimulação!

— Aquele anjo?

— Eu não creio em anjos, respondeu filosoficamente Tibúrcio, não creio em anjos na terra. O mais que posso conceder neste ponto é que os haja no céu; mas é apenas uma hipótese vaga.

IV

Nessa mesma tarde foram os dois a Matacavalos, na ordem convencionada. Ângela estava à janela, acompanhada da tia velha e da irmã mais moça. Viu de longe o namorado, mas não fitou os olhos nele; Tibúrcio pela sua parte não desviava os seus da formosa dama. Alfredo passou como sempre.

Os dois amigos foram reunir-se quando já não podiam estar ao alcance dos olhos dela. Tibúrcio fez um elogio à beleza da moça que o amigo ouviu encantado, como se lhe estivessem a elogiar uma obra sua.

— Oh! hei de ser muito feliz! exclamou ele num acesso de entusiasmo.

— Sim, concordou Tibúrcio; creio que hás de ser feliz.

— Que me aconselhas?

— Mais alguns dias de luta, uns quinze, por exemplo, e depois uma carta...

— Já tinha pensado nisso, disse Alfredo; mas receava errar; precisava da opinião de alguém. Uma carta, assim, sem nenhum fundamento de esperança, sai fora da norma comum; por isso mesmo me seduz. Mas como hei de mandar a carta?

— Isso agora é contigo, disse Tibúrcio; vê se tens meio de travar relações com algum criado da casa, ou...

— Ou o cocheiro do tílburi! exclamou triunfalmente Alfredo Tavares.

Tibúrcio exprimiu com a cara o último limite do assombro ao ouvir estas palavras de Alfredo; mas o amigo não se deteve em explicar-lhe que havia um cocheiro de tílburi meio confidente neste negócio. Tibúrcio aprovou o cocheiro; ficou assentado que o meio da carta seria aplicado.

Os dias correram sem incidente notável. Perdão; houve um notável incidente.

Alfredo passava uma tarde por baixo das janelas de Ângela. Ela não olhava para ele. De repente Alfredo ouve um pequeno grito e vê passar-lhe por diante dos olhos alguma coisa parecida com um lacinho de fita.

Era efetivamente um lacinho de fita que caíra no chão. Alfredo olhou para cima; já não viu a viúva. Olhou em roda de si, abaixou-se, apanhou o laço e guardou-o na algibeira.

Dizer o que havia dentro da sua alma naquele venturoso instante é tarefa que pediria muito tempo e mais adestrado pincel. Alfredo mal podia conter o coração. A vontade que tinha era beijar ali mesmo na rua o laço, que ele já considerava uma parte da sua bela. Reprimiu-se contudo; foi até o fim da rua; voltou por ela; mas, contra o costume daqueles últimos dias, a moça não apareceu.

Esta circunstância era suficiente para fazer crer na casualidade da queda do laço. Assim pensava Alfredo; ao mesmo tempo porém perguntava se não era possível que Ângela, envergonhada da sua audácia, quisesse agora evitar a presença dele e não menos as vistas curiosas da vizinhança.

— Talvez, dizia ele.

Daí a um instante:

— Não, não é possível tamanha felicidade. O grito que soltou foi de sincera surpresa. A fita foi casual. Nem por isso a adorarei menos...

Apenas chegou a casa, Alfredo tirou o laço, que era de fita azul, e devia ter estado no colo ou no cabelo da viúva. Alfredo beijou-o cerca de vinte e cinco vezes e, se a natureza o tivesse feito poeta, é provável que naquela mesma ocasião expectorasse dez ou doze estrofes em que diria estar naquela fita um pedaço da alma da bela; a cor da fita serviria para fazer bonitas e adequadas comparações com o céu.

Não era poeta o nosso Alfredo; contentou-se em beijar o precioso despojo, e não deixou de referir o episódio ao seu confidente.

– Na minha opinião, disse este, é chegada a ocasião de lançar a carta.

– Creio que sim.

– Não sejas mole.

– Há de ser já amanhã.

Alfredo não contava com a instabilidade das coisas humanas. A amizade na terra, ainda quando o coração a mantenha, está dependente do fio da vida. O cocheiro do tílburi não se teria provavelmente esquecido do seu freguês de uma noite; mas tinha morrido no intervalo daquela noite ao dia em que Alfredo o foi procurar.

– É demais! exclamou Alfredo; parece que a sorte se compraz de multiplicar os obstáculos com que eu esbarro a cada passo! Aposto que esse homem não morria se eu não precisasse dele. O destino persegue-me... Mas nem por isso hei de curvar a cabeça... Oh! não!

Com esta boa resolução se foi o namorado em busca de outro meio. A sorte trouxe-lhe um excelente. Vagou a casa contígua à de Ângela; era uma casa pequena, elegantezinha, própria para um ou dois rapazes solteiros... Alfredo alugou a casa e foi dizê-lo triunfalmente ao seu amigo.

– Fizeste muito bem! exclamou este; o golpe é de mestre. Estando ao pé é impossível que não chegues a algum resultado.

– Tanto mais que ela já me conhece, disse Alfredo; deve ver nisso uma prova de amor.

– Justamente!

Alfredo não se demorou em fazer a mudança; dali a dois dias estava na sua casa nova. É escusado dizer que o laço azul não foi em alguma gaveta ou caixinha; foi na algibeira dele.

V

Tanto a casa de Ângela como a de Alfredo tinham um jardim no fundo. Alfredo quase morreu de contentamento quando descobriu esta circunstância.

– É impossível, pensava ele, que aquela moça, tão poética, não goste de passear no jardim. Vê-la-ei desta janela do fundo, ou por cima da cerca se for baixa. Será?

Alfredo desceu à cerca e verificou que a cerca lhe dava pelo peito.

– Bom! disse ele. Nem de propósito!

Agradeceu mentalmente à sorte que ainda poucos dias antes amaldiçoava e subiu para pôr os seus objetos em ordem e dar alguns esclarecimentos ao criado.

Nesse mesmo dia de tarde, estando à janela, viu a moça. Ângela encarou com ele como quem duvidava do que via; mas, passado esse momento de exame, pareceu não lhe dar atenção.

Alfredo, cuja intenção era cumprimentá-la, com o pretexto da vizinhança, esqueceu-se completamente da formalidade. Em vão procurou nova ocasião. A moça parecia alheia à sua pessoa.

– Não faz mal, disse ele consigo; o essencial é que eu esteja aqui ao pé.

A moça parecia-lhe agora ainda mais bonita. Era uma beleza que ainda ganhava mais quando examinada de perto. Alfredo reconheceu que era de todo impossível pensar em outra mulher deste mundo ainda que aquela devesse fazê-lo desgraçado.

No segundo dia foi mais feliz. Chegou à janela repentinamente na ocasião em que ela e a tia estavam à sua; Alfredo cumprimentou-as respeitosamente. Elas corresponderam com um leve gesto.

O conhecimento estava travado.

Nem por isso adiantou o namoro, porque durante a tarde os olhos de ambos não se encontraram e a existência de Alfredo parecia ser a última coisa de que Ângela se lembrava.

Oito dias depois, estando Alfredo à janela, viu chegar a moça sozinha, com uma flor na mão. Ela olhou para ele; cumprimentaram.

Era a primeira vez que Alfredo alcançava alguma coisa. A sua alma voou ao sétimo céu.

A moça recostou-se na grade com a flor na mão, a brincar distraída, não sei se por brincar, se por mostrar a mão ao vizinho. O certo é que Alfredo não tirava os olhos da mão. A mão era digna irmã do pé, que Alfredo entrevira na rua da Quitanda.

O rapaz estava fascinado.

Mas quando ele quase perdeu o juízo foi na ocasião em que ela, indo retirar-se da janela, encarou outra vez com ele. Não havia severidade nos lábios; Alfredo viu-lhe até uma sombra de sorriso.

– Sou feliz! exclamou Alfredo entrando. Enfim, consegui já alguma coisa.

Dizendo isto deu alguns passos na sala, agitado, rindo, mirando-se ao espelho, completamente fora de si. Dez minutos depois chegou à janela; outros dez minutos depois chegava Ângela.

Olharam-se ainda uma vez.

Era a terceira naquela tarde, depois de tantas semanas da mais profunda indiferença.

A imaginação de Alfredo não o deixou dormir nessa noite. Pelos seus cálculos dentro de dois meses iria pedir-lhe a mão.

No dia seguinte não a viu e ficou desesperado com esta circunstância. Felizmente o criado, que já havia percebido alguma coisa, achou meio de lhe dizer que a família da casa vizinha saíra de manhã e não voltara.

Seria uma mudança?

Esta ideia veio fazer da noite de Alfredo uma noite de angústias. No dia seguinte trabalhou mal. Jantou às pressas e foi para casa. Ângela estava à janela.

Quando Alfredo apareceu à sua e a cumprimentou, viu que ela tinha outra flor na mão; era um malmequer.

Alfredo ficou logo embebido a contemplá-la; Ângela começou a desfolhar o malmequer, como se estivesse consultando sobre algum problema do coração.

O namorado não se deteve mais; correu a uma gavetinha de segredo, tirou o laço de fita azul, e veio para a janela com ele.

A moça tinha desfolhado toda a flor; olhou para ele e viu o lacinho que lhe caíra da cabeça.

Estremeceu e sorriu.

Daqui em diante compreende o leitor que as coisas não podiam deixar de caminhar.

Alfredo conseguiu vê-la um dia no jardim, assentada dentro de um caramanchão, e já desta vez o cumprimento foi acompanhado de um sorriso. No dia seguinte ela já não estava no caramanchão; passeava. Novo sorriso e três ou quatro olhares.

Alfredo arriscou a primeira carta.

A carta era escrita com fogo; falava de um céu, de um anjo, de uma vida toda poesia e amor. O moço oferecia-se para morrer a seus pés se fosse preciso.

A resposta veio com prontidão.

Era menos ardente; direi até que não havia ardor nenhum; mas simpatia sim, e muita simpatia, entremeada de algumas dúvidas e receios, e frases bem dispostas para espertar os brios de um coração que todo se desfazia em sentimento.

Travou-se então um duelo epistolar que durou cerca de um mês antes da entrevista.

A entrevista verificou-se ao pé da cerca, de noite, pouco depois das ave-marias, tendo Alfredo mandado o criado ao seu amigo e confidente Tibúrcio com uma carta em que lhe pedia que detivesse o portador até às oito horas ou mais.

Convém dizer que esta entrevista era perfeitamente desnecessária.

Ângela era livre; podia escolher livremente um segundo marido; não tinha de quem esconder os seus amores.

Por outro lado, não era difícil a Alfredo obter uma apresentação em casa da viúva, se lhe conviesse entrar primeiramente assim, antes de lhe pedir a mão.

Todavia, o namorado insistiu na entrevista do jardim, que ela recusou a princípio. A entrevista entrava no sistema poético de Alfredo, era uma leve reminiscência da cena de Shakespeare.[58]

---

58 Machado faz menção ao Ato II, Cena II ("Jardim dos Capuleto") de *Romeu e Julieta*, obra-prima do dramaturgo inglês William Shakespeare (1564-1616), em que Romeu declara-se a Julieta.

VI

– Juras então que me amas?

– Juro.

– Até à morte?

– Até à morte!

– Também eu te amo, minha querida Ângela, não de hoje, mas há muito, apesar dos teus desprezos...

– Oh!

– Não direi desprezos, mas indiferença... Oh! mas tudo lá vai; agora somos dois corações ligados para sempre.

– Para sempre!

Neste ponto ouviu-se um rumor na casa de Ângela.

– Que é? perguntou Alfredo.

Ângela quis fugir.

– Não fujas!

– Mas...

– Não é nada; algum criado...

– Se dessem por mim aqui!

– Tens medo?

– Vergonha.

A noite encobriu a mortal palidez do namorado.

– Vergonha de amar! exclamou ele.

– Quem te diz isso? Vergonha de me acharem aqui, expondo-me às calúnias, quando nada impede que tu...

Alfredo reconheceu a justiça.

Nem por isso deixou de meter a mão nos cabelos com um gesto de aflição trágica, que a noite continuava a encobrir aos olhos da formosa viúva.

– Olha! o melhor é vires à nossa casa. Autorizo-te a pedir a minha mão.

Conquanto ela já houvesse indicado isto nas cartas, era a primeira vez que formalmente o dizia. Alfredo viu-se transportado ao sétimo céu. Agradeceu a autorização que lhe dava e respeitosamente beijou-lhe a mão.

– Agora, adeus!

– Ainda não! exclamou Alfredo.

– Que imprudência!

– Um instante mais!

– Ouves? disse ela prestando o ouvido ao rumor que se fazia na casa.

Alfredo respondeu apaixonada e literariamente:

– Não é a calhandra, é o rouxinol![59]

– É a voz de minha tia! observou a viúva prosaicamente. Adeus...

– Uma última coisa te peço antes de ir à tua casa.

– Que é?

– Outra entrevista neste mesmo lugar.

– Alfredo!

– Outra e última.

Ângela não respondeu.

– Sim?

– Não sei, adeus!

E libertando a sua mão das mãos do namorado que a retinha com força, Ângela correu para casa.

Alfredo ficou triste e alegre ao mesmo tempo.

Ouvira a doce voz de Ângela, tivera nas suas a sua mão alva e macia como veludo, ouvira jurar que o amava, enfim estava autorizado a pedir-lhe solenemente a mão.

A preocupação porém da moça a respeito do que pensaria a tia afigurou-se-lhe extremamente prosaica. Quisera vê-la toda poética, embebida no seu amor, esquecida do resto do mundo, morta para tudo o que não fosse o bater do seu coração.

A despedida sobretudo pareceu-lhe repentinamente demais. O adeus foi antes de medo que de amor; não se despediu, fugiu. Ao mesmo tempo esse sobressalto era dramático e interessante; mas por que não conceder-lhe segunda entrevista?

---

[59] Machado faz nova referência a *Romeu e Julieta*, dessa vez ao princípio da Cena III do Ato V. Por anunciar o amanhecer, o cantar da calhandra, ou cotovia, sinalizaria o perigo pelo qual o casal apaixonado poderia passar.

Enquanto ele fazia estas reflexões, Ângela pensava na impressão que lhe teria deixado e na mágoa que por ventura lhe ficara da recusa de uma segunda e última entrevista.

Refletiu longo tempo e resolveu remediar o mal, se mal se podia aquilo chamar.

No dia seguinte, logo cedo, recebeu Alfredo um bilhetinho da namorada.

Era um protesto de amor, com uma explicação da fuga da véspera e uma promessa de outra entrevista na seguinte noite, depois da qual ele iria pedir-lhe oficialmente a mão.

Alfredo exultou.

Nesse dia a natureza pareceu-lhe melhor. O almoço foi excelente apesar de lhe terem dado um filé tão duro como sola e de estar o chá frio como água. O patrão nunca lhe pareceu mais amável. Todas as pessoas que encontrava tinham cara de excelentes amigos. Enfim, até o criado ganhou com os sentimentos alegres do amo: Alfredo deu-lhe uma boa molhadura pela habilidade com que lhe escovara as botas, que, entre parênteses, nem sequer levavam graxa.

Verificou-se a entrevista sem nenhum incidente notável. Houve os costumados protestos:

– Amo-te muito!

– E eu!

– És um anjo!

– Seremos felizes.

– Deus nos ouça!

– Há de ouvir-nos.

Estas e outras palavras foram o estribilho da entrevista que durou apenas meia hora.

Nessa ocasião Alfredo desenvolveu o seu sistema de vida, a maneira por que ele encarava o casamento, os sonhos de amor que haviam realizar, e mil outros artigos de um programa de namorado, que a moça ouviu e aplaudiu.

Alfredo despediu-se contente e feliz.

A noite que passou foi a mais deliciosa de todas. O sonho que ele procurara durante tanto tempo ia enfim realizar-se; amava a uma mulher como ele a queria e imaginava. Nenhum obstáculo se oferecia à sua ventura na terra.

No outro dia de manhã, entrando no hotel, encontrou o amigo Tibúrcio; e referiu-lhe tudo.

O confidente felicitou o namorado pelo triunfo que alcançara e deu-lhe logo um aperto de mão, não podendo dar-lhe, como quisera, um abraço.

– Se soubesses como vou ser feliz!

– Sei.

– Que mulher! que anjo!

– Sim! é bonita.

– Não é só bonita. Bonitas há muitas. Mas a alma, a alma que ela tem, a maneira de sentir, tudo isso e mais, eis o que faz uma criatura superior.

– Quando será o casamento?

– Ela o dirá.

– Há de ser breve.

– Dentro de três a quatro meses.

Aqui fez Alfredo um novo hino em louvor das qualidades eminentes e raras da noiva e pela centésima vez defendeu a vida romanesca e ideal. Tibúrcio observou gracejando que era-lhe necessário primeiro suprimir o bife que estava comendo, observação que Alfredo teve a franqueza de achar descabida e um pouco tola.

A conversa porém não teve incidente desagradável e os dois amigos separaram-se como dantes, não sem que o noivo agradecesse ao confidente a animação que lhe dera nos piores dias do seu amor.

– Enfim, quando a vais pedir?

– Amanhã.

– Coragem!

VII

Não é minha intenção nem vem ao caso referir ao leitor todos os episódios do amor de Alfredo Tavares.

Antes que cases

Até aqui foi necessário contar alguns e resumir outros. Agora que o namoro chegou ao seu termo e que o período do noivado vai começar, não quero fatigar a atenção do leitor com uma narração que nenhuma variedade apresenta. Justamente três meses depois da segunda entrevista recebiam-se os dois noivos, na igreja da Lapa, em presença de algumas pessoas íntimas, entre as quais o confidente de Alfredo, um dos padrinhos. O outro era o primo de Ângela, de quem falara o cocheiro do tílburi, e que até agora não apareceu nestas páginas por não ser preciso. Chamava-se Epaminondas e tinha a habilidade de desmentir o padre que tal nome lhe dera, pregando a cada instante a sua peta. A circunstância não vem ao caso e por isso não insisto nela.

Casados os dois namorados foram passar a lua de mel na Tijuca,[60] onde Alfredo escolhera casa adequada às circunstâncias e ao seu gênio poético.

Durou um mês esta ausência da Corte. No trigésimo primeiro dia, Ângela viu anunciada uma peça nova no Ginásio[61] e pediu ao marido para virem à cidade.

Alfredo objetou que a melhor comédia deste mundo não valia o aroma das laranjeiras que estavam florindo e o *melancólico* som do repuxo do tanque. Ângela encolheu os ombros e fechou a cara.

– Que tens, meu amor? perguntou-lhe daí a vinte minutos o marido.

Ângela olhou para ele com um gesto de lástima, ergueu-se e foi encerrar-se na alcova.

Dois recursos restavam a Alfredo.

1º Coçar a cabeça.

2º Ir ao teatro com a mulher.

Alfredo curvou-se a estas duas necessidades da situação.

Ângela recebeu-o muito alegremente quando ele lhe foi dizer que iriam ao teatro.

---

60 Hoje bairro de classe média/alta na Zona Norte do Rio de Janeiro. Com grande presença da natureza, abriga o Parque Nacional da Tijuca. À época de Machado, tratava-se de uma região bastante afastada do centro decisório da cidade.

61 Trata-se do Ginásio Dramático, antigo Teatro de São Francisco, reconstruído e renomeado em 1846 pelo ator e encenador fluminense João Caetano (1808-1863). Seu desaparecimento é anterior à Proclamação da República.

— Nem por isso, acrescentou Alfredo, nem por isso deixo de sentir algum pesar. Vivemos tão bem estes trinta dias.

— Voltaremos para o ano.

— Para o ano!

— Sim, alugaremos outra casa.

— Mas então esta?...

— Esta acabou. Pois querias viver num desterro?

— Mas eu pensei que era um paraíso, disse o marido com ar melancólico.

— Paraíso é coisa de romance.

A alma de Alfredo levou um trambolhão. Ângela viu o efeito produzido no esposo pelo seu reparo e procurou suavizá-lo dizendo-lhe algumas coisas bonitas com que ele algum tempo mitigou as suas penas.

— Olha, Ângela, disse Alfredo, o casamento, como eu imaginei sempre, é uma vida solitária e exclusiva de dois entes que se amam... Seremos nós assim?

— Por que não?

— Juras então...

— Que seremos felizes.

A resposta era elástica. Alfredo tomou-a ao pé da letra e abraçou a mulher. Naquele mesmo dia vieram para a casa da tia e foram ao teatro.

A nova peça do Ginásio aborreceu tanto o marido quanto agradou à mulher. Ângela parecia fora de si de contente. Quando caiu o pano no último ato, disse ela ao esposo:

— Havemos de vir outra vez.

— Gostaste?

— Muito. E tu?

— Não gostei, respondeu Alfredo com evidente mau humor.

Ângela levantou os ombros, com o ar de quem dizia:

— Gostes ou não, hás de cá voltar.

E voltou.

Este foi o primeiro passo de uma carreira que parecia não acabar mais.

Ângela era um turbilhão.

A vida para ela estava fora da casa. Em casa morava a morte, sob a figura do aborrecimento. Não havia baile a que faltasse, nem espetáculo, nem passeio, nem festa célebre, e tudo isto cercado de muitas rendas, joias e sedas, que ela comprava todos os dias, como se o dinheiro nunca devesse acabar.

Alfredo esforçava-se por atrair a mulher à esfera dos seus sentimentos românticos; mas era esforço vão.

Com um levantar de ombros, Ângela respondia a tudo.

Alfredo detestava principalmente os bailes, porque era quando a mulher menos lhe pertencia, sobretudo os bailes dados em casa dele.

Às observações que ele fazia nesse sentido, Ângela respondia sempre:

– Mas são obrigações da sociedade; se eu quisesse ser freira metia-me na Ajuda.[62]

– Mas nem todos...

– Nem todos conhecem os seus deveres.

– Oh! vida solitária, Ângela! a vida para dois!

– A vida não é um jogo de xadrez.

– Nem um arraial.

– Que queres dizer com isso?

– Nada.

– Pareces tolo.

– Ângela!

– Ora!

Levantava os ombros e deixava-o sozinho.

Alfredo era sempre o primeiro a fazer as pazes. A influência que a mulher exercia nele não podia ser mais decisiva. Toda a energia estava com ela; ele era literalmente um fâmulo da casa.

Nos bailes a que iam, o suplício, além de ser grande em si mesmo, era aumentado com os louvores que Alfredo ouvia fazer à mulher.

– Lá está Ângela, dizia um.

---

62 Referência ao Convento da Ajuda, fundado no Rio de Janeiro no século XVIII. Demolido em 1920, deu lugar a um complexo de cinemas, a Cinelândia, nome pelo qual é hoje conhecida a praça Floriano Peixoto.

– Quem é?
– É aquela de vestido azul.
– A que se casou?
– Pois casou?
– Casou, sim.
– Com quem?
– Com um rapaz bonachão.
– Feliz mortal!
– Onde está o marido?
– Caluda! está aqui: é este sujeito triste que está consertando a gravata...

Estas e outras considerações irritavam profundamente Alfredo. Ele via que era conhecido por causa da mulher. A pessoa dele era uma espécie de cifra. Ângela é que era a unidade.

Não havia meio de se recolher cedo. Ângela entrando num baile só se retirava com as últimas pessoas. Cabia-lhe perfeitamente a expressão que o marido empregou num dia de mau humor:

– Tu espremes um baile até o bagaço.

Às vezes estava o mísero em casa, descansando e alegremente conversando com ela, abrindo todo o pano à imaginação. Ângela, ou por aborrecimento, ou por desejo invencível de passear, ia vestir-se e convidava o marido a sair. O marido já não recalcitrava; suspirava e vestia-se. Do passeio voltava ele aborrecido, e ela alegre, além do mais porque não deixava de comprar um vestido novo e caro, uma joia, um enfeite qualquer.

Alfredo não tinha forças para reagir.

O menor desejo de Ângela era para ele uma lei de ferro; cumpria-a por gosto e por fraqueza.

Nesta situação, Alfredo sentiu necessidade de desabafar com alguém. Mas esse alguém não aparecia. Não lhe convinha falar ao Tibúrcio, por não querer confiar a um estranho, embora amigo, as suas zangas conjugais. A tia de Ângela parecia apoiar a sobrinha em tudo. Alfredo lembrou-se de pedir conselho a Epaminondas.

VIII

Epaminondas ouviu atentamente as queixas do primo. Achou-as exageradas, e foi o menos que lhe podia dizer, porque no seu entender eram verdadeiros despropósitos.

– O que você quer é realmente impossível.

– Impossível?

– Decerto. A prima está moça, quer naturalmente divertir-se. Por que razão há de viver como freira?

– Mas eu não peço que viva como freira. Quisera vê-la mais de casa, menos aborrecida quando está só comigo. Lembra-se da nossa briga do domingo?

– Lembro-me. Você queria ler-lhe uns versos e ela respondeu que não a aborrecesse.

– Que tal?...

Epaminondas recolheu-se a um eloquente silêncio.

Alfredo esteve também algum tempo calado.

Enfim:

– Estou resolvido a usar da minha autoridade de marido.

– Não caia nessa.

– Mas então devo viver eternamente nisto!

– Eternamente já vê que é impossível, disse Epaminondas sorrindo. Mas veja bem o risco que corre. Eu tive uma prima que se vingou do marido por uma dessas. Parece incrível! Cortou a si mesma o dedo mínimo do pé esquerdo e deu-lhe a comer com batatas.

– Está brincando...

– Estou falando sério. Chamava-se Lúcia. Quando ele reconheceu que efetivamente tinha devorado a carne da sua carne, teve um ataque.

– Imagino.

– Dois dias depois expirou de remorsos. Não faça tal; não irrite uma mulher. Dê tempo ao tempo. A velhice há de curá-la e trazê-la a costumes pacíficos.

Alfredo fez um gesto de desespero.

– Sossegue. Também eu fui assim. Minha finada mulher...

– Era do mesmo gosto?

– Do mesmíssimo. Quis contrariá-la. Ia-me custando a vida.

– Sim?

– Tenho aqui entre duas costelas uma cicatriz larga; foi uma canivetada que Margarida me deu estando eu a dormir muito tranquilamente.

– Que me diz?

– A verdade. Mal tive tempo de lhe segurar no pulso e arrojá-la para longe de mim. A porta do quarto estava fechada com o trinco mas foi tal a força com que a empurrei que a porta se abriu e ela foi parar ao fim da sala.

– Ah!

Alfredo lembrou-se a tempo do sestro do primo e deixou-o falar a gosto. Epaminondas engendrou logo ali um ou dois capítulos de romance sombrio e ensanguentado. Alfredo, aborrecido, deixou-o só.

Tibúrcio encontrou-o algumas vezes cabisbaixo e melancólico. Quis saber da causa, mas Alfredo conservou prudente reserva.

A esposa deu ampla liberdade aos seus caprichos. Fazia recepções todas as semanas, apesar dos protestos do marido, que, no meio da sua mágoa, exclamava:

– Mas então eu não tenho mulher! tenho uma locomotiva!

Exclamação que Ângela ouvia sorrindo sem lhe dar a mínima resposta.

Os cabedais da moça eram poucos; as despesas muitas. Com as mil coisas em que se gastava o dinheiro não era possível que ele durasse toda a vida. Ao cabo de cinco anos, Alfredo reconheceu que tudo estava perdido.

A mulher sentiu dolorosamente o que ele lhe contou.

– Sinto isto deveras, acrescentou Alfredo; mas a minha consciência está tranquila. Sempre me opus a despesas loucas...

– Sempre?

– Nem sempre, porque te amava e amo, e doía-me ver que ficavas triste; mas a maior parte delas opus-me com todas as forças.

– E agora?

— Agora precisamos ser econômicos; viver como pobres.

Ângela curvou a cabeça.

Seguiu-se um grande silêncio.

O primeiro que o rompeu foi ela.

— É impossível!

— Impossível o quê?

— A pobreza.

— Impossível, mas necessária, disse Alfredo com filosófica tristeza.

— Não é necessária; eu hei de fazer alguma coisa; tenho pessoas de amizade.

— Ou um Potosí...[63]

Ângela não se explicou mais; Alfredo foi para a casa de negócio que estabelecera, não descontente com a situação.

— Não estou bem, pensava ele; mas ao menos terei mudado a minha situação conjugal.

Os quatro dias seguintes passaram sem novidade.

Houve sempre uma novidade.

Ângela está muito mais carinhosa com o marido do que até então. Alfredo atribuía esta mudança às circunstâncias atuais e agradeceu à boa estrela que tão venturoso o tornara.

No quinto dia Epaminondas foi falar a Alfredo propondo-lhe ir pedir ao governo uma concessão e privilégio de minas em Mato Grosso.

— Mas eu não me meto em explorador de minas.

— Perdão; vendemos o privilégio.

— Está certo disso? perguntou Alfredo tentado.

— Certíssimo.

E logo:

— Temos além disso outra empresa: uma estrada de ferro no Piauí. Vende-se a empresa do mesmo modo.

— Tem elementos para ambas as coisas?

---

63 Machado volta a fazer referência à cidade boliviana de Potosí, que já foi a maior produtora de prata do mundo. Ver também a nota 16.

– Tenho.

Alfredo refletiu.

– Aceito.

Epaminondas declarou que alcançaria tudo do ministro. Tantas coisas disse que o primo, sabedor dos carapetões que ele pregava, começou a desconfiar.

Errava desta vez.

Pela primeira vez Epaminondas falava verdade; tinha elementos para alcançar as duas empresas.

Ângela não perguntou ao marido a causa da preocupação com que ele nesse dia entrou em casa. A ideia de Alfredo era tudo ocultar à mulher, pelo menos enquanto pudesse. Confiava no resultado dos seus esforços para trazê-la a melhor caminho.

Os papéis andaram com uma prontidão rara em coisas análogas. Parece que uma fada benfazeja se encarregava de adiantar o negócio.

Alfredo conhecia o ministro. Duas vezes fora convidado para lá tomar chá e tivera além disso a honra de o receber em casa algumas vezes. Nem por isso julgava ter direito à pronta solução do negócio. O negócio porém corria mais veloz que uma locomotiva.

Não se haviam passado dois meses depois da apresentação do memorial quando Alfredo ao entrar em casa foi surpreendido por muitos abraços e beijos da mulher.

– Que temos? disse ele todo risonho.

– Vou dar-te um presente.

– Um presente?

– Que dia é hoje?

– Vinte e cinco de março.

– Fazes anos.

– Nem me lembrava.

– Aqui está o meu presente.

Era um papel.

Alfredo abriu o papel.

Era o decreto de privilégio das minas.

Alfredo ficou literalmente embasbacado.

– Mas como veio isto?...

– Quis causar-te esta surpresa. O outro decreto há de vir de aqui a oito dias.

– Mas então sabia que eu?

– Sabia tudo.

– Quem te disse?...

Ângela titubeou.

– Foi... foi o primo Epaminondas.

A explicação satisfez Alfredo durante três dias.

No fim desse tempo abriu um jornal e leu com pasmo esta mofina: "Mina de caroço, com que então os cofres públicos já servem para nutrir o fogo no coração dos ministros. Quem pergunta quer saber".

Alfredo rasgou o jornal no primeiro ímpeto.

Depois...

IX

– Mas em suma que tens? disse Tibúrcio ao ver que Alfredo não se atrevia a falar.

– O que tenho? Fui à cata de poesia e acho-me em prosa chata e baixa. Ah! meu amigo quem me mandou seguir pela rua da Quitanda?

CASA, NÃO CASA

Publicado originalmente em *Jornal das Famílias*,
de dezembro de 1875 a janeiro de 1876.

I

Se alguma das minhas leitoras morasse na rua de S. Pedro da Cidade Nova,[64] há coisa de quinze anos, e estivesse à janela na noite de 16 de março, entre uma e duas horas, teria ocasião de presenciar um caso extraordinário.

Morava ali, entre a rua Formosa e a rua das Flores,[65] uma moça de vinte e dois anos, bonita como todas as heroínas de romances e contos, a qual moça na sobredita noite de 16 de março, entre uma e duas horas, levantou-se da cama e a passo lento foi até à sala com uma luz na mão.

Não estando as janelas fechadas, a leitora, caso morasse defronte, veria a nossa heroína pousar a vela sobre um aparador, abrir um álbum, tirar um retrato, que não saberia se era de homem ou de mulher, mas que eu lhe afirmo ser de mulher.

Tirado o retrato do álbum, pegou a moça na vela, desceu a escada, abriu a porta da rua e saiu. A leitora ficaria naturalmente assombrada com tudo isto; mas que não diria quando a visse seguir pela rua acima, voltar a das Flores, ir até à do Conde,[66] e parar à porta de uma casa?

Justamente à janela dessa casa estava um homem, rapaz ainda, vinte e sete anos, olhando para as estrelas e fumando um charuto.

---

64 Antigo trecho entre as praças da República e Onze de Junho, que sofreu grande modificação urbanística. Integra a atual avenida Presidente Getúlio Vargas, no Rio de Janeiro.

65 Machado refere-se à região da atual rua General Caldwell, uma travessa da avenida Presidente Getúlio Vargas, também no centro da antiga capital brasileira.

66 Chamada rua do Conde até 1866, passou em seguida a ser conhecida como rua do Conde d'Eu e, finalmente, rua Visconde do Rio Branco.

A moça parou.

O moço espantou-se do caso, e vendo que ela parecia querer entrar, desceu a escada, com uma vela acesa e abriu a porta.

A moça entrou.

– Isabel! exclamou o rapaz deixando cair a vela no chão.

Ficaram às escuras no corredor. Felizmente trazia o moço fósforos na algibeira, acendeu outra vez a vela e fitou os olhos na recém-chegada.

Isabel (tal era o seu verdadeiro nome) estendeu o retrato ao rapaz, sem dizer palavra, com os olhos fitos no ar.

O rapaz não pegou logo no retrato.

– Isabel! exclamou ele outra vez mas já com a voz sumida.

A moça deixou cair o retrato no chão, voltou as costas e saiu. O dono da casa ainda mais aterrado ficou.

– Que é isto? dizia ele; estará louca?

Pôs a vela sobre um degrau da escada, saiu à rua, fechou a porta e seguiu lentamente atrás de Isabel, que foi pelo mesmo caminho até entrar em casa.

O mancebo respirou quando viu Isabel entrar na casa; mas ficou ali alguns instantes, a olhar para a porta, sem nada compreender e ansioso por que chegasse o dia. Todavia era forçoso voltar para a rua do Conde; lançou um último olhar às janelas da casa e retirou-se.

Ao entrar em casa apanhou o retrato.

– Luiza! disse ele.

Esfregou os olhos como se duvidasse do que via, e ficou parado na escada a olhar largos minutos para o retrato.

Era preciso subir.

Subiu.

– Que quererá isto dizer? disse ele já em voz alta como se falasse a alguém. Que audácia foi essa de Isabel? Como é que uma moça, filha de família, sai assim de noite para... Mas estarei eu sonhando?

Examinou o retrato, e viu que tinha nas costas as seguintes linhas: "À minha querida amiga Isabel, como lembrança de eterna amizade. Luiza".

Júlio (era o nome do rapaz) não pôde descobrir nada por mais que parafusasse, e parafusou muito tempo, já deitado no sofá da sala, já encostado à janela.

E na verdade quem seria capaz de descobrir o mistério daquela visita a semelhante hora? Tudo parecia antes uma cena de drama ou romance tétrico, do que um ato natural da vida.

O retrato... O retrato tinha certa explicação. Júlio andava quinze dias antes a trocar cartas com o original, a formosa Luiza, moradora no Rocio Pequeno, hoje praça Onze de Junho.

Todavia, por mais agradável que lhe fosse receber o retrato de Luiza, como admitir a maneira por que lho levaram, e a pessoa, e a hora, e as circunstâncias?

– Sonho ou estou doido! concluiu Júlio depois de longo tempo.

E chegando à janela, acendeu outro charuto.

Nova surpresa o esperava.

Vejamos qual foi ela.

II

Não havia fumado ainda uma terça parte do charuto, quando viu dobrar a esquina um vulto de mulher, caminhando lentamente, e parar à porta da casa dele.

– Outra vez! exclamou Júlio. Quis descer logo; mas as pernas começavam a tremer-lhe. Júlio não era tipo de extrema valentia; creio até que se lhe chamávamos medroso não estaremos longe da verdade.

O vulto, entretanto, estava à porta; era forçoso tirá-lo dali, a fim de evitar um escândalo.

– Desta vez, pensou ele pegando na vela, hei de interrogá-la; não a deixo sair sem me dizer o que há. Infeliz! Parece-me que está doida!

Desceu; abriu a porta.

– Luiza! exclamou.

A moça estendeu-lhe um retrato; Júlio pegou nele com ânsia e murmurou consigo:

– Isabel!

Era efetivamente o retrato da primeira moça que a segunda lhe trazia. Não será preciso dizer ou repetir que Júlio namorava também a Isabel, e a leitora compreende facilmente que tendo ambas descoberto o segredo uma da outra, ambas foram mostrar ao namorado que estavam cientes da sua duplicidade.

Mas por que motivo tais coisas se davam assim revestidas de circunstâncias singulares e tenebrosas?

Não era mais natural mandarem-lhe os retratos dentro de uma sobrecarta?

Tais eram as reflexões que Júlio fazia, com o retrato numa das mãos e a vela na outra, enquanto já de volta entrava em casa.

Não será preciso dizer que o nosso Júlio não dormiu o resto da noite. Chegou a ir à cama e a fechar os olhos; tinha o corpo moído e necessidade de sono; mas a imaginação velava, e a madrugada veio achá-lo acordado e aflito.

No dia seguinte foi visitar Isabel; achou-a triste; falou-lhe; mas quando quis dizer-lhe alguma coisa do sucesso, a moça afastou-se dele, talvez porque adivinhasse o que ia ele dizer-lhe, talvez, porque já estivesse aborrecida de o ouvir.

Júlio foi à casa de Luiza, achou-a no mesmo estado, as mesmas circunstâncias se deram.

– É claro que descobriram o segredo uma da outra, dizia ele consigo. Não há remédio senão desfazer a má impressão de ambas. Mas como se me não querem ouvir? Ao mesmo tempo desejava explicação do ato atrevido que ontem praticaram, salvo se foi sonho meu, o que é bem possível. Ou então estarei doido...

Antes de ir adiante, e não será longe porque a história é pequena, convém dizer que este Júlio não tinha paixão real por nenhuma das duas moças. Começou o namoro com Isabel por ocasião de uma ceia de Natal, e travou relações com a família que o recebera muito bem. Isabel correspondeu um pouco ao namoro de Júlio, sem todavia lhe dar grandes esperanças porque então andava também à corda de um oficial do exército que teve de embarcar para o Sul. Só depois que ele embarcou foi que Isabel de todo se voltou para Júlio.

Ora, o nosso Júlio já então lançara as suas baterias contra a outra fortaleza, a formosa Luiza, amiga de Isabel, e que desde princípio aceitou o namoro com ambas as mãos.

Nem por isso rejeitou a corda que lhe dava Isabel; manteve-se entre as duas sem saber qual delas devia preferir. O coração não tinha a este respeito opinião assentada. Júlio não amava, repito; era incapaz de amar... Seu fim era casar com uma moça bonita; ambas o eram; restava-lhe saber qual delas lhe convinha mais.

As duas moças, como vimos pelos retratos, eram amigas, mas falavam-se de longe em longe, sem que nessas poucas vezes houvessem comunicado os segredos atuais do seu coração. Ocorreria isso agora e seria essa a explicação da cena dos retratos? Júlio pensou efetivamente que elas haviam enfim comunicado o seu namoro com ele; mas custava-lhe a crer que tão atrevidas fossem ambas, que saíssem da casa naquela singular noite. À proporção que o tempo se passava, Júlio inclinava-se a crer que o fato não passasse de uma ilusão sua.

Júlio escreveu uma carta a cada uma das duas moças, quase do mesmo teor, pedindo a explicação da frieza que ambas ultimamente lhe mostravam. Cada uma das cartas terminava perguntando "se era tão cruelmente que se devia pagar um amor único e delirante".

Não teve resposta imediatamente como esperava, mas dois dias depois, não do mesmo teor, mas no mesmo sentido.

Ambas lhe diziam que pusesse a mão na consciência.

– Não há dúvida, pensou ele consigo, estou pilhado. Como sairei eu desta situação?

Júlio resolveu atacar verbalmente as duas fortalezas.

– Isto de cartas não é bom recurso para mim, disse ele; encaremos o inimigo; é mais seguro.

Escolheu Isabel em primeiro lugar. Haviam já passado seis ou sete dias depois da cena noturna. Júlio preparou-se mentalmente com todas as armas necessárias ao ataque e à defesa e dirigiu-se para casa de Isabel, que era como sabemos na rua de S. Pedro.

Foi-lhe difícil achar-se a sós com a moça; porque a moça, que das outras vezes era a primeira a buscar ocasião de lhe falar, agora esquivava-se a isso. O rapaz entretanto era teimoso; tanto fez que pôde pilhá-la numa janela, e ali *ex abrupto*[67] disparou-lhe esta pergunta:

— Não me dará a explicação dos seus modos de hoje e da carta com que respondeu à minha última?

Isabel calou-se.

Júlio repetiu a pergunta, mas já com um tom que exigia resposta imediata. Isabel fez um gesto de aborrecimento e disse:

— Respondo o que lhe disse na carta; ponha a mão na consciência.

— Mas que fiz eu então?

Isabel sorriu-se com um ar de lástima.

— O que fez? perguntou ela.

— Sim, o que fiz.

— Deveras, ignora?

— Quer que lhe jure?

— Queria ver isto...

— Isabel, essas palavras!...

— São dum coração ofendido, interrompeu a moça com amargura. O senhor ama a outra.

— Eu?...

Aqui desisto de descrever o gesto de espanto de Júlio; a pena nunca o poderia fazer, nem talvez o pincel. Era o agente mais natural, mais aparentemente espontâneo que ainda se viu neste mundo, a tal ponto que a moça vacilou, e atenuou as suas primeiras palavras com estas:

— Pelo menos, parece...

— Mas como?

— Vi-o olhar com certo ar para a Luiza, quando outro dia ela aqui esteve...

— Nego.

— Nega? Pois bem; mas negará também que, vendo o retrato dela, no meu álbum, me disse: É tão bonita esta moça!

---

[67] Expressão latina que significa algo como "repentinamente", "abruptamente".

– Pode ser que o dissesse; creio até que o disse... há coisa de oito dias; mas que prova isso?

– Não sei se prova muito mas em todo o caso foi bastante para fazer doer a um coração amante.

– Acredito; observou Júlio; seria porém bastante para o audacioso passo que deu?

– Que passo? perguntou Isabel abrindo muito os olhos.

Júlio ia explicar as suas palavras, quando um primo de Isabel se aproximou do grupo e a conversa ficou interrompida.

Não foi porém sem algum resultado o pouco tempo em que falaram, porque, ao despedir-se de Júlio no fim da noite, Isabel apertou-lhe a mão com certa força, indício certo de que as pazes estavam feitas.

– Agora a outra, disse ele saindo da casa de Isabel.

III

Luiza estava ainda como Isabel, fria e reservada para com ele. Parece, entretanto, que suspirava por lhe falar; foi ela a primeira que procurou uma ocasião de ficar a sós com ele.

– Já estará menos cruel comigo? perguntou Júlio.

– Oh! não.

– Mas que lhe fiz eu?

– Pensa então que eu sou cega? perguntou-lhe Luiza com olhos indignados; pensa que eu não vejo as coisas?

– Mas que coisas?

– O senhor anda de namoro com a Isabel.

– Oh! que ideia!

– Original, não é?

– Originalíssima! Como descobriu semelhante coisa? Conheço aquela moça há muito tempo, temos intimidade, mas não a namoro nem tal ideia

tive, nunca na minha vida.

— É por isso que lhe deita uns olhos tão ternos?...

Júlio levantou os ombros com um ar tão desdenhoso que a moça acreditou logo nele. Não deixou de lhe dizer, como a outra lhe dissera:

— Mas para que olhou outro dia com tanta admiração para o retrato dela, dizendo até com um suspiro: Que moça gentil!

— É verdade isso, menos o suspiro, respondeu Júlio; mas onde está o mal em achar uma moça bonita, se nenhuma me parece mais bonita que você, e sobretudo nenhuma é capaz de me prender como você?

Júlio disse ainda muito mais por este teor velho e gasto, mas de efeito certo; a moça estendeu-lhe a mão dizendo:

— Então era engano meu?

— Oh! meu anjo! engano profundo!

— Está perdoado... com uma condição.

— Qual?

— É que não há de cair em outra.

— Mas se eu não caí nesta!

— Jure sempre.

— Pois juro... com uma condição.

— Diga.

— Por que razão, não tendo plena certeza de que eu amava a outra (e se a tivesse não me falava mais decerto), por que razão, pergunto eu, foi você naquela noite...

— O chá está na mesa; vamos tomar chá! disse a mãe de Luiza aproximando-se do grupo.

Era forçoso obedecer; e nessa noite não houve mais ocasião de explicar o caso. Nem por isso Júlio saiu menos contente da casa de Luiza.

— Estão ambas vencidas e convencidas, disse ele consigo; agora é preciso escolher e acabar com isto.

Aqui é que estava a dificuldade. Já sabemos que ambas eram igualmente belas, e Júlio não procurava outra condição. Não era fácil escolher entre duas criaturas igualmente dispostas para ele.

Nenhuma delas tinha dinheiro, condição que podia fazer pender a balança posto que Júlio fosse indiferente nesse ponto. Tanto Luiza como Isabel eram filhas de funcionários públicos que apenas lhes deixavam um escasso montepio. Sem uma forte razão que fizesse pender a balança, era difícil a escolha naquela situação.

Alguma leitora dirá que por isso mesmo que eram de igual condição e que ele as não amava de coração, era fácil a escolha. Bastava-lhe fechar os olhos e agarrar a primeira que lhe ficasse à mão.

Erro manifesto.

Júlio podia e era capaz de fazer isso. Mas no mesmo instante que escolhesse Isabel ficava com pena de não ter escolhido Luiza, e vice-versa, donde se vê que a situação era para ele intricada.

Mais de uma vez levantou-se ele da cama com a resolução assentada:

– Vou pedir a mão da Luiza.

A resolução durava-lhe só até o almoço. Acabado o almoço, ia ver (pela última vez) Isabel e logo afrouxava com pena de a perder.

– Há de ser esta! pensava ele.

E logo lembrava-se de Luiza e não escolhia nem uma nem outra.

Tal era a situação do nosso Júlio, quando se deu a cena que passo a referir no capítulo seguinte.

IV

Três dias depois da conversa de Júlio com Luiza, foi esta passar o dia em casa de Isabel, acompanhada de sua mãe.

A mãe de Luiza era de opinião que a filha era o seu retrato vivo, coisa que ninguém acreditava por mais que ela o repetisse. A mãe de Isabel não ousava ir tão longe mas afirmava que, no tempo de sua mocidade, fora ela muito parecida com Isabel. Esta opinião era recebida com incredulidade pelos rapazes e com resistência pelos velhos. Até o major Soares, que fora o primeiro namorado da mãe de Isabel, insinuava que essa opinião devia ser recebida com extrema reserva.

Oxalá porém fossem as duas moças como suas mães eram, dois corações de pomba, que amavam estremecidamente as filhas, e que eram com justiça dois tipos de austeridade conjugal.

As duas velhas entregaram-se às suas conversas e considerações sobre arranjos de casa ou assuntos de pessoas conhecidas, enquanto as duas moças tratavam de modas, músicas, e um pouco de amores.

– Então o teu tenente não volta do Sul? disse Luiza.

– Eu sei! Parece que não.

– Tens saudades dele?

– E terá ele saudades de mim?

– Isso é verdade. Todos esses homens são assim, disse Luiza com convicção; muita festa quando se acham presentes, mas ausentes são temíveis... valem tanto como o nome que se escreve na areia: vem a água e lambe tudo.

– Bravo, Luiza! Estás poeta! exclamou Isabel. Já falas em areias do mar!

– Pois olha, não namoro nenhum poeta nem homem do mar.

– Quem sabe?

– Sei eu.

– É então?...

– Um rapaz que tu conheces!

– Já sei; é o Avelar.

– Deus nos acuda! exclamou Luiza. Um homem vesgo.

– O Rocha?

– O Rocha anda todo caído pela Josefina.

– Sim?

– É uma lástima.

– Nasceram um para o outro.

– Sim, ela é uma moleirona como ele.

As duas moças gastaram assim algum tempo a tasquinhar na pele de pessoas que nós não conhecemos nem precisamos disso, até que voltaram ao assunto capital da conversa.

– Já vejo que não pode adivinhar quem é o meu namorado, disse Luiza.

– Nem você o meu, observou Isabel.

– Bravo! então o tenente...

– O tenente está pagando. É muito natural que as rio-grandenses o tenham encantado. Pois aguente-se...

Enquanto Isabel dizia estas palavras, Luiza ia folheando o álbum de retratos que estava sobre a mesa. Chegando à folha onde sempre vira o seu retrato, a moça estremeceu. Isabel notou-lhe o movimento.

– Que é? disse ela.

– Nada, respondeu Luiza fechando o álbum. Tiraste o meu retrato daqui?

– Ah! exclamou Isabel, isso é uma história singular. O retrato foi passar às mãos de terceira pessoa, a qual afirma que fui eu que lho levei alta noite... Ainda não pude descobrir esse mistério...

Luiza já ouviu de pé estas palavras. Seus olhos, muito abertos, fitaram-se no rosto da amiga.

– Que é? disse esta.

– Sabes bem o que estás dizendo?

– Eu?

– Mas isso foi o que me aconteceu também com o teu retrato... Naturalmente era zombaria comigo e contigo... Essa pessoa...

– Foi o Júlio Simões, o meu namorado...

Aqui devia eu pôr uma linha de pontos para significar o que se não pode pintar, o espanto das duas amigas, as diferentes expressões que tomou a fisionomia de cada uma delas. Não tardaram as explicações; as duas rivais reconheceram que o seu namorado comum era pouco mais ou menos um patife, e que o dever de honra e de coração era tomar dele uma vingança.

– A prova de que ele nos enganava uma à outra, observava Isabel, é que os nossos retratos apareceram lá e foi ele naturalmente quem os tirou.

– Sim, respondeu Luiza, mas é certo que eu sonhei alguma coisa que combina com a cena que ele alega.

– Também eu...

– Sim? Eu sonhei que me haviam falado do namoro dele com você, e que, tirando o retrato do álbum, fora levá-lo à casa dele.

— Não é possível! exclamou Isabel. O meu sonho foi quase assim, ao menos no final. Não me disseram que ele tinha namoro com você; mas eu mesma vi e então fui levar o retrato...

O espanto aqui foi ainda maior que da primeira vez. Nem estavam só espantadas as duas amigas; estavam aterradas. Embalde procuravam explicar a identidade do sonho, e mais que tudo a coincidência dele com a presença dos retratos em casa de Júlio e a narração que este fizera da noturna aventura.

Estavam assim nesta duvidosa e assustadora situação, quando as mães vieram em auxílio delas. As duas moças, estando à janela, ouviram-lhes dizer:

— Pois é verdade, minha rica Sr.ª Anastácia, estou no mesmo caso da senhora. Creio que a minha filha é sonâmbula, como a sua.

— Tenho uma pena com isto!

— E eu então!

— Talvez casando-as...

— Sim, pode ser que banhos de igreja...

Informadas assim as duas moças da explicação do caso, ficaram um tanto abaladas; mas a ideia de Júlio e suas travessuras tomou logo o lugar que lhe competia na conversa das duas rivais.

— Que pelintra! exclamavam as duas moças. Que velhaco! que pérfido!

O coro de maldições foi ainda mais longe. Mas tudo acaba neste mundo, principalmente um coro de maldições; o jantar interrompeu aquele; as duas moças foram de braço dado para a mesa e afogaram as suas mágoas num prato de sopa.

V

Júlio, sabendo da visita, não se atreveu a ir encontrar as duas moças juntas. No pé em que as coisas se achavam era impossível evitar que descobrissem tudo, pensava ele.

No dia seguinte, porém, foi de tarde à casa de Isabel, que o recebeu com muita alegria e ternura.

— Bom! pensou o namorado, nada contaram uma à outra.

— Engana-se, disse Isabel adivinhando pela alegria do rosto dele qual era a reflexão que fazia. Pensa naturalmente que Luiza nada me disse? Disse-me tudo, e eu nada lhe ocultei...

— Mas...

— Não me queixo do senhor, continuou Isabel com indignação; queixo-me dela que devia ter percebido e percebeu o que entre nós havia, e apesar disso aceitou a sua corte.

— Aceitou; não; posso dizer que fui compelido.

— Sim?

— Agora posso falar-lhe com franqueza; a sua amiga Luiza é uma namoradeira desenfreada. Eu sou rapaz; a vaidade, a ideia de passatempo, tudo isso me arrastou, não a namorá-la, porque eu era incapaz de esquecer a minha formosa Isabel; mas a perder algum tempo...

— Ingrato!

— Oh! não! nunca, minha boa Isabel!

Aqui começou uma renovação de protestos da parte do namorado, que declarou amar mais que nunca a filha de D. Anastácia.

Para ele a coisa estava resolvida. Depois da explicação dada e dos termos em que falara da outra, a escolha natural era Isabel.

Sua ideia foi não procurar mais a outra. Não o pôde fazer à vista de um bilhete que no fim de três dias recebeu da moça. Pedia-lhe ela que fosse lá instantemente. Júlio foi. Luiza recebeu-o com um sorriso triste. Quando puderam falar a sós:

— Quero saber da sua boca o meu destino, disse ela. Estarei definitivamente condenada?

— Condenada!

— Sejamos francos, continuou a moça. Eu e a Isabel falamos no senhor; vim a saber que também a namorava. A sua consciência lhe dirá que praticou um ato indigno. Mas enfim, pode resgatá-lo com um ato de franqueza. A qual de nós escolhe, a mim ou a ela?

A pergunta era de atrapalhar o pobre Júlio, nada menos que por duas grandes razões: a primeira era ter de responder em face; a segunda era ter de responder em face de uma moça bonita. Hesitou alguns largos minutos. Luiza insistiu; mas ele não se atrevia a romper o silêncio.

– Bem, disse ela, já sei que me despreza.

– Eu!

– Não importa; adeus.

Ia a voltar as costas; Júlio segurou-lhe na mão.

– Oh! não! Pois não vê que este meu silêncio é de comoção e de confusão. Confunde-me realmente que descobrisse uma coisa em que eu pouca culpa tive. Namorei-a por passatempo; não foi Isabel nunca uma rival sua no meu coração. Demais, ela não lhe contou tudo; naturalmente escondeu a parte em que a culpa lhe cabia. E a culpa é também sua...

– Minha?

– Sem dúvida. Pois não vê que ela tem interesse em separar-nos?... Se lhe referir, por exemplo, o que se está passando agora entre nós fique certa de que ela há de inventar alguma coisa para de todo separar-nos, contando depois com a sua beleza para cativar o meu coração, como se a beleza de uma Isabel pudesse fazer esquecer a beleza de uma Luiza.

Júlio ficou satisfeito com este pequeno discurso, assaz astuto para enganar a moça. Esta, depois de algum tempo de silêncio, estendeu-lhe a mão:

– Jura-me o que está dizendo?

– Juro.

– Então será meu?

– Unicamente seu.

Assim celebrou Júlio os dois tratados de paz, ficando na mesma situação em que se achava anteriormente. Já sabemos que a sua fatal indecisão era a causa única da crise em que os acontecimentos o puseram. Era forçoso decidir alguma coisa; e a ocasião ofereceu-se-lhe propícia. Perdeu-a, entretanto; e dado que quisesse casar, e queria, nunca estivera mais longe do casamento.

VI

Cerca de seis semanas foram assim correndo sem resultado algum prático.

Um dia, achando-se em conversa com um primo de Isabel, perguntou-lhe se teria gosto em vê-lo na família.

– Muito, respondeu Fernando (era assim o nome do primo).

Júlio não deu explicação da pergunta. Instado, respondeu:

– Fiz-lhe a pergunta por uma razão que saberá mais tarde.

– Quererá talvez casar com alguma das manas?...

– Não posso dizer nada por ora.

– Olha aqui, Teixeira, disse Fernando, a um terceiro rapaz, primo de Luiza, e que nessa ocasião se achava em casa de D. Anastácia.

– Que é? perguntou Júlio assustado.

– Nada, respondeu Fernando, vou comunicar ao Teixeira a notícia que o senhor me deu.

– Mas eu...

– É nosso amigo, posso ser franco. Teixeira, sabe o que me disse o Júlio?

– Que foi?

– Disse-me que vai ser meu parente.

– Casando com alguma irmã tua.

– Não sei; mas disse isso. Não te parece motivo de congratulação?

– Sem dúvida, concordou Teixeira, é um perfeito cavalheiro.

– São obséquios, interveio Júlio; e se eu alguma vez alcançasse a fortuna de entrar...

Júlio interrompeu-se; lembrou-se que Teixeira podia ir contar tudo à prima Luiza, e fosse inibido de escolher entre ela e Isabel. Os dois quiseram saber o resto; mas Júlio preferiu convidá-los a jogar o solo, e não houve meio de arrancar-lhe palavra.

A situação porém devia acabar.

Era impossível continuar a vacilar entre as duas moças, que ambas lhe queriam muito, e a quem ele queria perfeitamente igualdade não sabendo qual delas escolhesse.

– Sejamos homem, disse Júlio consigo. Vejamos: qual delas devo ir pedir? A Isabel.

Mas a Luiza é tão bonita! Será a Luiza. Mas é tão formosa a Isabel! Que diabo! Por que razão não há de uma delas ter um olho furado? ou uma perna torta!

E depois de algum tempo:

– Vamos, Sr. Júlio, dou-lhe três dias para escolher. Não seja tolo. Decida com isto por uma vez.

E enfim:

– Verdade é que uma delas há de odiar-me. Mas paciência! fui eu mesmo que me meti nesta embrulhada; e o ódio de uma moça não pode doer muito. Avante!

No fim de dois dias ainda ele não tinha escolhido; recebeu porém uma carta de Fernando concebida nestes termos: "Meu caro Júlio. Participo-lhe que brevemente casarei com a prima Isabel; desde já o convido para a festa; se soubesse como estou contente! Venha cá para conversarmos. Fernando".

Não é preciso dizer que Júlio foi às nuvens. O passo de Isabel simplificava muito a situação dele; todavia, não queria ser assim despedido como um tolo. Exprimiu a sua cólera por meio de alguns murros na mesa; Isabel, por isso mesmo que já não a podia possuir, parecia-lhe agora mais bonita que Luiza.

– Luiza! Pois será Luiza! exclamou ele. Essa sempre me pareceu muito mais sincera que a outra. Até chorou creio eu, no dia da reconciliação.

Saiu nessa mesma tarde para ir visitar Luiza; no dia seguinte iria pedi-la. Em casa dela foi recebido como sempre. Teixeira foi o primeiro a dar-lhe um abraço.

– Sabe, disse o primo de Luiza apontando para a moça, sabe que vai ser a minha noiva?

Não me atrevo a dizer o que se passou na alma de Júlio; basta dizer que jurou não casar, e que morreu há pouco casado e com cinco filhos.

A MELHOR DAS NOIVAS

Publicado originalmente em *Jornal das Famílias*, de setembro a outubro de 1877, sob o pseudônimo Victor de Paula.

O sorriso dos velhos é porventura uma das coisas mais adoráveis do mundo. Não o era porém o de João Barbosa no último dia de setembro de 1868, riso alvar e grotesco, riso sem pureza nem dignidade; riso de homem de setenta e três anos que pensa em contrair segundas núpcias. Nisso pensava aquele velho, aliás honesto e bom; disso vivia desde algumas horas antes. Eram oito da noite: ele entrara em casa com o mencionado riso nos lábios.

– Muito alegre vem hoje o senhor!

– Sim?

– Viu passarinho verde?

– Verde não, D. Joana, mas branco, um branco de leite, puro e de encher o olho, como os quitutes que você me manda preparar às vezes.

– Querem ver que é...

– Isso mesmo, D. Joana.

– Isso quê?

João Barbosa não respondeu; lambeu os beiços, piscou os olhos, e deixou-se cair no canapé. A luz do candelabro bateu-lhe em cheio no rosto, que parecia uma mistura de Saturno e sátiro.[68] João Barbosa desabotoou a sobrecasaca

---

[68] Machado faz dupla alusão mitológica para caracterizar o apetite de João Barbosa: Saturno para os romanos, Cronos para os gregos, é o nome do deus, filho do Céu e da Terra, que comia seus filhos para evitar ser destronado. Foi expulso pelo único que não devorou, Zeus. Já o Sátiro, figura mitológica grega mais conhecida pelo nome romano de Fauno, é uma divindade que tem aspecto de homem com cauda e orelhas de asno ou cabrito, com pequenos chifres na testa e grande voracidade sexual.

e deu saída a um suspiro, aparentemente o último que lhe ficara de outros tempos. Era triste vê-lo; era cruel adivinhá-lo. D. Joana não o adivinhou.

Esta D. Joana era uma senhora de quarenta e oito anos, rija e maciça, que durante dez anos dava ao mundo o espetáculo de um grande desprezo da opinião. Contratada para tomar conta da casa de João Barbosa, logo depois de enviuvar, entrou ali em luta com os parentes do velho, que eram dois, os quais fizeram tudo para excluí-la sem conseguirem nada. Os dois parentes, os vizinhos, finalmente os conhecidos criam firmemente que D. Joana aceitara de João Barbosa uma posição equívoca, embora lucrativa. Era calúnia; D. Joana sabia o que diziam dela, e não arredava pé. A razão era que, posto não transpusesse uma linha das fronteiras estabelecidas no contrato verbal que precedeu a sua entrada ali, contudo ela esperava ser contemplada nas últimas disposições de João Barbosa; e valia a pena, em seu entender, afrontar os ditos do mundo para receber no fim de alguns anos uma dúzia de apólices ou uma casa ou alguma coisa equivalente. Verdade é que o legado, se fosse de certa consistência, podia confirmar as suspeitas da sociedade; D. Joana, entretanto, professava a máxima extremamente salutar de que o essencial é andar-se quente, embora os outros se riam.

Riam-se os outros, mas de cólera, e alguns de inveja. João Barbosa, antigo magistrado, herdara de seu pai e de um tio quatro ou cinco fazendas, que transferiu a outros, convertendo seus cabedais em títulos do governo e vários prédios. Fê-lo logo depois de viúvo, e passou a residir na Corte definitivamente.

Perdendo um filho que tinha, achou-se quase só; quase, porque ainda lhe restavam dois sobrinhos, que o rodeavam de muitas e variadas atenções; João Barbosa suspeitava que os dois sobrinhos estimavam ainda mais as apólices do que a ele e recusou todas as ofertas que lhe faziam para aceitar-lhes casa. Um dia lembrou-se de inserir nos jornais um anúncio declarando precisar de uma senhora de certa idade, morigerada, que quisesse tomar conta da casa de um homem viúvo. D. Joana tinha apenas trinta e oito anos; confessou-lhe quarenta e quatro, e tomou posse do cargo. Os sobrinhos, quando souberam disto, apresentaram a João Barbosa toda a sorte de considerações que podem nascer no cérebro de herdeiros em ocasião de perigo. O velho ouviu cerca de oito a dez tomos de tais considerações, mas ateve-se à primeira ideia, e os sobrinhos não tiveram outro remédio mais que aceitar a situação.

D. Joana nunca se atrevera a desejar outra coisa mais que ser contemplada no testamento de João Barbosa; mas isso desejava-o ardentemente. A melhor das mães não tem no coração mais soma de ternura do que ela mostrava ter para servir e cuidar do opulento septuagenário. Ela cuidava do café matinal, escolhia as diversões, lia-lhe os jornais, contava-lhe as anedotas do quarteirão, tomava-lhe ponto às meias, inventava guisados que melhor pudessem ajudá-lo a carregar a cruz da vida. Consciensiosa e leal, não lhe dava alimentação debilitante; pelo contrário, punha especial empenho em que lhe não faltasse nunca o filé sanguento e o bom cálice de Porto. Um casal não viveria mais unido.

Quando João Barbosa adoecia, D. Joana era tudo; mãe, esposa, irmã, enfermeira; às vezes era médico. Deus me perdoe! Parece que chegaria a ser padre, se ele viesse repentinamente a carecer do ministério espiritual. O que ela fazia nessas ocasiões pediria um volume, e eu disponho de poucas páginas. Pode-se dizer por honra da humanidade que o benefício não caía em terreno estéril. João Barbosa agradecia-lhe os cuidados não só com boas palavras, mas também bons vestidos ou boas joias. D. Joana, quando ele lhe apresentava esses agradecimentos palpáveis, ficava envergonhada e recusava, mas o velho insistia tanto, que era falta de polidez recusar.

Para torná-la mais completa e necessária à casa, D. Joana não adoecia nunca; não padecia de nervos, nem de enxaqueca, nem de coisa nenhuma; era uma mulher de ferro. Acordava com a aurora e punha logo os escravos a pé; inspecionava tudo, ordenava tudo, dirigia tudo. João Barbosa não tinha outro cuidado mais que viver. Os dois sobrinhos tentaram alguma vez separar da casa uma mulher que eles temiam pela influência que já tinha e pelo desenlace possível de semelhante situação. Iam levar os boatos da rua aos ouvidos do tio.

— Dizem isso? perguntava este.

— Sim, senhor, dizem isso, e não parece bonito, na sua idade, estar exposto a...

— A coisa nenhuma, interrompia.

— Nenhuma!

— Ou a pouca coisa. Dizem que eu nutro certa ordem de afetos por aquela santa mulher! Não é verdade, mas não seria impossível, e sobretudo não era feio.

Esta era a resposta de João Barbosa. Um dos sobrinhos, vendo que nada alcançava, resolvera desligar seus interesses dos do outro, e adotou o plano de aprovar o procedimento do velho, louvando-lhe as virtudes de D. Joana e rodeando-a de seu respeito, que a princípio arrastou a própria caseira. O plano teve algum efeito, porque João Barbosa francamente lhe declarou que ele não era tão ingrato como o outro.

— Ingrato, eu? seria um monstro, respondeu o sobrinho José com um gesto de indignação mal contida.

Tal era a situação respectiva entre João Barbosa e D. Joana, quando na referida noite de setembro entrou aquele em casa, com cara de quem tinha visto passarinho verde, D. Joana tinha dito, por brinco:

— Querem ver que é...

Ao que ele respondeu:

— Isso mesmo.

— Isso mesmo, quê? repetiu D. Joana daí a alguns minutos.

— Isso que a senhora pensou.

— Mas eu não pensei nada.

— Pois fez mal, D. Joana.

— Mas então...

— D. Joana, dê suas ordens para o chá.

D. Joana obedeceu um pouco magoada. Era a primeira vez que João Barbosa lhe negava uma confidência. Ao mesmo tempo que isso a magoava, fazia-a suspeitosa; tratava-se talvez de alguma que viria prejudicá-la.

"Servindo" o chá, depois que João Barbosa se despira, apressou-se a caseira, na forma de costume, a encher-lhe a xícara, a escolher-lhe as fatias mais tenras, a abrir-lhe o guardanapo, com a mesma solicitude de dez anos. Haveria porém uma sombra de acanhamento entre ambos, e a palestra foi menos seguida e menos alegre que nas outras noites.

Durante os primeiros dias de outubro, João Barbosa trazia o mesmo ar singular, que tanto impressionara a caseira. Ele ria a miúdo, ria para si, ia duas vezes à rua, acordava mais cedo, falava de várias alterações em casa. D. Joana começara a suspeitar a causa verdadeira daquela mudança. Gelou-se-lhe o sangue e o terror se apoderou de seu espírito. Duas vezes procurou encaminhar a conversa ao ponto essencial, mas João Barbosa andava tão fora de si que não ouvia sequer o que ela dizia. Ao cabo de quinze dias, concluído o almoço, João Barbosa disse-lhe que a acompanhasse ao gabinete.

– É agora! pensou ela; vou saber de que se trata.

Passou ao gabinete.

Ali chegando, sentou-se João Barbosa e disse a D. Joana que fizesse o mesmo. Era conveniente; as pernas da boa mulher tremiam como varas.

– Vou dar-lhe a maior prova de estima, disse o septuagenário.

D. Joana curvou-se.

– Está aqui em casa há dez anos...

– Que me parecem dez meses.

– Obrigado, D. Joana! Há dez anos que eu tive a boa ideia de procurar uma pessoa que me tratasse da casa, e a boa fortuna de encontrar na senhora a mais consumada...

– Falemos de outra coisa!

– Sou justo; devo ser justo.

– Adiante.

– Louvo-lhe a modéstia; é o belo realce de suas nobres virtudes.

– Vou-me embora.

– Não, não vá; ouça o resto. Está contente comigo?

– Se estou contente! Onde poderia achar-me melhor? O senhor tem sido para mim um pai...

– Um pai?... interrompeu João Barbosa fazendo uma careta; falemos de outra coisa. Saiba D. Joana que não a quero mais deixar.

– Quem pensa nisso?

– Ninguém; mas eu devia dizê-lo. Não a quero deixar; estará a senhora disposta a fazer o mesmo?

D. Joana teve uma vertigem, um sonho, um relance do Paraíso; ela viu ao longe um padre, um altar, dois noivos, uma escritura, um testamento, uma infinidade de coisas agradáveis e quase sublimes.

— Se estou disposta! exclamou ela. Quem se lembraria de dizer o contrário? Estou disposta a acabar aqui os meus dias; mas devo dizer que a ideia de uma aliança... sim... este casamento...

— O casamento há de fazer-se! interrompeu João Barbosa batendo uma palmada no joelho. Parece-lhe mau?

— Oh! não... mas seus sobrinhos...

— Meus sobrinhos são dois capadócios,[69] de quem não faço caso.

D. Joana não contestou essa opinião de João Barbosa, e este, serenado o ânimo, readquiriu o sorriso de bem-aventurança que, durante as duas últimas semanas, o distinguia do resto dos mortais. D. Joana não se atrevia a olhar para ele e brincava com as pontas do mantelete que trazia. Correram assim dois ou três minutos.

— Pois é o que lhe digo, continuou João Barbosa, o casamento há de fazer-se. Sou maior, não devo satisfações a ninguém.

— Lá isso é verdade.

— Mas, ainda que as devesse, poderia eu hesitar à vista... oh! à vista da incomparável graça daquela... vá lá... de D. Lucinda?

Se um condor, segurando D. Joana em suas garras possantes, subisse com ela até perto do sol, de lá a despenhasse à terra, menor seria a queda do que a que lhe produziu a última palavra de João Barbosa. A razão da queda não era, na verdade, aceitável, porquanto nem ela até então sonhara para si a honra de desposar o amo, nem este, nas poucas palavras que lhe dissera antes, lhe fizera crer claramente tal coisa. Mas o demônio da cobiça produz maravilhas dessas, e a imaginação da caseira via as coisas mais longe do que elas podiam ir. Creu um instante que o opulento septuagenário a destinava para sua esposa, e forjou logo um mundo de esperanças e realidades que o sopro de uma só palavra dissolveu e dispersou no ar.

---

69 "Capadócio", aqui, tem sentido pejorativo ("malandro", "trapaceiro").

– Lucinda! repetiu ela quando pôde haver de novo o uso da voz. Quem é essa D. Lucinda?

– Um dos anjos do céu enviado pelo Senhor, a fim de fazer a minha felicidade na terra.

– Está caçoando! disse D. Joana atando-se a um fragmento de esperança.

– Quem dera que fosse caçoada! replicou João Barbosa. Se tal fosse, continuaria eu a viver tranquilo, sem conhecer a suprema ventura, é certo, mas também sem padecer abalos de coração...

– Então é certo...

– Certíssimo.

D. Joana estava pálida.

João Barbosa continuou:

– Não pense que é alguma menina de quinze anos; é uma senhora feita; tem seus trinta e dois feitos; é viúva; boa família...

O panegírico da noiva continuou, mas D. Joana já não ouvia nada. Posto nunca meditasse em fazer-se mulher de João Barbosa via claramente que a resolução deste viria prejudicá-la: nada disse e ficou triste. O septuagenário, quando expandiu toda a alma em elogios à pessoa que escolhera para ocupar o lugar da esposa morta há tão longos anos, reparou na tristeza de D. Joana e apressou-se a animá-la.

– Que tristeza é essa, D. Joana? disse ele. Isto não altera nada a sua posição. Eu já agora não a deixo; há de ter aqui a sua casa até que Deus a leve para si.

– Quem sabe? suspirou ela.

João Barbosa fez-lhe os seus mais vivos protestos, e tratou de vestir-se para sair.

Saiu, e dirigiu-se da rua da Ajuda, onde morava, para a dos Arcos,[70] onde morava a dama de seus pensamentos, futura esposa e dona de sua casa.

D. Lucinda G... tinha trinta e quatro anos para trinta e seis anos, mas

---

70 A maior parte da antiga rua da Ajuda deu lugar, no início do século XX, à avenida Central (depois Rio Branco). O pequeno trecho remanescente fica próximo à rua São José, no centro do Rio de Janeiro. Dali, caminha-se um tanto até a rua dos Arcos, que, como o nome indica, ladeia os conhecidos Arcos da Lapa.

parecia ter mais, tão severo era o rosto, e tão de matrona os modos. Mas a gravidade ocultava um grande trabalho interior, uma luta dos meios que eram escassos, com os desejos, que eram infinitos.

Viúva desde os vinte e oito anos, de um oficial de marinha, com quem se casara aos dezessete para fazer a vontade aos pais, D. Lucinda não vivera nunca segundo as ambições secretas de seu espírito. Ela amava a vida suntuosa, e apenas tinha com que passar modestamente; cobiçava as grandezas sociais e teve de contentar-se com uma posição medíocre. Tinha alguns parentes, cuja posição e meios eram iguais aos seus, e não podiam portanto dar-lhe quanto ela desejava. Vivia sem esperança nem consolação.

Um dia, porém, surgiu no horizonte a vela salvadora de João Barbosa. Apresentado à viúva do oficial de marinha, em uma loja da rua do Ouvidor,[71] ficou tão cativo de suas maneiras e das graças que lhe sobreviviam, tão cativo que pediu a honra de travar relações mais estreitas. D. Lucinda era mulher, isto é, adivinhou o que se passara no coração do septuagenário, antes mesmo que este desse acordo de si. Uma esperança iluminou o coração da viúva; aceitou-a como um presente do céu.

Tal foi a origem do amor de João Barbosa.

Rápido foi o namoro, se namoro podia haver entre os dois viúvos. João Barbosa, apesar de seus cabedais, que o faziam noivo singularmente aceitável, não se atrevia a dizer à dama de seus pensamentos tudo o que lhe tumultuava no coração.

Ela ajudou-o.

Um dia, achando-se ele embebido a olhar para ela, D. Lucinda perguntou-lhe graciosamente se nunca a tinha visto.

– Vi-a há muito.

– Como assim?

– Não sei... balbuciou João Barbosa.

D. Lucinda suspirou.

João Barbosa suspirou também.

---

[71] A rua do Ouvidor era, como é hoje, uma das principais ruas do centro do Rio de Janeiro.

No dia seguinte, a viúva disse a João Barbosa que dentro de pouco tempo se despediria dele. João Barbosa pensou cair da cadeira abaixo.

— Retira-se da Corte?

— Vou para o Norte.

— Tem lá parentes?

— Um.

João Barbosa refletiu alguns instantes. Ela espreitou a reflexão com uma curiosidade de cão rafeiro.

— Não há de ir! exclamou o velho daí a pouco.

— Não?

— Não.

— Como assim?

João Barbosa abafou uma pontada reumática, ergueu-se, curvou-se diante de D. Lucinda e pediu-lhe a mão. A viúva não corou; mas, posto esperasse aquilo mesmo, estremeceu de júbilo.

— Que me responde? perguntou ele.

— Recuso.

— Recusa!

— Oh! com muita dor de meu coração, mas recuso!

João Barbosa tornou a sentar-se; estava pálido.

— Não é possível! disse ele.

— É!

— Mas por quê?

— Porque... porque infelizmente, o senhor é rico.

— Que tem?

— Seus parentes dirão que eu lhe armei uma cilada para enriquecer...

— Meus parentes! Dois biltres, que não valem a mínima atenção! Que tem que digam isso?

— Tem tudo. Além disso...

— Que mais?

— Tenho parentes meus, que não hão de levar a bem este casamento; dirão a mesma coisa, e eu ficarei... Não falemos em semelhante coisa!

João Barbosa estava aflito e ao mesmo tempo dominado pela elevação de sentimentos da interessante viúva. O que ele então desperdiçou em eloquência e raciocínio encheria meia biblioteca; lembrou-lhe tudo: a superioridade de ambos, sua independência, o desprezo que mereciam as opiniões do mundo, sobretudo as opiniões dos interessados; finalmente, pintou-lhe o estado de seu coração. Este último argumento pareceu enternecer a viúva.

– Não sou moço, dizia ele, mas a mocidade...

– A mocidade não está na certidão de batismo, acudiu filosoficamente D. Lucinda, está no sentimento, que é tudo; há moços decrépitos, e homens maduros eternamente jovens.

– Isso, isso...

– Mas...

– Mas, há de ceder! Eu lho peço; unamo-nos e deixemos falar os invejosos!

D. Lucinda resistiu pouco mais. O casamento foi tratado entre os dois, convencionando-se que se verificaria o mais cedo possível.

João Barbosa era homem digno de apreço; não fazia as coisas por metade. Quis arranjar as coisas de modo que os dois sobrinhos nada tivessem do que ele deixasse quando viesse a morrer, se tal desastre tinha de acontecer – coisa de que o velho não estava muito convencido.

Tal era a situação.

João Barbosa fez a visita costumada à interessante noiva. Era matinal demais; D. Lucinda, porém, não podia dizer nada que viesse a desagradar a um homem que tão galhardamente se mostrava com ela.

A visita nunca ia além de duas horas; era passada em coisas insignificantes, entremeada de suspiros do noivo, e muita faceirice dela.

– O que me estava reservado nestas alturas! dizia João Barbosa ao sair de lá.

Naquele dia, logo que ele saiu de casa, D. Joana tratou de examinar friamente a situação. Não podia haver pior para ela. Era claro que, embora João Barbosa não a despedisse logo, seria compelido a fazê-lo pela mulher nos primeiros dias do casamento, ou talvez antes. Por outro lado, desde que ele devesse carinhos a alguém mais que não a ela somente, sua gratidão viria a diminuir muito, e com a gratidão o legado provável.

Era preciso achar um remédio.

Qual?

Nisso gastou D. Joana toda a manhã sem achar solução nenhuma, ao menos solução que prestasse. Pensou em várias coisas, todas impraticáveis ou arriscadas e terríveis para ela.

Quando João Barbosa voltou para casa, às três horas da tarde, achou-a triste e calada. Indagou o que era; ela respondeu com algumas palavras soltas, mas sem clareza, de maneira que ele ficaria na mesma, se não tivesse havido a cena da manhã.

– Já lhe disse, D. Joana, que a senhora não perde nada com a minha nova situação. O lugar pertence-lhe.

O olhar de dignidade ofendida que ela lhe lançou foi tal que ele não achou nenhuma réplica. Entre si fez um elogio à caseira.

– Tem-me afeição, coitada! é uma alma dotada de muita elevação.

D. Joana não o serviu com menos carinho nesse e no dia seguinte; era a mesma pontualidade e solicitude. A tristeza porém era também a mesma e isto desconsolava sobremodo o noivo de D. Lucinda, cujo principal desejo era fazê-las felizes ambas.

O sobrinho José, que tivera o bom gosto de cortar os laços que o prendiam ao outro, desde que viu serem inúteis os esforços para separar D. Joana de casa, não deixava de ali ir a miúdo tomar a bênção ao tio e receber alguma coisa de quando em quando. Acertou de ir alguns dias depois da revelação de João Barbosa. Não o achou em casa, mas D. Joana estava, e ele em tais circunstâncias não deixava de se demorar a louvar o tio, na esperança de que alguma coisa chegasse aos ouvidos deste. Naquele dia notou que D. Joana não tinha a alegria do costume.

Interrogada por ele, D. Joana respondeu:

– Não é nada...

– Alguma coisa há de ser, dar-se-á caso que...

– Que?...

— Que meu tio esteja doente?

— Antes fosse isso!

— Que ouço?

D. Joana mostrou-se arrependida do que dissera e metade do arrependimento era sincero, metade fingido. Não tinha grande certeza da discrição do rapaz; mas via bem para que lado iam seus interesses. José tanto insistiu em saber do que se tratava que ela não hesitou em dizer-lhe tudo, debaixo de palavra de honra e no mais inviolável segredo.

— Ora, veja, concluiu ela, se ao saber que essa senhora trata de enganar o nosso bom amigo para haver-lhe a fortuna...

— Não diga mais, D. Joana! interrompeu José, fulo de cólera.

— Que vai fazer?

— Verei, verei...

— Oh! não me comprometa!

— Já lhe disse que não; saberei desfazer a trama da viúva. Ela veio aqui alguma vez?

— Não, mas consta-me que há de vir domingo jantar.

— Virei também.

— Pelo amor de Deus...

— Descanse!

José via o perigo tanto como D. Joana; só não viu que ela lhe contara tudo, para havê-lo de seu lado e fazê-lo trabalhar por desfazer um laço quase feito. O medo dá às vezes coragem, e um dos maiores medos do mundo é o de perder uma herança. José sentiu-se resoluto a empregar todos os esforços para obstar o casamento do tio.

D. Lucinda foi efetivamente jantar em casa de João Barbosa. Este não cabia em si de contente desde que se levantou. Quando D. Joana foi levar-lhe o café do costume, ele desfez-se em elogios à noiva.

— A senhora vai vê-la, D. Joana, vai ver o que é uma pessoa digna de todos os respeitos e merecedora de uma afeição nobre e profunda.

— Quer mais açúcar?

– Não. Que graça! que maneiras, que coração! Não imagina que tesouro é aquela mulher! Confesso que estava longe de suspeitar tão raro conjunto de dotes morais. Imagine...

– Olhe que o café esfria...

– Não faz mal. Imagine...

– Creio que há gente de fora. Vou ver.

D. Joana saiu; João Barbosa ficou pensativo.

– Coitada! A ideia de que vai perder a minha estima não a deixa um só instante. *In petto*[72] não aprova talvez este casamento, mas não se atreveria nunca a dizê-lo. É uma alma extremamente elevada!

D. Lucinda apareceu perto das quatro horas. Ia luxuosamente vestida, graças a algumas dívidas feitas à conta dos futuros cabedais. A vantagem daquilo era não parecer que João Barbosa a tirava do nada.

Passou-se o jantar sem incidente nenhum; pouco depois de oito horas, D. Lucinda retirou-se deixando encantado o noivo. D. Joana, se não fossem as circunstâncias apontadas, devia ficar igualmente namorada da viúva, que a tratou com uma bondade, uma distinção verdadeiramente adoráveis. Era talvez cálculo; D. Lucinda queria ter por si todos os votos, e sabia que o da boa velha tinha alguma consideração.

Entretanto, o sobrinho de João Barbosa, que também ali jantara, apenas a noiva do tio se retirou para casa foi ter com ele.

– Meu tio, disse José, reparei hoje uma coisa.

– Que foi?

– Reparei que se o senhor não tiver conta em si é capaz de ser embaçado.

– Embaçado?

– Nada menos.

– Explica-te.

– Dou-lhe a notícia de que a senhora que hoje aqui esteve tem ideias a seu respeito.

---

[72] Em tradução livre do latim, significa algo como "em secretamente", "em sigilo".

– Ideias? Explica-te mais claramente.

– Pretende desposá-lo.

– E então?

– Então, é que o senhor é o quinto ricaço, a quem ela lança a rede. Os primeiros quatro perceberam a tempo o sentimento de especulação pura, e não caíram. Eu previno-o disso, para que não se deixar levar pelo conto da sereia, e se ela lhe falar em alguma coisa...

João Barbosa, que já estava vermelho de cólera, não se pôde conter; cortou-lhe a palavra intimando-o a que saísse. O rapaz disse que obedecia, mas não interrompeu as reflexões: inventou o que pôde, deitou cores sombrias ao quadro, de maneira que saiu deixando o veneno no coração do pobre velho.

Era difícil que algumas palavras tivessem o condão de desviar o namorado do plano que assentara; mas é certo que foi esse o ponto de partida de uma longa hesitação. João Barbosa vociferou contra o sobrinho, mas, passado o primeiro acesso, refletiu um pouco no que lhe acabava de ouvir e concluiu que seria realmente triste, se ele tivesse razão.

– Felizmente, é um caluniador! concluiu ele.

D. Joana soube da conversa havida entre João Barbosa e o sobrinho, e aprovou a ideia deste; era necessário voltar à carga; e José não se descuidou disso.

João Barbosa confiou à caseira as perplexidades que o sobrinho buscava lançar em seu coração.

– Acho que ele tem razão, disse ela.

– Também tu?

– Também eu, e se o digo é porque o posso dizer, visto que desde hoje estou desligada desta casa.

D. Joana disse isto levando o lenço aos olhos, o que partiu o coração de João Barbosa em mil pedaços; tratou de a consolar e inquiriu a causa de semelhante resolução. D. Joana recusou explicar; afinal estas palavras saíram de sua boca trêmula e comovida:

– É que... também eu tenho coração!

Dizer isto e fugir foi a mesma coisa. João Barbosa ficou a olhar para o ar;

depois dirigiu os olhos a um espelho, perguntando-lhe se efetivamente não era explicável aquela declaração.

Era.

João Barbosa mandou-a chamar. Veio D. Joana e, arrependida de ter ido tão longe, tratou de explicar o que acabava de dizer. A explicação era fácil; repetiu que tinha coração, como o sobrinho de João Barbosa, e não podia, como o outro, vê-lo entregar-se a uma aventureira.

– Era isso?

– É duro de o dizer, mas cumpri o que devia; compreendo porém que não posso continuar nesta casa.

João Barbosa procurou apaziguar-lhe os escrúpulos; e D. Joana deixou-se vencer, ficando.

Entretanto, o noivo sentia-se um tanto perplexo e triste. Cogitou, murmurou, vestiu-se e saiu.

Na primeira ocasião em que se encontrou com D. Lucinda, esta, vendo-o triste, perguntou-lhe se eram incômodos domésticos.

– Talvez, resmungou ele.

– Adivinho.

– Sim?

– Alguma que lhe fez a caseira que o senhor lá tem?

– Por que supõe isso?

D. Lucinda não respondeu logo; João Barbosa insistiu.

– Não simpatizo com aquela cara.

– Pois não é má mulher.

– De aparência, talvez.

– Parece-lhe então...

– Nada; digo que bem pode ser alguma intrigante...

– Oh!

– Mera suposição.

– Se a conhecesse havia de lhe fazer justiça.

João Barbosa não recebeu impunemente esta alfinetada. Se efetivamente

D. Joana não passasse de uma intrigante? Era difícil supô-lo ao ver a cara com que ela o recebeu na volta. Não a podia haver mais afetuosa. Contudo, João Barbosa pôs-se em guarda; convém dizer, em honra de seus afetos domésticos, que não o fez sem tristeza e amargura.

– Que tem o senhor que está tão macambúzio? perguntou D. Joana com a mais doce voz que possuía.

– Nada, D. Joana.

E daí a pouco:

– Diga-me; seja franca. Alguém a incumbiu de me dizer aquilo a respeito da senhora que...

D. Joana tremeu de indignação.

– Pois imagina que eu seria capaz de fazer-me instrumento... Oh! é demais!

O lenço correu aos olhos e provavelmente encheu-se de lágrimas. João Barbosa não podia ver chorar uma mulher que o servia tão bem há tanto tempo. Consolou-a como pôde, mas o golpe (dizia ela) fora profundo. Isto foi dito tão de dentro, e com tão amarga voz, que João Barbosa não pôde esquivar-se a esta reflexão.

– Esta mulher ama-me!

Desde que, pela segunda vez, se lhe metia esta suspeita pelos olhos, seus sentimentos em relação a D. Joana eram de compaixão e simpatia. Ninguém pode odiar a pessoa que o ama silenciosamente e sem esperança. O bom velho sentia-se lisonjeado da vegetação amorosa que seus olhos faziam brotar dos corações.

Daí em diante começou uma luta entre as duas mulheres de que eram campo e objeto o coração de João Barbosa. Uma tratava de demolir a influência da outra; os dois interesses esgrimiam com todas as armas que tinham à mão.

João Barbosa era um joguete entre ambas, – uma espécie de bola de borracha que uma atirava às mãos da outra, e que esta de novo lançava às da primeira. Quando estava com Lucinda suspeitava de Joana; quando com Joana suspeitava de Lucinda. Seu espírito, debilitado pelos anos, não tinha consistência nem direção; uma palavra o dirigia ao sul, outra o encaminhava ao norte.

A esta situação, já de si complicada, vieram juntar-se algumas circunstâncias desfavoráveis a D. Lucinda. O sobrinho José não cessava as suas insinuações; ao mesmo tempo os parentes da interessante viúva entraram a rodear o velho, com tal sofreguidão, que, apesar de sua boa vontade, este desconfiou seriamente das intenções da noiva. Nisto sobreveio um ataque de reumatismo. Obrigado a não sair de casa, era a D. Joana que cabia desta vez exclusivamente a direção do espírito de João Barbosa. D. Lucinda foi visitá-lo algumas vezes; mas o papel principal não era seu.

A caseira não se poupou a esforços para readquirir a antiga influência; o velho ricaço saboreou de novo as delícias da dedicação de outro tempo. Ela o tratava, amimava e conversava; lia-lhe os jornais, contava-lhe a vida dos vizinhos entremeada de velhas anedotas adequadas à narração. A distância e a ausência eram dois dissolventes poderosos do amor decrépito de João Barbosa.

Logo que ele melhorou um pouco foi à casa de D. Lucinda. A viúva o recebeu com polidez, mas sem a solicitude a que o acostumara. Sucedendo a mesma coisa outra vez, João Barbosa sentiu que, pela sua parte, também o primitivo afeto esfriara um pouco.

D. Lucinda contava aguçar-lhe o afeto e o desejo mostrando-se fria e reservada; sucedeu o contrário. Quando quis resgatar o que perdera, era um pouco tarde; contudo não desanimou.

Entretanto, João Barbosa voltara a casa, onde a figura de D. Joana lhe pareceu a mais ideal de todas as esposas.

– Como é que não me lembrei há mais tempo de casar com esta mulher? pensou ele.

Não fez a pergunta em voz alta; mas D. Joana pressentiu num olhar de João Barbosa que aquela ideia alvorecia em seu generoso espírito.

João Barbosa voltou a concentrar-se em casa. D. Lucinda, após os primeiros dias, derramou o coração em longas cartas que eram pontualmente entregues em casa de João Barbosa, e que este lia em presença de D. Joana, posto fosse em voz baixa. João Barbosa, logo à segunda, quis ir reatar o vínculo roto; mas o outro vínculo que o prendia à caseira era já forte e a ideia foi posta de lado. D. Joana achou enfim meio de subtrair as cartas.

Um dia, João Barbosa chamou D. Joana a uma conferência particular.

— D. Joana, chamei-a para lhe dizer uma coisa grave.
— Diga.
— Quero fazer a sua felicidade.
— Já não a faz há tanto tempo?
— Quero fazê-la de modo mais positivo e duradouro.
— Como?
— A sociedade não crê, talvez, na pureza de nossa afeição; confirmemos a suspeita da sociedade.
— Senhor! exclamou D. Joana com um gesto de indignação tão nobre quão simulado.
— Não me entendeu, D. Joana, ofereço-lhe a minha mão...

Um acesso de asma, porque ele também padecia de asma, veio interromper a conversa no ponto mais interessante. João Barbosa gastou alguns minutos sem falar nem ouvir. Quando o acesso passou, sua felicidade, ou antes a de ambos, estava prometida de parte a parte. Ficava assentado um novo casamento.

D. Joana não contava com semelhante desenlace, e abençoou a viúva que, pretendendo casar com o velho, sugeriu-lhe a ideia de fazer o mesmo e a encaminhou àquele resultado. O sobrinho José é que estava longe de crer que havia trabalhado simplesmente para a caseira; tentou ainda impedir a realização do plano do tio, mas este às primeiras palavras fê-lo desanimar.

— Desta vez, não cedo! respondeu ele; conheço as virtudes de D. Joana, e sei que pratico um ato digno de louvor.
— Mas...
— Se continuas, pagas-me!

José recuou e não teve outro remédio mais que aceitar os fatos consumados.

O pobre septuagenário treslia evidentemente.

D. Joana tratou de apressar o casamento, receosa de que, ou algumas das várias moléstias de João Barbosa, ou a própria velhice desse cabo dele, antes de arranjadas as coisas. Um tabelião foi chamado, e tratou, por ordem do noivo, de preparar o futuro de D. Joana.

Dizia o noivo:

– Se eu não tiver filhos, desejo...

– Descanse, descanse, respondeu o tabelião.

A notícia desta resolução e dos atos subsequentes chegou aos ouvidos de D. Lucinda, que mal pôde crer neles.

– Compreendo que me fugisse; eram intrigas daquela... daquela criada! exclamou ela.

Depois ficou desesperada; interpelou o destino, deu ao diabo todos os seus infortúnios.

– Tudo perdido! tudo perdido! dizia ela com uma voz arrancada às entranhas.

Nem D. Joana nem João Barbosa a podiam ouvir. Eles viviam como dois namorados jovens, embebidos no futuro. João Barbosa planeava mandar construir uma casa monumental em algum dos arrabaldes onde passaria o resto de seus dias. Conversavam das divisões que a casa devia ter, da mobília que lhe convinha, da chácara, e do jantar com que deviam inaugurar a residência nova.

– Quero também um baile! dizia João Barbosa.

– Para quê? Um jantar basta.

– Nada! Há de haver grande jantar e grande baile; é mais estrondoso. Demais, quero apresentar-te à sociedade como minha mulher, e fazer-te dançar com algum adido de legação. Sabes dançar?

– Sei.

– Pois então! Jantar e baile.

Marcou-se o dia de ano bom para celebração do casamento.

– Começaremos um ano feliz, disseram ambos.

Faltavam ainda dez dias, e D. Joana estava impaciente. O sobrinho José, alguns dias arrufado, fez as pazes com a futura tia. O outro aproveitou o ensejo de vir pedir o perdão do tio; deu-lhe os parabéns e recebeu a bênção. Já agora não havia remédio senão aceitar de boa cara o mal inevitável.

Os dias aproximaram-se com uma lentidão mortal; nunca D. Joana os vira mais compridos. Os ponteiros do relógio pareciam padecer de reumatismo; o sol devia ter por força as pernas inchadas. As noites pareciam-se com as da eternidade.

Durante a última semana João Barbosa não saiu de casa; todo ele era pouco para contemplar a próxima companheira de seus destinos. Enfim raiou a aurora cobiçada.

D. Joana não dormia um minuto sequer, tanto lhe trabalhava o espírito.

O casamento devia ser feito sem estrondo, e foi uma das vitórias de D. Joana, porque o noivo falava em um grande jantar e meio mundo de convidados. A noiva teve prudência; não queria expor-se e expô-lo a comentários. Conseguira mais; o casamento devia ser celebrado em casa, num oratório preparado de propósito. Pessoas de fora, além dos sobrinhos, havia duas senhoras (uma das quais era madrinha) e três cavalheiros, todos eles e elas maiores de cinquenta.

D. Joana fez sua aparição na sala alguns minutos antes da hora marcada para celebração do matrimônio. Vestia com severidade e simplicidade.

Tardando o noivo, ela mesma o foi buscar.

João Barbosa estava no gabinete já pronto, sentado ao pé de uma mesa, com uma das mãos calçadas.

Quando D. Joana entrou deu com os olhos no grande espelho que ficava defronte e que reproduzia a figura de João Barbosa; este estava de costas para ela. João Barbosa fitava-a rindo, um riso de bem-aventurança.

– Então! disse D. Joana.

Ele continuava a sorrir e a fitá-la; ela aproximou-se, rodeou a mesa, olhou-o de frente.

– Vamos ou não?

João Barbosa continuava a sorrir e a fitá-la. Ela aproximou-se, e recuou espavorida.

A morte o tomara; era a melhor das noivas.

O CASO DA VIÚVA

Publicado originalmente em *A Estação*,
de 15 de janeiro a 15 de março de 1881.

I

Este conto deve ser lido especialmente pelas viúvas de vinte e quatro a vinte e seis anos. Não teria mais nem menos a viúva Camargo, D. Maria Luiza, quando se deu o caso que me proponho contar nestas páginas, um caso "triste e digno de memória" posto que menos sangrento que o de D. Inês. Vinte e seis anos; não teria mais, nem tanto; era ainda formosa como aos dezessete, com o acréscimo das roupas pretas que lhe davam grande realce. Era alva como leite, um pouco descolorida, olhos castanhos e preguiçosos, testa larga, e talhe direito. Confesso que essas indicações são mui gerais e vagas; mas conservo-as por isso mesmo, não querendo acentuar nada neste caso; tão verdadeiro como a vida e a morte. Direi somente que Maria Luiza nasceu com um sinalzinho cor-de-rosa, junto à boca, do lado esquerdo (única particularidade notada), e que foi esse sinal a causa de seus primeiros amores, aos dezoito anos.

– Que é que tem aquela moça ao pé da boca? perguntava o estudante Rochinha a uma de suas primas, em certa noite de baile.

– Um sinal.

– Postiço?

– Não, de nascença.

– Feia coisa! murmurou o Rochinha.

– Mas a dona não é feia, ponderou a prima, é até bem bonita...

– Pode ser, mas o sinal é hediondo.

A prima, casada de fresco, olhou para o Rochinha com algum desdém, e disse-lhe que não desprezasse o sinal, porque talvez fosse ele a isca com que ela o pescasse, mais tarde ou mais cedo. O Rochinha levantou os ombros e falou de outro assunto; mas a prima era inexorável; ergueu-se, pediu-lhe o braço, levou-o até o lugar em que estava Maria Luiza, a quem o apresentou. Conversaram os três; tocou-se uma quadrilha, o Rochinha e Maria Luiza dançaram, depois conversaram alegremente.

– Que tal o sinal? perguntou-lhe a prima, à porta da rua no fim do baile, enquanto o marido acendia um charuto e esperava a carruagem.

– Não é feio, respondeu o Rochinha; dá-lhe até certa graça; mas daí à isca vai uma grande distância.

– A distância de uma semana, tornou a prima rindo. E sem aceitar-lhe a mão entrou na carruagem.

Ficou o Rochinha à porta, um pouco pensativo, não se sabe se pelo sinal de Maria Luiza, se pela ponta do pé da prima, que ele chegou a ver, quando ela entrou na carruagem. Também não se sabe se ele viu a ponta do pé sem querer, ou se buscou vê-la. Ambas as hipóteses são admissíveis aos dezenove anos de um rapaz acadêmico. O Rochinha estudava direito em S. Paulo, e devia formar-se no ano seguinte; estava portanto nos últimos meses da liberdade escolástica; e fio que a leitora lhe perdoará qualquer intenção, se intenção houve naquela vista fugitiva. Mas, qualquer que fosse o motivo secreto, a verdade é que ele não ficou pensativo mais de dois minutos, acendeu um charuto e guiou para casa.

Esquecia-me dizer que a cena contada nos períodos anteriores passou-se na noite de 19 de janeiro de 1871, em uma casa do bairro do Andaraí.[73] No dia seguinte, dia de S. Sebastião,[74] foi o Rochinha jantar com a prima; eram anos do marido desta. Achou lá Maria Luiza e o pai. Jantou-se, cantou-se, conversou-se até meia-noite, hora em que o Rochinha, esquecendo-se do sinalzinho da moça, achou que ela estava muito mais bonita do que lhe parecia no fim da noite passada.

---

73 Um dos mais antigos bairros da Zona Norte do Rio de Janeiro.

74 São Sebastião é o padroeiro da cidade do Rio de Janeiro (que, vale lembrar, primeiramente se chamou São Sebastião do Rio de Janeiro).

– Um sinal que passa tão depressa de fealdade a beleza, observou o marido da prima, pode-se dizer que é o sinal do teu cativeiro.

O Rochinha aplaudiu este ruim trocadilho, sem entusiasmo, antes com certa hesitação. A prima, que estava presente, não lhe disse nada, mas sorria para si mesma. Era pouco mais velha que Maria Luiza, tinha sido sua companheira de colégio, quisera vê-la bem casada, e o Rochinha reunia algumas qualidades de um marido possível. Mas não foram só essas qualidades que a levaram a prendê-lo a Maria Luiza, e sim também a circunstância de que ele herdaria do pai algumas propriedades. Parecia-lhe que um bom marido é um excelente achado, mas que um bom marido não pobre – era um achado excelentíssimo. Assim só falava ao primo no sinal de Maria Luiza, como falava a Maria Luiza na elegância do primo.

– Não duvido, dizia esta daí a dias; é elegante, mas parece-me assim...

– Assim como?

– Um pouco...

– Acaba.

– Um pouco estroina.

– Que tolice! é alegre, risonho, gosta de palestrar, mas é um bom rapaz, e, quando preciso, sabe ser sério. Tem só um defeito.

– Qual? perguntou Maria Luiza, com curiosidade.

– Gosta de sinais cor-de-rosa ao canto da boca.

Maria Luiza deu uma resposta graciosamente brasileira, um muxoxo; mas a outra que sabia muito bem a múltipla significação desse gesto, que tanto exprime o desdém, como a indiferença, como a dissimulação etc., não se deu por abalada e menos por vencida. Percebera que o muxoxo não era da primeira nem da segunda significação; notou-lhe uma mistura de desejo, de curiosidade, de simpatia, e jurou aos seus deuses transformá-lo em um beijo de esposa, com uma significação somente.

Não contava com a academia. O Rochinha partiu daí a algumas semanas para S. Paulo, e, se deixou algumas saudades, não as contou Maria Luiza a ninguém; guardou-as consigo, mas guardou-as tão mal, que a outra as descobriu e leu.

– Está feito, pensou esta: um ano passa-se depressa.

Reflexão errada, porque nunca houve ano mais vagaroso para Maria Luiza do que esse, ano trôpego, arrastado, feito para entristecer as mais robustas esperanças. Mas também que impaciência alegre quando se aproximou a vinda do Rochinha! Não o encobria da amiga, que teve o cuidado de o escrever ao primo, o qual respondeu com esta frase: "Se há por lá saudades, também as há por aqui e muitas: mas não diga nada a ninguém". A prima, com uma perfídia sem nome, foi contá-lo a Maria Luiza, e com uma cegueira de igual quilate declarou isso mesmo ao primo, que, pela mais singular das complacências, encheu-se de satisfação. Quem quiser que o entenda.

II

Veio o Rochinha de S. Paulo, e daí em diante ninguém o tratou senão por Dr. Rochinha, ou, quando menos, Dr. Rocha; mas já agora, para não alterar a linguagem do primeiro capítulo, continuarei a dizer simplesmente o Rochinha, familiaridade tanto mais desculpável, quanto mais a autoriza a própria prima dele.

– Doutor! disse ela. Creio que sim, mas lá para as outras; para mim há de ser sempre o Rochinha.

Veio pois o Rochinha de S. Paulo, diploma na algibeira, saudades no coração.

Oito dias depois encontrava-se com Maria Luiza, casualmente na rua do Ouvidor, à porta de uma confeitaria; ia com o pai, que o recebeu muito amavelmente, não menos que ela, posto que de outra maneira. O pai chegou a dizer-lhe que todas as semanas, às quintas-feiras, estava em casa.

O pai era negociante, mas não abastado nem próspero. A casa dava-lhe para viver, e não viver mal. Chamava-se Toledo, e contava pouco mais de cinquenta anos; era viúvo; morava com uma irmã viúva, que lhe servia de mãe à filha. Maria Luiza era o seu encanto, o seu amor, a sua esperança. Havia da parte dele uma espécie de adoração, que entre as pessoas da amizade passara a provérbio e exemplo. Ele tinha para si que o dia em que a filha lhe não desse o beijo da saída era um dia fatal; e não atribuía a outra coisa o menor contratempo que lhe sobreviesse. Qualquer desejo de Maria Luiza era para ele um decreto do céu, que urgia cumprir, custasse o que custasse. Daí vinha que a própria Maria Luiza evitava muita vez falar-lhe de alguma coisa que desejava, desde que a satisfação exigisse da parte do pai um sacrifício qualquer. Porque também ela adorava o pai, e nesse ponto nenhum devia nada ao outro. Ela o acompanhava até a porta da chácara todos os dias, para lhe dar o ósculo da partida; ela o ia esperar para dar o ósculo da chegada.

– Papaizinho como passou? dizia ela batendo-lhe na face. E, de braço dado, atravessavam toda a chácara, unidos, palreiros, alegres como dois namorados felizes. Um dia Maria Luiza, em conversa, à sobremesa, com pessoas de fora, manifestou grande curiosidade de ver a Europa. Era pura conversa, sem outro alcance; contudo, não passaram despercebidas ao pai as suas palavras. Três dias depois, Toledo consultou seriamente a filha se queria ir daí a quinze dias para a Europa.

– Para a Europa? perguntou ela um tanto espantada.

– Sim. Vamos?

Não respondeu Maria Luiza imediatamente, tão vacilante se viu entre o desejo secreto e o inesperado da proposta. Como refletisse um pouco, perguntou a si mesma se o pai podia sem sacrifício realizar a viagem, mas sobretudo não atinou com a razão esta.

– Para a Europa? repetiu.

– Sim, para a Europa, disse o pai rindo; mete-se a gente no paquete, e desembarca lá. É a coisa mais simples do mundo.

Maria Luiza ia dizer-lhe talvez que sim; mas recordou-se subitamente das palavras que proferira dias antes, e suspeitou que o pai faria apenas um sacrifício pecuniário e pessoal, para o fim de lhe cumprir o desejo. Então abanou a cabeça com um risinho triunfante.

– Não, senhor, deixemo-nos da Europa.

– Não?

– Nem por sombras.

– Mas tu morres por lá ir...

— Não morro, não senhor; tenho vontade de ver a Europa e hei de vê-la algum dia, mas muito mais tarde... muito mais tarde.

— Bem, então vou só, redarguiu o pai com um sorriso.

— Pois vá, disse Maria Luiza erguendo os ombros.

E assim acabou o projeto europeu. Não só a filha percebeu o motivo da proposta do pai, como este compreendeu que esse motivo fora descoberto; nenhum deles, todavia, aludiu ao sentimento secreto do outro.

Toledo recebeu o Rochinha, com muita afabilidade, quando este lá foi numa quinta-feira, duas semanas depois do encontro na rua do Ouvidor. A prima de Rochinha também foi, e a noite passou-se alegremente para todos. A reunião era limitada; os homens jogavam o voltarete,[75] as senhoras conversavam de rendas e vestidos. O Rochinha e mais dois ou três rapazes, não obstante essa regra, preferiam o círculo das damas, no qual, além dos vestidos e rendas, também se falava de outras damas e de outros rapazes. A noite não podia ser mais cheia.

Não gastemos o tempo em episódios miúdos; imitemos o Rochinha, que, ao cabo de quatro semanas, preferiu uma declaração franca à multidão de olhares e boas palavras. Com efeito, ele chegara ao estado agudo do amor; a ferida era profunda, e sangrava; urgiu estancá-la e curá-la. Urgia tanto mais fazer-lhe a declaração, quanto que da última vez que esteve com ela, encontrara-a um pouco acanhada e calada, e, à despedida, não teve o mesmo aperto de mão do costume, um certo aperto misterioso, singular, que se não aprende e se repete com muita exatidão, e pontualidade, em certos casos de paixão concentrada ou não concentrada. Pois nem esse aperto de mão; a de Maria Luiza parecia-lhe fria e fugidia.

— Que lhe fiz eu? dizia ele consigo, ao retirar-se para casa.

E buscava recordar todas as palavras do último encontro, os gestos, e nada lhe parecia autorizar qualquer suspeita ou ressentimento, que explicasse a súbita frieza de Maria Luiza. Como já então houvesse entrado na confidência dos seus sentimentos à prima, disse-lhe o que se passara, e a prima, que reunia ao desejo de ver casada a amiga, certo pendor às intrigas amorosas, meteu-se

---

75 Um jogo de cartas.

a caminho para a casa desta. Não lhe custou muito descobrir a Maria Luiza a secreta razão de sua visita, mas, pela primeira vez, achou a outra reservada.

— Você é bem cruel, dizia-lhe rindo; sabe que o pobre rapaz não suspira senão por um ar de sua graça, e trata-o como se fosse o seu maior inimigo.

— Pode ser. Onde é que você comprou esta renda?

— No Godinho. Mas, vamos; você acha o Rochinha feio?

— Ao contrário, é um bonito rapaz.

— Bonito, bem-educado, inteligente...

— Não sei como é que você ainda gosta desse chapéu tão fora da moda...

— Qual fora da moda!

— O brinco é que ficou muito bonito.

— É uma pérola...

— Pérola este brinco de brilhante?

— Não; falo do Rochinha. É uma verdadeira pérola; você não sabe quem está ali. Vamos lá; creio que não lhe tem ódio...

— Ódio por quê?

— Mas...

Quis a má fortuna do Rochinha que a tia de Maria Luiza viesse ter com ela, de maneira que a prima dele não pôde acabar a pergunta que ia fazer, e que era simplesmente esta: – Mas amor? – pergunta decisiva, a que Maria Luiza devia responder, ainda que fosse com o silêncio. Não produzindo esta entrevista o desejado efeito, antes parecendo confirmar os receios do Rochinha, entendeu este que era melhor e mais pronto ir diretamente ao fim, e declarar-lhe ele mesmo o que sentia, solicitando uma resposta franca e definitiva. Foi o que fez na seguinte semana.

III

Há duas maneiras de pedir uma decisão, em casos amorosos: falando ou escrevendo, Jacó não usou uma coisa nem outra; foi diretamente ao pai de Raquel, e obteve-a a troco de sete anos de trabalho, ao cabo dos quais, em vez de obter a Raquel, a amada, deram-lhe Lia, a remelosa. No fim de sete anos![76] Não estava o nosso Rochinha disposto a esperar tanto tempo.

– Nada, disse ele consigo uma semana depois, isto há de acabar agora, imediatamente. Se não quer não queira...

Não lhe deem crédito; ele falava assim, para enganar-se a si próprio, para fazer crer que deixava o namoro, como se deixa um espetáculo aborrecido. Não lhe deem crédito. Estava então em casa, à rua dos Inválidos,[77] olhando para a ponta da chinela turca ou marroquina, que trazia nos pés, tendo na mão um retrato de Maria Luiza. Era uma fotografia que lhe dera a prima, um mês antes. A prima pedira-a a Maria Luiza, dizendo-lhe que era para dar a uma amiga; e Maria Luiza deu-lha; apenas a apanhou consigo, disse-lhe à amiga que não era para mimosear nenhuma amiga, mas ao próprio primo que morria por ela. Então Maria Luiza estendeu a mão para tirar-lhe o retrato, protestou, arrufou-se, tudo isso tão mal fingido, que a amiga não teve remorsos do que fez e entregou o retrato ao primo. Era o retrato que ele tinha nas mãos, à rua dos Inválidos, sentado numa extensa cadeira americana; dividia os olhos entre o retrato e as chinelas, sem poder acabar de resolver-se a alguma coisa.

– Vá, disse ele enfim; é preciso acabar com isto.

Levantou-se, foi à secretária, tirou uma folha de papel, passou-lhe as costas da mão por cima, e molhou a pena. – Vá, repetiu; mas repetiu somente, a pena não ia. Acendeu um cigarro, e nada; foi à janela, e nada. E, contudo, amava-a e muito; mas ou por isso, ou por outro motivo, não achava que dizer no papel. Chegou a pôr diante de si o retrato de Maria Luiza; foi pior. A imagem da moça peava-lhe todos os movimentos do espírito. Não podia ele compreender este fenômeno; atirou a pena irritado, e mudou de ideia: falar-lhe-ia diretamente.

Dois dias depois foi à casa de Toledo. Achou Maria Luiza na chácara, com a tia e outra senhora; e não deixou passar a primeira ocasião que se lhe

---

76 Machado faz irônica menção à profecia bíblica do final dos tempos, referindo-se ao período de Tribulação, em que, por sete anos, a Terra estaria assolada por desastres naturais, fome, guerras e pragas.
77 Rua que liga a praça da República à rua do Riachuelo, antiga Matacavalos.

ofereceu de dizer alguma coisa. Com efeito, é certo que abriu a boca, e pode afirmar-se que a palavra – Eu – rompeu-lhe dos lábios, mas tão a medo, e tão surda, que ela não a ouviu. Ou se a ouviu, disse-lhe coisa diferente; perguntou-lhe se tinha ido ao teatro.

– Não, senhora, disse ele.

– Pois nós fomos outro dia.

– Ah!

Maria Luiza começou a contar-lhe a peça, com tanta miudeza e cuidado, que o Rochinha ficou profundamente triste. Não viu, não reparou que a voz de Maria Luiza parecia às vezes alterada, que ela não ousava fitá-lo muito tempo, e que, apesar do cuidado com que reconstituía a peça, atrapalhou-se uma ou duas vezes. Não viu nada; estava entregue à ideia fixa, ou antes ao fixo sentimento que nutria por ela, e não viu nada. A noite caiu logo e não foi melhor para ele; Maria Luiza evitava-o, ou só lhe falava de coisas fúteis.

Não se detém o Rochinha um dia mais. Naquela mesma noite minutou a carta decisiva. Era longa, difusa, cheia de repetições, mas ardente, e verdadeiramente sentida. No dia seguinte copiou-a, mandou-a... Custa-me dizê-lo, mas força é dizê-lo; mandou-a pela prima. Esta foi, nessa mesma noite, à casa de Maria Luiza; disse-lhe em particular que trazia um segredo, um mimo, uma coisa.

– Que é? perguntou a amiga.

– Esta bocetinha.[78]

Deu-lhe uma bocetinha de tartaruga fechada, acrescentando que só a abrisse no quarto, ao deitar, e não falasse dela a ninguém.

– Um mistério, concluiu Maria Luiza. Cumpriu o que prometera à outra; abriu a bocetinha, no quarto, e viu dentro um papel. Era uma carta, sem sobrescrito; suspeitou logo o que fosse, fechou o papel na bolsa, pô-la de lado, e foi despir-se. Estava nervosa, inquieta. Tinha uns esquecimentos longos; destoucou-se, por exemplo, em três tempos, intervalando-os de um comprido olhar

---

[78] Neste, e nos dois parágrafos seguintes, Machado faz uso da palavra "bocetinha", cujo significado é "caixinha redonda, oval ou oblonga, feita de materiais diversos e usado para guardar pequenos objetos", conforme o *Dicionário Houaiss da Língua Portuguesa*.

apático cravado no espelho. Numa dessas vezes sentou-se numa cadeira, e ficou à toa com os braços caídos no regaço; repentinamente ergueu-se e murmurou:

– Impossível! Acabemos com isto.

Foi acabar de despir-se, mas dessa vez de um modo febril, impaciente, como quem busca fugir de si própria. Ainda aí, ao calçar a chinelinha de marroquim, esqueceu-se e ficou um instante com os olhos no pé nu, alvo de leite, traçado de linhas azuis. Enfim preparou-se para dormir. Sobre o toucador continuava a bolsa, fechada, com um certo ar de mistério e desafio. Maria Luiza não olhava para ela; ia de um para outro lado, evitando-a, naturalmente receosa de fraquear e ler.

Rezou. Tinha a um canto do quarto um pequeno oratório com uma imagem da Conceição, à qual rezou com fervor, e pode ser que lhe pedisse força para resistir à tentação de ler a carta. Acabou de rezar, e abriu uma janela. A noite estava serena, o ar límpido, as estrelas de uma nitidez encantadora. Maria Luiza achou na vista do céu e da noite uma força dissolvente da coragem que até então soubera ter. A vista da natureza grande e bela chamou-a à própria natureza, e o coração pulou-lhe no peito com violência singular. Então pareceu-lhe ver a figura do Rochinha, bonito, elegante, cortês, apaixonado; recordou as diferentes fases das relações, desde o baile em que dançaram juntos. Iam já longos meses desde essa noite, e ela recordava-se de todas as circunstâncias da apresentação. Pensou finalmente na conversa da véspera, do ar preocupado que vira nele, da indecisão, do acanhamento, como se quisesse dizer-lhe alguma coisa, e receasse fazê-lo.

– Amar-me-á muito? perguntou Maria Luiza a si mesma.

E esta pergunta trouxe-lhe a consideração de que, se ele a amasse muito, podia padecer igualmente muito, com a simples e formal recusa da carta. Que tinha que a lesse? Era até conveniente fazê-lo, para saber na realidade o que é que ele sentia, e que resposta daria ela à amiga. Foi dali ao toucador, onde estava a boceta,[79] abriu-a, tirou a carta e leu-a.

---

79 Ver nota anterior.

Leu-a é pouco; Maria Luiza releu a carta, não uma, senão três vezes. Era a primeira carta de amor que recebia, circunstância sem valor, ou de valor escasso, se fosse uma simples folha de papel escrita, sem nenhuma correspondência no coração dela. Mas como explicar que, alguns minutos depois de reler a carta, Maria Luiza se deixou cair na cama, com a cabeça no travesseiro, a chorar silenciosamente? Era claro que entre o coração dela e a carta existia algum vínculo misterioso.

No dia seguinte, Maria Luiza levantou-se cedo, com os olhos murchos e tristes; disse ao pai e à tia que não pudera dormir uma parte da noite, por causa dos mosquitos. Era uma explicação; o pai e a tia aceitaram-na. Mas o pai cuidou de dar-lhe um cordial,[80] segredando ao ouvido da filha uma palavra, – esta palavra:

– Creio que é hoje.

– Hoje? repetiu ela.

– O pedido.

– Ah!

Toledo franziu a testa, ao ver que a filha empalidecera, e ficou triste. Maria Luiza compreendeu, sorriu e lançou-lhe os braços ao pescoço.

– Acho que ele escolheu mau dia, disse ela; a insônia pôs-me doente... Que é isso? que cara é essa?

– Tu estás mentindo, minha filha... Se não é de teu gosto, fala; estamos em tempo.

– Já lhe disse que é muito e muito do meu gosto.

– Juras?

– Que ideia! Juro.

Riu-se ainda uma vez, abanando a cabeça, com um ar de repreensão, mas parece que fazia violência a si mesma, porque desde logo deixou o pai. Se a leitora imagina que Maria Luiza foi outra vez chorar, mostra que ainda a não

---

[80] "Cordial", nessa acepção, conforme explica o *Dicionário Houaiss da Língua Portuguesa*, é um tipo de elixir, um "medicamento ou porção que ativa a circulação sanguínea, que restaura as forças, que robustece".

conhece; Maria Luiza foi descansar o espírito, longe de um objeto que a mortificava; ao mesmo tempo foi cogitar na resposta que daria ao Rochinha, cuja carta não leu mais em todo aquele dia, – não se sabe se para não aumentar a aflição, unicamente para não a decorar de todo. Uma e outra coisa eram possíveis.

IV

Naquele dia efetivamente foi à casa de Toledo um dos homens que a frequentavam desde algum tempo. Era um cearense, abastado e sério. Chamava-se Vieira, contava trinta e oito para quarenta anos. A fisionomia era comum, mas exprimia certa bondade; as maneiras acanhadas, mas discretas. Tinha as qualidades sólidas, não as brilhantes; e, se podia fazer a felicidade de uma consorte, não era precisamente o sonho de uma moça.

Vieira fora apresentado em casa de Toledo, por um amigo de ambos, e a seu pedido. Vira uma vez Maria Luiza, à saída do teatro, e deixou-se impressionar fortemente. Chegara do norte havia dois meses, e estava prestes a voltar, mas o encontro do teatro dispô-lo a demorar-se algum tempo. Sabemos ou adivinhamos o resto. Vieira principiou a frequentar a casa de Toledo, com assiduidade, mas sem adiantar nada, já porque o natural acanhamento lho impedia, já porque Maria Luiza não dava entradas a declarações. Era a amável dona da casa, que se dividia por todos com agrado e solicitude.

Se lhes disser que Maria Luiza não percebeu nada nos olhos de Vieira, no fim de poucos dias, digo uma coisa que nenhuma das leitoras acredita, porque todas elas sabem o contrário. Percebeu-o, efetivamente; mas não ficou abalada. Talvez o animou, olhando frequentes vezes para ele, não por mal, mas para saber se ele estava olhando também, o que, em certos casos, dizia uma dama, é o caminho de um namoro cerrado. Naquele foi somente a ilusão de Vieira, que concluiu dos olhos da moça, dos sorrisos e da afabilidade uma disposição matrimonial que não existia. Convém saber notar que a paixão de Vieira foi a maior contribuição do erro; a paixão cegava-o. Um dia, pois, estando em casa de Toledo, pediu licença para ir lá no dia seguinte tratar de negócios importantes. Toledo disse que sim; mas Vieira não foi; adoecera.

– Que diacho pode ele querer tratar comigo? pensou o pai de Maria Luiza.

E encontrando o amigo comum que introduzira Vieira em sua casa, perguntou-lhe se sabia alguma coisa. O amigo sorriu.

– Que é? insistiu Toledo.

– Não sei se posso dizer; ele lhe dirá de viva voz.

– Se é indiscrição, não teimo.

O amigo esteve algum tempo calado, sorriu outra vez, hesitou, até que lhe disse o motivo da visita, pedindo-lhe a maior reserva.

– Sou confidente do Vieira; está loucamente apaixonado.

Toledo sentiu-se alvoroçado com a revelação. Vieira merecera-lhe simpatia desde os primeiros dias do conhecimento; achava-lhe qualidades sérias e dignas. Não era criança, mas os quarenta anos ou trinta e oito que podia ter não se manifestavam por nenhum cabelo grisalho ou cansaço de fisionomia; esta, ao contrário, era fresca, os cabelos eram do mais puro castanho. E todas essas circunstâncias eram realçadas pelos bens da fortuna, vantagem que Toledo, como pai, considerava de primeira ordem. Tais foram os motivos que o levaram a falar do Vieira à filha, antes mesmo que ele lha fosse pedir. Maria Luiza não se mostrou espantada da revelação.

– Gosta de mim o Vieira? respondeu ela ao pai. Creio que já o sabia.

– Mas sabias que ele gosta muito?

– Muito, não.

– Pois é verdade. O pior é a figura que estou fazendo...

– Como?

– Falando de coisas sabidas, e... pode ser que ajustadas.

Maria Luiza baixou os olhos, sem dizer nada; pareceu-lhe que o pai não rejeitava a pretensão do Vieira, e temeu desenganá-lo logo dizendo-lhe que não correspondia às afeições do namorado. Esse gesto, além do inconveniente de calar a verdade, teve o de fazer supor o que não era. Toledo imaginou que era vergonha da filha, e uma espécie de confissão. E foi por isso que tomou a falar-lhe, daí a dois dias, com prazer, louvando muito as qualidades do Vieira, o bom conceito em que era tido, as vantagens do casamento. Não seria capaz de impor à filha, nem esse nem outro; mas visto que ela gostava... Maria Luiza sentiu-se fulminada. Adorava e conhecia o pai; sabia que ele não falaria de coisa que lhe não supusesse aceita, e sentiu qual era a sua persuasão. Era fácil retificá-lo; uma só palavra bastava a restituir a verdade. Mas aí entrou Maria Luiza noutra dificuldade; o pai, logo que supôs aceita à filha a candidatura do Vieira, manifestou todo o prazer que lhe daria o consórcio; e esta circunstância é que deteve a moça, e foi a origem dos sucessos posteriores.

A doença de Vieira durou perto de três semanas; Toledo visitou-o duas vezes. No fim daquele tempo, após curta convalescença, Vieira mandou pedir ao pai de Maria Luiza que lhe marcasse dia para a entrevista que não pudera realizar por motivo da enfermidade. Toledo designou outro dia, e foi a isso que aludiu no fim do capítulo passado.

O pedido do casamento foi feito nos termos usuais, e recebido com muita benevolência pelo pai, que declarou, entretanto, nada decidido sem que fosse do agrado da filha. Maria Luiza declarou que era muito de seu agrado; e o pai respondeu isso mesmo ao pretendente.

V

Não se faz uma declaração daquelas, em tais circunstâncias, sem grande esforço. Maria Luiza lutou primeiramente consigo, mas resolveu enfim, e, uma vez resoluta, não quis recuar um passo. O pai não percebeu o constrangimento da filha; e se não a viu jubilosa, atribuiu-o à natural gravidade do momento. Ele acreditara profundamente que ia fazer a felicidade da moça.

Naturalmente a notícia, apenas murmurada, causou assombro à prima do Rochinha, e desespero a este. O Rochinha não podia crer; ouvira dizer a duas pessoas, mas parecia-lhe falso.

– Não, impossível, impossível!

Mas logo depois lembrou-se de mil circunstâncias recentes, a frieza da moça, a falta de resposta, o desengano lento que lhe dera, e chegava a crer que efetivamente Maria Luiza ia casar com o outro. A prima dizia-lhe que não.

– Como não? interrompeu ele. Acho a coisa mais natural do mundo. Repare bem que ele tem muito mais do que eu, cinco ou seis vezes mais. Dizem que passa de seiscentos contos.

– Oh! protestou a prima.

– Quê?

– Não diga isso; não calunie Maria Luiza.

O Rochinha estava desesperado e não atendeu à súplica; disse ainda algumas coisas duras, e saiu. A prima resolveu ir ter com a amiga para saber se era verdade; começava a crer que o fosse, e em tal caso já não podia fazer nada. O que não entendia era o repentino do casamento; não soube sequer do namoro.

Maria Luiza recebeu-a tranquila, a princípio, mas às interrupções e recriminações da amiga não pôde resistir por muito tempo. A dor comprimida fez explosão; e ela confessou tudo. Confessou que não gostava do Vieira, sem aliás lhe ter aversão ou antipatia; mas aceitara o casamento porque era um desejo do pai.

– Vou ter com ele, interrompeu a amiga, vou dizer-lhe que...

– Não quero, interrompeu vivamente a filha de Toledo; não quero que lhe diga nada.

– Mas então hás de sacrificar-te?...

– Que tem? Não é difícil o sacrifício; o meu noivo é um bom homem; creio até que pode fazer a felicidade de uma moça.

A prima do Rochinha estava impaciente, nervosa, desorientada; batia com o leque no joelho, levantava-se, sacudia a cabeça, fechava a mão; e tornava a dizer que ia ter com Toledo para contar-lhe a verdade. Mas a outra protestava sempre; e da última vez declarou-lhe peremptoriamente que seria inútil qualquer tentativa; estava disposta a casar com o Vieira, e nenhum outro.

A última palavra era clara e expressiva; mas por outro lado traiu-a, porque Maria não o pôde dizer sem visível comoção. A amiga compreendeu que o Rochinha era amado; ergueu-se e pegou-lhe nas mãos.

— Olhe, Maria Luiza, não direi nada, não farei nada. Sei que você gosta de outro, e sei quem é o outro. Por que há de fazer dois infelizes? Pense bem; não se precipite.

Maria Luiza estendeu-lhe a mão.

— Promete que refletirá? disse-lhe a outra.

— Prometo.

— Reflita, e tudo se poderá arranjar, creio.

Saiu de lá contente, e disse tudo ao primo; contou-lhe que Maria Luiza não amava ao noivo; casava, porque lhe parecia que era agradável ao pai. Não esqueceu dizer que alcançara a promessa de Maria Luiza de que refletiria ainda sobre o caso.

— E basta que ela reflita, concluiu, para que tudo se desfaça.

— Crê?

— Creio. Ela gosta de você; pode estar certo de que gosta e muito.

Um mês depois casavam-se Maria Luiza e Vieira.

VI

Segundo o Rochinha confessou à prima, a dor que ele padeceu com a notícia do casamento não podia ser descrita por nenhuma língua humana. E, salvo a exageração, a dor foi isso mesmo. O pobre rapaz rolou de uma montanha ao abismo, expressão velha, mas única que pode dar bem o abalo moral do Rochinha. A última conversa da prima com Maria Luiza tinha-o principalmente enchido de esperanças, que a filha de Toledo cruelmente desvaneceu. Um mês depois do casamento o Rochinha embarcava para a Europa.

A prima deste não rompeu as relações com Maria Luiza, mas as relações esfriaram um pouco; e nesse estado duraram as coisas até seis meses. Um dia encontraram-se casualmente, falaram de objetos frívolos, mas a tristeza de Maria Luiza era tamanha, que feriu a atenção da amiga.

— Estás doente? disse esta.

– Não.

– Mas tens alguma coisa?

– Não, nada.

A amiga supôs que houvesse algum desacordo conjugal, e, porque era muito curiosa, não deixou de ir alguns dias depois à casa de Maria Luiza. Não viu desacordo nenhum, mas muita harmonia entre ambos, e extrema benevolência da parte do marido. A tristeza de Maria Luiza tinha momentos, dias, semanas, em que se manifestava de um modo intenso; depois apagava-se ou diminuía, e tudo voltava ao estado habitual.

Um dia, estando em casa da amiga, Maria Luiza ouviu ler uma carta do Rochinha, vinda nesse dia da Europa. A carta tratava de coisas graves; não era alegre nem triste. Maria Luiza empalideceu muito, e mal pôde dominar a comoção. Para distrair-se abriu um álbum de retratos; o quarto ou quinto retrato era do Rochinha; fechou apressadamente e despediu-se.

– Maria Luiza ainda gosta dele, pensou a amiga.

Pensou isto, e não era pessoa que se limitasse a pensá-lo: escreveu-o logo ao primo, acrescentando esta reflexão: "Se o Vieira fosse um homem polido, espichava a canela e você..."

O Rochinha leu a carta com grande saudade e maior satisfação; mas fraqueou logo, e achou que a notícia era naturalmente falsa ou exagerada. A prima enganava-se, decerto; tinha o intenso desejo de os ver casados; e buscava alimentar a chama para o fim de uma hipótese possível. Não era outra coisa. E foi essa a linguagem da resposta que lhe deu.

Ao cabo de um ano de ausência, voltou o Rochinha da Europa. Vinha alegre, juvenil, curado; mas, por mais que viesse curado, não pôde ver sem comoção Maria Luiza, daí a cinco dias, na rua. E a comoção foi ainda maior, quando ele reparou que a moça empalidecera muito.

– Ama-me ainda, pensou ele.

E esta ideia luziu no cérebro dele e o acendeu de muita luz e vida. A ideia de ser amado, apesar do marido, e apesar do tempo (um ano!) deu ao Rochinha uma alta ideia de si mesmo. Pareceu-lhe que, rigorosamente, o marido era ele. E (coisa singular!) falou do encontro à prima sem lhe dar notícia da comoção dele e de Maria Luiza, nem da suspeita que lhe ficara de que a paixão de Maria Luiza não morrera. A verdade é que os dois encontraram-se segunda vez e terceira, em casa da prima do Rochinha, e a quarta vez na casa do próprio Vieira. Toledo era morto. Da quarta vez à quinta vez, a distância é tão curta, que não vale a pena falar nisso, senão para o fim de dizer que vieram logo atrás a sexta, a sétima e outras.

Para dizer a verdade toda, as visitas do Rochinha não foram animadas nem até desejadas por Maria Luiza, mas por ele mesmo e pelo Vieira, que desde o primeiro dia achou-o extremamente simpático. O Rochinha desfazia-se, na verdade, com o marido de Maria Luiza; tinha para ele as mais finas atenções, e desde o primeiro dia desacanhou-o, por meio de uma bonomia, que foi a porta aberta da intimidade.

Maria Luiza, ao contrário, recebeu as primeiras visitas do Rochinha com muita reserva e frieza. Achou-as até de mau gosto. Mas é difícil conservar uma opinião, quando há contra ela um sentimento forte e profundo. A assiduidade amaciou as asperezas, e acabou por avigorar a chama primitiva. Maria Luiza não tardou em sentir que a presença do Rochinha lhe era necessária, e até pela sua parte dava todas as mostras de uma paixão verdadeira, com a restrição única de que era extremamente cautelosa, e, quando preciso, dissimulada.

Maria Luiza aterrou-se logo que conheceu o estado do seu coração. Ela não amava o marido, mas estimava-o muito, e respeitava-o. O renascimento do amor antigo pareceu-lhe uma perfídia; e, desorientada, chegou a ter ideia de contar tudo a Vieira; mas retraiu-se. Tentou então outro caminho, e começou a fugir das ocasiões de ver o antigo namorado; plano que não durou muito tempo. A assiduidade do Rochinha teve interrupções, mas não cessou nunca de todo, e ao fim de mais algumas semanas, estavam as coisas como no primeiro dia.

Os olhos são uns porteiros bem indiscretos do coração; os de Maria Luiza, por mais que esta fizesse, contaram ao Rochinha tudo, ou quase tudo o que se passava no interior da casa, a paixão e a luta com o dever. E o Rochinha alegrou-se com a denúncia, e pagou aos delatores com a moeda que mais os podia seduzir, por modo que eles daí em diante não tiveram outra coisa mais conveniente do que prosseguir na revelação começada.

Um dia, animado por um desses colóquios, o Rochinha lembrou-se de dizer a Maria Luiza que ele ia outra vez para a Europa. Era falso; não pensara sequer em semelhante coisa; mas se ela, aterrada com a ideia da separação, lhe pedisse que não partisse, o Rochinha teria grande satisfação, e não precisava de outra prova de amor. Maria Luiza, com efeito, empalideceu.

– Vou naturalmente no primeiro paquete do mês que vem, continuou ele.

Maria Luiza baixara os olhos; estava ofegante, e lutava consigo mesma. O pedido para que ele ficasse esteve quase a soltar-lhe do coração, mas não chegou nunca aos lábios. Não lhe pediu nada, deixou-se estar pálida, inquieta, a olhar para o chão, sem ousar encará-lo. Era positivo o efeito da notícia; e o Rochinha não esperou mais nada para pegar-lhe na mão. Maria Luiza estremeceu toda, e ergueu-se. Não lhe disse nada, mas afastou-se logo. Momentos depois, saía ele reflexionando deste modo:

– Faça o que quiser, ama-me. E até parece que muito. Pois...

VII

Oito dias depois, soube-se que Maria Luiza e o marido iam para Teresópolis ou Nova Friburgo.[81] Dizia-se que era moléstia de Maria Luiza, e conselho dos médicos. Não se dizia, contudo, os nomes dos médicos; e é possível que esta circunstância não fosse necessária. A verdade é que eles partiram rapidamente, com grande mágoa e espanto do Rochinha, espanto que, aliás, não durou muito tempo. Ele pensou que a viagem era um meio de lhe fugir a ele, e concluiu que não podia haver melhor prova da intensidade da paixão de Maria Luiza.

Não é impossível que isto fosse verdade; essa foi também a opinião da amiga; essa será a opinião da leitora. O certo é que eles seguiram e por lá fica-

---

81 Os municípios de Teresópolis e Nova Friburgo pertencem à região serrana do estado do Rio de Janeiro, e ficam distantes cerca de 100-140 km da capital fluminense. O clima ameno favorecia a recuperação de certas doenças respiratórias, tão comuns no século XIX.

ram, enquanto o Rochinha meditava na escolha da enfermidade que o levaria também a Nova Friburgo ou Teresópolis. Andava nessa indagação, quando se recebeu na Corte a notícia de que o Vieira sucumbira a uma congestão cerebral.

— Feliz Rochinha! pensou cruelmente a prima, ao saber da morte do Vieira.

Maria Luiza desceu logo depois de enterrar o marido. Vinha sinceramente triste; mas excepcionalmente bela, graças às roupas pretas.

Parece que, chegada a narrativa a este ponto, dispensar-se-ia o auxílio do narrador, e as coisas iam por si mesmas. Mas onde ficaria o *caso da viúva*, que deu que falar a um bairro inteiro? A amiga perguntou-lhe um dia se queria enfim casar com o Rochinha, agora, que nada mais se opunha ao consórcio de ambos.

— Ele é que o pergunta? disse ela.

— Quem o pergunta sou eu, disse a outra; mas há quem ignore a paixão dele?

— Crês que me ame?

— Velhaca! tu sabes bem que sim. Vamos lá; queres casar?

Maria Luiza deu um beijo na amiga; foi a sua resposta. A amiga, contente enfim, de realizar a sua primitiva ideia, correu à casa do primo. Rochinha hesitou, olhou para o chão, torceu a corrente do relógio entre os dedos, abriu um livro de desenhos, arranjou um cigarro, e acabou dizendo que...

— Quê? perguntou ansiosa a prima.

— Que não, que não tinha ideia de casar.

A estupefação da prima daria outra novela. Tal foi o *caso da viúva*.

QUESTÕES DE MARIDOS

Publicado originalmente em *A Estação*, em 15 de julho de 1883.

— O subjetivo... o subjetivo... Tudo através do subjetivo, — costumava dizer o velho professor Morais Pancada.

Era um sestro. Outro sestro era sacar de uma gaveta dois maços de cartas para demonstrar a proposição. Cada maço pertencia a uma de duas sobrinhas, já falecidas. A destinatária das cartas era a tia delas, mulher do professor, senhora de sessenta e tantos anos, e asmática. Esta circunstância da asma é perfeitamente ociosa para o nosso caso; mas isto mesmo lhes mostrará que o caso é verídico.

Luiza e Marcelina eram os nomes das sobrinhas. O pai delas, irmão do professor, morrera pouco depois da mãe, que as deixou crianças; de maneira que a tia é quem as criou, educou e casou. A primeira casou com dezoito anos, e a segunda com dezenove, mas casaram no mesmo dia. Uma e outra eram bonitas, ambas pobres.

— Coisa extraordinária! disse o professor à mulher um dia.

— Que é?

— Recebi duas cartas, uma do Candinho, outra do Soares, pedindo... pedindo o quê?

— Diga.

— Pedindo a Luiza...

— Os dois?

— E a Marcelina.

– Ah!

Este *ah!* traduzido literalmente, queria dizer: – *já desconfiava isso mesmo.* O extraordinário para o velho professor era que o pedido de ambos fosse feito na mesma ocasião. Mostrou ele as cartas à mulher, que as leu, e aprovou a escolha.

Candinho pedia a Luiza, Soares a Marcelina. Eram ambos moços, e pareciam gostar muito delas.

As sobrinhas, quando o tio lhes comunicou o pedido, já estavam com os olhos baixos; não simularam espanto, porque elas mesmas é que tinham dado autorização aos namorados. Não é preciso dizer que ambas declararam aceitar os noivos; nem que o professor, à noite, escovou toda a sua retórica para responder conveniente aos dois candidatos.

Outra coisa que não digo, – mas é por não saber absolutamente, – é o que se passou entre as duas irmãs, uma vez recolhidas naquela noite. Por alguns leves cochichos, pode crer-se que ambas se davam por bem-aventuradas, propunham planos de vida, falavam deles, e, às vezes, não diziam nada, deixando-se estar com as mãos presas e os olhos no chão. É que realmente gostavam dos noivos, e eles delas, e o casamento vinha coroar as suas ambições.

Casaram-se. O professor visitou-as no fim de oito dias, e achou-as felizes. Felizes, ou mais ou menos se passaram os primeiros meses. Um dia, o professor teve de ir viver em Nova Friburgo, e as sobrinhas ficaram na Corte, onde os maridos eram empregados. No fim de algumas semanas de estada em Nova Friburgo,[82] eis a carta que a mulher do professor recebeu de Luiza: "Titia, Estimo que a senhora tenha passado bem, em companhia do titio, e que dos incômodos vá melhor. Nós vamos bem. Candinho agora anda com muito trabalho, e não pode deixar a Corte nem um dia. Logo que ele esteja mais desembaraçado iremos vê-los. Eu continuo feliz; Candinho é um anjo, um anjo do céu. Fomos domingo ao teatro da Fênix,[83] e ri-me

---

82 Cidade de colonização suíço-alemã, Nova Friburgo foi fundada em 1818. É a mais fria do estado.

83 O Teatro Fênix Dramático ficava na antiga rua da Ajuda e desapareceu com a abertura da avenida Central (rebatizada como avenida Rio Branco em 1912), no começo do século XX, que cruza o centro da cidade do Rio de Janeiro.

muito com a peça. Muito engraçada! Quando descerem, se a peça ainda estiver em cena, hão de vê-la também. Até breve, escreva-me, lembranças a titio, minhas e do Candinho. Luiza".

Marcelina não escreveu logo, mas dez ou doze dias depois. A carta dizia assim: "Titia, Não lhe escrevi há mais tempo, por andar com atrapalhações de casa; e aproveito esta abertazinha para lhe pedir que me mande notícias suas, e de titio. Eu não sei se poderei ir lá; se puder, creia que irei correndo. Não repare nas poucas linhas, estou muito aborrecida. Até breve. Marcelina".

– Vejam, comentava o professor; vejam a diferença das duas cartas. A de Marcelina com esta expressão: – *estou muito aborrecida*; e nenhuma palavra do Soares. Minha mulher não reparou na diferença, mas eu notei-a, e disse-lha, ela entendeu aludir a isso na resposta, e perguntou-lhe como é que uma moça, casada de meses, podia ter aborrecimentos. A resposta foi esta:

"Titia,

Recebi a sua carta, e estimo que não tenha alteração na saúde nem o titio. Nós vamos bem e por aqui não há novidade. Pergunta-me por que é que uma moça, casada de fresco, pode ter aborrecimentos? Quem lhe disse que eu tinha aborrecimentos? Escrevi que estava aborrecida, é verdade; mas então a gente não pode um momento ou outro deixar de estar alegre?

É verdade que esses momentos meus são compridos, muito compridos. Agora mesmo, se lhe dissesse o que se passa em mim, ficaria admirada. Mas enfim Deus é grande...

Marcelina".

– Naturalmente, a minha velha ficou desconfiada. Havia alguma coisa, algum mistério, maus-tratos, ciúmes, qualquer coisa. Escreveu-lhe pedindo que dissesse tudo, em particular, que a carta dela não seria mostrada a ninguém. Marcelina, animada pela promessa, escreveu o seguinte:

"Titia,

Gastei todo o dia a pensar na sua carta, sem saber se obedecesse ou não; mas, enfim, resolvi obedecer, não só porque a senhora é boa e gosta de mim, como porque preciso de desabafar.

É verdade, titia, padeço muito, muito; não imagina. Meu marido é um friarrão, não me ama, parece até que lhe causo aborrecimento.

Nos primeiros oito dias ainda as coisas foram bem: era a novidade do casamento. Mas logo depois comecei a sentir que ele não correspondia ao meu sonho de marido. Não era um homem terno, dedicado, firme, vivendo de mim e para mim. Ao contrário, parece outro, inteiramente outro, caprichoso, intolerante, gelado, pirracento, e não ficarei admirada se me disserem que ele ama a outra. Tudo é possível, por minha desgraça...

É isto que queria ouvir? Pois aí tem. Digo-lhe em segredo; não conte a ninguém, e creia na sua desgraçada sobrinha do coração.

Marcelina".

— Ao mesmo tempo que esta carta chegava às mãos da minha velha, continuou o professor, recebia ela esta outra de Luiza:

"Titia,

Há muitos dias que ando com vontade de escrever-lhe; mas ora uma coisa, ora outra, e não tenho podido. Hoje há de ser sem falta, embora a carta saia pequena.

Já lhe disse que continuo a ter uma vida muito feliz? Não imagina; muito feliz. Candinho até me chama doida quando vê a minha alegria; mas eu respondo que ele pode dizer o que quiser, e continuo a ser feliz, contanto que ele o seja também, e pode crer que ambos o somos. Ah! titia! em boa hora nos casamos! E Deus pague a titia e ao titio que aprovaram tudo. Quando descem? Eu, pelo verão, quero ver se vou lá visitá-los. Escreva-me.

Luiza."

E o professor, empunhando as cartas lidas, continuou a comentá-las, dizendo que a mulher não deixou de advertir na diferença dos destinos. Casadas ao mesmo tempo, por escolha própria, não acharam a mesma estrela, e ao passo que uma estava tão feliz, a outra parecia tão desgraçada.

— Consultou-me se devia indagar mais alguma coisa de Marcelina, e até se conviria descer por causa dela; respondi-lhe que não, que esperássemos; podiam ser arrufos de pequena monta. Passaram-se três semanas sem cartas. Um dia a minha velha recebeu duas, uma de Luiza, outra de Marcelina; correu primeiro à de Marcelina.

"Titia,

Ouvi dizer que tinham passado mal estes últimos dias. Será verdade?

Se for verdade ou não, mande-me dizer. Nós vamos bem, ou como Deus é servido. Não repare na tinta apagada; é de minhas lágrimas.

Marcelina."

A outra carta era longa; mas eis aqui o trecho final. Depois de contar um espetáculo no Teatro Lírico,[84] Luiza dizia assim:

"... Em suma, titia, foi uma noite cheia, principalmente por estar ao lado do meu querido Candinho, que é cada vez mais angélico. Não imagina, não imagina. Diga-me: o titio foi assim também quando era moço? Agora, depois de velho, sei que é do mesmo gênero. Adeus, e até breve, para irmos ao teatro juntas.

Luiza".

– As cartas continuaram a subir, sem alteração de nota, que era a mesma para ambas. Uma feliz, outra desgraçada. Nós afinal já estávamos acostumados com a situação. De certo tempo em diante, houve mesmo de parte de Marcelina uma ou outra diminuição de queixas; não que ela se desse por feliz ou satisfeita com a sorte; mas resignava-se, às vezes, e não insistia muito. As crises amiudavam-se, e as queixas tornavam ao que eram.

O professor leu ainda muitas cartas das duas irmãs. Todas confirmavam as primeiras; as duas últimas eram, principalmente, características. Sendo longas, não é possível transcrevê-las; mas vai o trecho principal. O de Luiza era este:

"... O meu Candinho continua a fazer-me feliz, muito feliz. Nunca houve marido igual na terra, titio; não houve, nem haverá; digo isto porque é a verdade pura..."

O de Marcelina era este:

---

84 Machado volta a citar o Teatro Lírico, que funcionou entre 1871 e 1932 na rua da Guarda Velha, 7 (atual rua Treze de Maio) e foi demolido em 1933 para integrar o que viria a ser o Largo da Carioca, no centro do Rio.

"... Paciência; o que me consola é que meu filho ou filha, se viver, será a minha consolação; nada mais..."

– E então? perguntaram as pessoas que escutavam o professor.

– Então, quê?... O subjetivo... o subjetivo...

– Explique-se.

– Está explicado, ou adivinhado, pelo menos. Comparados os dois maridos, o melhor, o mais terno, o mais fiel, era justamente o de Marcelina; o de Luiza era apenas um bandoleiro agradável, às vezes seco. Mas, um e outro, ao passarem pelo espírito das mulheres, mudavam de todo. Luiza, pouco exigente, achava o Candinho um arcanjo; Marcelina, coração insaciável, não achava no marido a soma de ternura adequada à sua natureza... O subjetivo... o subjetivo...

A SENHORA DO GALVÃO

Publicado originalmente em *Histórias sem data*, 1884.

Começaram a rosnar dos amores deste advogado com a viúva do brigadeiro, quando eles não tinham ainda passado dos primeiros obséquios. Assim vai o mundo. Assim se fazem algumas reputações más, e, o que parece absurdo, algumas boas. Com efeito, há vidas que só têm prólogo; mas toda a gente fala do grande livro que se lhe segue, e o autor morre com as folhas em branco. No presente caso, as folhas escreveram-se, formando todas um grosso volume de trezentas páginas compactas, sem contar as notas. Estas foram postas no fim, não para esclarecer, mas para recordar os capítulos passados; tal é o método nesses livros de colaboração. Mas a verdade é que eles apenas combinavam no plano, quando a mulher do advogado recebeu este bilhete anônimo:

"Não é possível que a senhora se deixe embair mais tempo, tão escandalosamente, por uma de suas amigas, que se consola da viuvez, seduzindo os maridos alheios, quando bastava conservar os cachos..."

Que cachos? Maria Olímpia não perguntou que cachos eram; eram da viúva do brigadeiro, que os trazia por gosto, e não por moda. Creio que isto se passou em 1853. Maria Olímpia leu e releu o bilhete; examinou a letra, que lhe pareceu de mulher e disfarçada, e percorreu mentalmente a primeira linha das suas amigas, a ver se descobria a autora. Não descobriu nada, dobrou o papel e fitou o tapete do chão, caindo-lhe os olhos justamente no ponto do desenho em que dois pombinhos ensinavam um ao outro a maneira de fazer de dois bicos um bico. Há dessas ironias do acaso, que dão vontade de destruir o Universo. Afinal meteu o bilhete no vestido, e encarou a mucama, que esperava por ela, e que lhe perguntou:

— Nhanhã não quer mais ver o xale?

Maria Olímpia pegou no xale, que a mucama lhe dava e foi pô-lo aos ombros, defronte do espelho. Achou que lhe ficava bem, muito melhor que à viúva. Cotejou as suas graças com as da outra. Nem os olhos nem a boca eram comparáveis; a viúva tinha os ombros estreitinhos, a cabeça grande, e o andar feio. Era alta; mas que tinha ser alta? E os trinta e cinco anos de idade, mais nove que ela? Enquanto fazia essas reflexões, ia compondo, pregando e despregando o xale.

– Este parece melhor que o outro, aventurou a mucama.

– Não sei, disse a senhora, chegando-se mais para a janela, com os dois nas mãos.

– Bota o outro, nhanhã.

A nhanhã obedeceu. Experimentou cinco xales dos dez que ali estavam, em caixas, vindos de uma loja da rua da Ajuda.[85] Concluiu que os dois primeiros eram os melhores; mas aqui surgiu uma complicação – mínima, realmente – mas tão sutil e profunda na solução, que não vacilo em recomendá-la aos nossos pensadores de 1906. A questão era saber qual dos dois xales escolheria, uma vez que o marido, recente advogado, pedia-lhe que fosse econômica. Contemplava-os alternadamente, e ora preferia um, ora outro. De repente, lembrou-lhe a aleivosia do marido, a necessidade de mortificá-lo, castigá-lo, mostrar-lhe que não era peteca de ninguém, nem maltrapilha; e, de raiva, comprou ambos os xales.

Ao bater das quatro horas (era a hora do marido) nada de marido. Nem às quatro, nem às quatro e meia. Maria Olímpia imaginava uma porção de coisas aborrecidas, ia à janela, tornava a entrar, temia um desastre ou doença repentina; pensou também que fosse uma sessão do júri. Cinco horas, e nada. Os cachos da viúva também negrejavam diante dela, entre a doença e o júri, com uns tons de azul-ferrete, que era provavelmente a cor do diabo. Realmente era para exaurir a paciência de uma moça de vinte e seis anos. Vinte e seis anos; não tinha mais. Era filha de um deputado do tempo da Regência, que a deixou menina; e foi

---

85 Outra menção à rua da Ajuda, próxima à rua São José, no centro do Rio de Janeiro.

uma tia que a educou com muita distinção. A tia não a levou muito cedo a bailes e espetáculos. Era religiosa, conduziu-a primeiro à igreja. Maria Olímpia tinha a vocação da vida exterior, e, nas procissões e missas cantadas, gostava principalmente do rumor, da pompa; a devoção era sincera, tíbia e distraída. A primeira coisa que ela via na tribuna das igrejas, era a si mesma. Tinha um gosto particular em olhar de cima para baixo, fitar a multidão das mulheres ajoelhadas ou sentadas, e os rapazes, que, por baixo do coro ou nas portas laterais, temperavam com atitudes namoradas as cerimônias latinas. Não entendia os sermões; o resto, porém, orquestra, canto, flores, luzes, sanefas, ouros, gentes, tudo exercia nela um singular feitiço. Magra devoção, que escasseou ainda mais com o primeiro espetáculo e o primeiro baile. Não alcançou a Candiani,[86] mas ouviu a Ida Edelvira, dançou à larga, e ganhou fama de elegante.

Eram cinco horas e meia, quando o Galvão chegou. Maria Olímpia, que então passeava na sala, tão depressa lhe ouviu os pés, fez o que faria qualquer outra senhora na mesma situação: pegou de um jornal de modas, e sentou-se, lendo, com um grande ar de pouco caso. Galvão entrou ofegante, risonho, cheio de carinhos, perguntando-lhe se estava zangada, e jurando que tinha um motivo para a demora, um motivo que ela havia de agradecer, se soubesse...

– Não é preciso, interrompeu ela friamente.

Levantou-se; foram jantar. Falaram pouco; ela menos que ele, mas em todo o caso, sem parecer magoada. Pode ser que entrasse a duvidar da carta anônima; pode ser também que os dois xales lhe pesassem na consciência. No fim do jantar, Galvão explicou a demora; tinha ido, a pé, ao Teatro Provisório,[87] comprar um camarote para essa noite: davam os *Lombardos*.[88] De lá, na volta, foi encomendar um carro...

---

86 Augusta Candiani (1820-1890) foi uma cantora lírica italiana que se apresentou em teatros no Rio de Janeiro. Com esta, rivalizava em sucesso e prestígio a soprano Ida Edelvina.

87 O Teatro Provisório foi inaugurado em 1851 e, em 1854, teve seu nome modificado para Teatro Lírico Fluminense. Assim funcionou até ser demolido, em 1875.

88 Machado faz referência à obra *I Lombardi*, de Giuseppe Verdi (1813-1901). Depois, menciona o tenor espanhol Laboceta, que integrou a Companhia de Ópera del Teatro de San Fernando, atuante em Sevilha no século XIX. Não foi possível descobrir a qual Jacobson o escritor se refere.

— Os *Lombardos*? interrompeu Maria Olímpia.

— Sim; canta o Laboceta, canta a Jacobson; há bailado. Você nunca ouviu os *Lombardos*?

— Nunca.

— E aí está por que me demorei. Que é que você merecia agora? Merecia que eu lhe cortasse a ponta desse narizinho arrebitado...

Como ele acompanhasse o dito com um gesto, ela recuou a cabeça; depois acabou de tomar o café. Tenhamos pena da alma desta moça. Os primeiros acordes dos *Lombardos* ecoavam nela, enquanto a carta anônima lhe trazia uma nota lúgubre, espécie de *Réquiem*. E por que é que a carta não seria uma calúnia? Naturalmente não era outra coisa: alguma invenção de inimigas, ou para afligi-la, ou para fazê-los brigar. Era isto mesmo. Entretanto, uma vez que estava avisada, não os perderia de vista. Aqui acudiu-lhe uma ideia: consultou o marido se mandaria convidar a viúva.

— Não, respondeu ele; o carro só tem dois lugares, e eu não hei de ir na boleia.

Maria Olímpia sorriu de contente, e levantou-se. Há muito tempo que tinha vontade de ouvir os *Lombardos*. Vamos aos *Lombardos*! Trá, lá, lá, lá... Meia hora depois foi vestir-se. Galvão, quando a viu pronta daí a pouco, ficou encantado. Minha mulher é linda, pensou ele; e fez um gesto para estreitá-la ao peito; mas a mulher recuou, pedindo-lhe que não a amarrotasse. E, como ele, por umas veleidades de camareiro, pretendeu consertar-lhe a pluma do cabelo, ela disse-lhe enfastiada:

— Deixa, Eduardo! Já veio o carro?

Entraram no carro e seguiram para o teatro. Quem é que estava no camarote contíguo ao deles? Justamente a viúva e a mãe. Esta coincidência, filha do acaso, podia fazer crer algum ajuste prévio. Maria Olímpia chegou a suspeitá-lo; mas a sensação da entrada não lhe deu tempo de examinar a suspeita. Toda a sala voltara-se para vê-la, e ela bebeu, a tragos demorados, o leite da admiração pública. Demais, o marido teve a inspiração maquiavélica de lhe dizer ao ouvido: "Antes a mandasses convidar; ficava-nos devendo o favor". Qualquer suspeita cairia diante desta palavra. Contudo, ela cuidou de os não perder de vista – e renovou a resolução de cinco em cinco minutos, durante meia hora, até que, não podendo fixar a atenção, deixou-a andar. Lá vai ela, inquieta, vai direito ao clarão das luzes, ao esplendor dos vestuários, um pouco à ópera, como pedindo a todas as coisas alguma sensação deleitosa em que se espreguice uma alma fria e pessoal. E volta depois à própria dona, ao seu leque, às suas luvas, aos adornos do vestido, realmente magníficos. Nos intervalos, conversando com a viúva, Maria Olímpia tinha a voz e os gestos do costume, sem cálculo, sem esforço, sem sentimento, esquecida da carta. Justamente nos intervalos é que o marido, com uma discrição rara entre os filhos dos homens, ia para os corredores ou para o saguão pedir notícias do ministério.

Juntas saíram do camarote, no fim, e atravessaram os corredores. A modéstia com que a viúva trajava podia realçar a magnificência da amiga. As feições, porém, não eram o que esta afirmou, quando ensaiava os xales de manhã. Não, senhor; eram engraçadas, e tinham um certo pico original. Os ombros proporcionais e bonitos. Não contava trinta e cinco anos, mas trinta e um; nasceu em 1822, na véspera da independência, tanto que o pai, por brincadeira, entrou a chamá-la *Ipiranga*, e ficou-lhe esta alcunha entre as amigas. Demais, lá estava em Santa Rita o assentamento de batismo.

Uma semana depois, recebeu Maria Olímpia outra carta anônima. Era mais longa e explícita. Vieram outras, uma por semana, durante três meses. Maria Olímpia leu as primeiras com algum aborrecimento; as seguintes foram calejando a sensibilidade. Não havia dúvida que o marido demorava-se fora, muitas vezes, ao contrário do que fazia dantes, ou saía à noite e regressava tarde; mas, segundo dizia, gastava o tempo no Wallerstein ou no Bernardo,[89] em palestras políticas. E isto era verdade, uma verdade de cinco a dez minutos, o tempo necessário para recolher alguma anedota ou novidade, que pudesse repetir em casa, à laia de documento. Dali seguia para o Largo de São Francisco,[90] e metia-se no ônibus.

Tudo era verdade. E, contudo, ela continuava a não crer nas cartas. Ul-

---

89 Tudo indica que aqui Machado de Assis se refere ao francês Bernard Wallerstein, que fez sucesso em meados do século XIX com seu elegante comércio na rua do Ouvidor, centro do Rio de Janeiro.
90 Largo de São Francisco de Paula, centro do Rio, onde está assentada a Igreja de São Francisco de Paula.

timamente, não se dava mais ao trabalho de as refutar consigo; lia-as uma só vez, e rasgava-as. Com o tempo foram surgindo alguns indícios menos vagos, pouco a pouco, ao modo do aparecimento da terra aos navegantes; mas este Colombo[91] teimava em não crer na América. Negava o que via; não podendo negá-lo, interpretava-o; depois recordava algum caso de alucinação, uma anedota de aparências ilusórias, e nesse travesseiro cômodo e mole punha a cabeça e dormia. Já então, prosperando-lhe o escritório, dava o Galvão partidas e jantares, iam a bailes, teatros, corridas de cavalos. Maria Olímpia vivia alegre, radiante; começava a ser um dos nomes da moda. E andava muita vez com a viúva, a despeito das cartas, a tal ponto que uma destas lhe dizia: "Parece que é melhor não escrever mais, uma vez que a senhora se regala numa comborçaria de mau gosto". Que era comborçaria? Maria Olímpia quis perguntá-lo ao marido, mas esqueceu o termo, e não pensou mais nisso.

Entretanto, constou ao marido que a mulher recebia cartas pelo correio. Cartas de quem? Esta notícia foi um golpe duro e inesperado. Galvão examinou de memória as pessoas que lhe frequentavam a casa, as que podiam encontrá-la em teatros ou bailes, e achou muitas figuras verossímeis. Em verdade, não lhe faltavam adoradores.

– Cartas de quem? repetia ele mordendo o beiço e franzindo a testa.

Durante sete dias passou uma vida inquieta e aborrecida, espiando a mulher e gastando em casa grande parte do tempo. No oitavo dia, veio uma carta.

– Para mim? disse ele vivamente.

– Não; é para mim, respondeu Maria Olímpia, lendo o sobrescrito; parece letra de Mariana ou de Lulu Fontoura...

Não queria lê-la; mas o marido disse que a lesse; podia ser alguma notícia grave.

Maria Olímpia leu a carta e dobrou-a, sorrindo; ia guardá-la, quando o marido desejou ver o que era.

– Você sorriu, disse ele gracejando; há de ser algum epigrama comigo.

– Qual! é um negócio de moldes.

---

[91] Referência a Cristóvão Colombo (1451-1506), navegador genovês que chegou à América em 1492.

— Mas deixa ver.

— Para quê, Eduardo?

— Que tem? Você, que não quer mostrar, por algum motivo há de ser. Dê cá. Já não sorria; tinha a voz trêmula. Ela ainda recusou a carta, uma, duas, três vezes. Teve mesmo ideia de rasgá-la, mas era pior, e não conseguiria fazê--lo até o fim. Realmente, era uma situação original. Quando ela viu que não tinha remédio, determinou ceder. Que melhor ocasião para ler no rosto dele a expressão da verdade? A carta era das mais explícitas; falava da viúva em termos crus. Maria Olímpia entregou-lha.

— Não queria mostrar esta, disse-lhe ela primeiro, como não mostrei outras que tenho recebido e botado fora; são tolices, intrigas, que andam fazendo para... Leia, leia a carta.

Galvão abriu a carta e deitou-lhe os olhos ávidos. Ela enterrou a cabeça na cintura, para ver de perto a franja do vestido. Não o viu empalidecer. Quando ele, depois de alguns minutos, proferiu duas ou três palavras, tinha já a fisionomia composta e um esboço de sorriso. Mas a mulher, que o não adivinhava, respondeu ainda de cabeça baixa; só a levantou daí a três ou quatro minutos, e não para fitá-lo de uma vez, mas aos pedaços, como se temesse descobrir-lhe nos olhos a confirmação do anônimo. Vendo-lhe, ao contrário, um sorriso, achou que era o da inocência, e falou de outra coisa.

Redobraram as cautelas do marido; parece também que ele não pôde esquivar-se a um tal ou qual sentimento de admiração para com a mulher. Pela sua parte, a viúva, tendo notícia das cartas, sentiu-se envergonhada; mas reagiu depressa, e requintou de maneiras afetuosas com a amiga.

Na segunda ou terceira semana de agosto, Galvão fez-se sócio do Cassino Fluminense.[92] Era um dos sonhos da mulher. A seis de setembro fazia anos a viúva, como sabemos. Na véspera, foi Maria Olímpia (com a tia que chegara de fora) comprar-lhe um mimo: era uso entre elas. Comprou-lhe um anel. Viu

---

92 O Cassino Fluminense funcionou na rua do Passeio, centro do Rio de Janeiro, de 1845 a 1890. Depois teve vários usos, até sediar o Automóvel Clube do Brasil. Tombado pelo Instituto Estadual de Patrimônio Cultural (Inepac), o edifício neoclássico está sem ocupação desde 2004.

na mesma casa uma joia engraçada, uma meia-lua de diamantes para o cabelo, emblema de Diana,[93] que lhe iria muito bem sobre a testa. De Maomé[94] que fosse; todo o emblema de diamantes é cristão. Maria Olímpia pensou naturalmente na primeira noite do Cassino; e a tia, vendo-lhe o desejo, quis comprar a joia, mas era tarde, estava vendida.

Veio a noite do baile. Maria Olímpia subiu comovida as escadas do Cassino. Pessoas que a conheceram naquele tempo dizem que o que ela achava na vida exterior era a sensação de uma grande carícia pública, a distância; era a sua maneira de ser amada. Entrando no Cassino, ia recolher nova cópia de admirações, e não se enganou, porque elas vieram, e de fina casta.

Foi pelas dez horas e meia que a viúva ali apareceu. Estava realmente bela, trajada a primor, tendo na cabeça a meia-lua de diamantes. Ficava-lhe bem o diabo da joia, com as duas pontas para cima, emergindo do cabelo negro. Toda a gente admirou sempre a viúva naquele salão. Tinha muitas amigas, mais ou menos íntimas, não poucos adoradores, e possuía um gênero de espírito que espertava com as grandes luzes. Certo secretário de legação não cessava de a recomendar aos diplomatas novos: "*Causez avec Mme. Tavares; c'est adorable!*".[95]

Assim era nas outras noites; assim foi nesta.

– Hoje quase não tenho tido tempo de estar com você, disse ela a Maria Olímpia, perto de meia-noite.

– Naturalmente, disse a outra abrindo e fechando o leque; e, depois de umedecer os lábios, como para chamar a eles todo o veneno que tinha no coração: – *Ipiranga*, você está hoje uma viúva deliciosa... Vem seduzir mais algum marido?

A viúva empalideceu, e não pôde dizer nada. Maria Olímpia acrescentou, com os olhos, alguma coisa que a humilhasse bem, que lhe respingasse lama no triunfo.

Já no resto da noite falaram pouco; três dias depois romperam para nunca mais.

---

93 Referência à deusa romana da lua e da caça, que leva tal adorno na cabeça.
94 Líder religioso árabe (570-632), fundador do islamismo.
95 Em tradução livre do francês, algo como "Fale com madame Tavares; é adorável!".

A DESEJADA DAS GENTES

Publicado originalmente em *Várias histórias*, 1896.

— AH! CONSELHEIRO, aí começa a falar em verso.

— Todos os homens devem ter uma lira no coração, — ou não sejam homens. Que a lira ressoe a toda a hora, nem por qualquer motivo, não o digo eu; mas de longe em longe, e por algumas reminiscências particulares... Sabe por que é que lhe pareço poeta, apesar das Ordenações do Reino e dos cabelos grisalhos? é porque vamos por esta Glória adiante, costeando aqui a Secretaria de Estrangeiros... Lá está o outeiro célebre... Adiante há uma casa.

— Vamos andando.

— Vamos... Divina Quintília! Todas essas caras que aí passam são outras, mas falam-me daquele tempo, como se fossem as mesmas de outrora; é a lira que ressoa, e a imaginação faz o resto. Divina Quintília!

— Chamava-se Quintília? Conheci de vista, quando andava na Escola de Medicina, uma linda moça com esse nome. Diziam que era a mais bela da cidade.

— Há de ser a mesma, porque tinha essa fama. Magra e alta?

— Isso. Que fim levou?

— Morreu em 1859. Vinte de abril. Nunca me há de esquecer esse dia. Vou contar-lhe um caso interessante para mim, e creio que também para o senhor. Olhe, a casa era aquela... Morava com um tio, chefe de esquadra reformado; tinha outra casa no Cosme Velho. Quando conheci Quintília... Que idade pensa que teria, quando a conheci?

— Se foi em 1855...

— Em 1855.

— Devia ter vinte anos.

– Tinha trinta.

– Trinta?

– Trinta anos. Não os parecia, nem era nenhuma inimiga que lhe dava essa idade. Ela própria a confessava, e até com afetação. Ao contrário, uma de suas amigas afirmava que Quintília não passava dos vinte e sete; mas como ambas tinham nascido no mesmo dia, dizia isso para diminuir-se a si própria.

– Mau, nada de ironias; olhe que a ironia não faz boa cama com a saudade.

– Que é a saudade senão uma ironia do tempo e da fortuna? Veja lá; começo a ficar sentencioso. Trinta anos; mas em verdade, não os parecia. Lembra-se bem que era magra e alta; tinha os olhos, como eu então dizia, que pareciam cortados da capa da última noite, mas apesar de noturnos, sem mistérios nem abismos. A voz era brandíssima, um tanto apaulistada, a boca larga, e os dentes, quando ela simplesmente falava, davam-lhe à boca um ar de riso. Ria também, e foram os risos dela, de parceria com os olhos, que me doeram muito durante certo tempo.

– Mas se os olhos não tinham mistérios...

– Tanto não os tinham que cheguei ao ponto de supor que eram as portas abertas do castelo, e o riso o clarim que chamava os cavaleiros. Já a conhecíamos, eu e o meu companheiro de escritório, o João Nóbrega, ambos principiantes na advocacia, e íntimos como ninguém mais; mas nunca nos lembrou namorá-la. Ela andava então no galarim; era bela, rica, elegante, e da primeira roda. Mas um dia, no antigo Teatro Provisório,[96] entre dois atos dos *Puritanos*,[97] estando eu num corredor, ouvi um grupo de moços que falavam dela, como de uma fortaleza inexpugnável. Dois confessaram haver tentado alguma coisa, mas sem fruto; e todos pasmavam do celibato da moça que lhes parecia sem explicação. E chalaceavam: um dizia que era promessa até ver se engordava primeiro; outro que estava esperando a segunda mocidade do tio para casar com ele; outro que provavelmente encomendara algum anjo ao porteiro do céu; trivialidades

---

96 Machado volta a referir-se ao Teatro Provisório, inaugurado em 1851 e rebatizado em 1854 para Teatro Lírico Fluminense, até ser demolido, em 1875.

97 Referência a *I Puritani*, ópera em três atos composta pelo siciliano Vincenzo Bellini (1801-1835).

que me aborreceram muito, e da parte dos que confessavam tê-la cortejado ou amado, achei que era uma grosseria sem nome. No que eles estavam todos de acordo é que ela era extraordinariamente bela; aí foram entusiastas e sinceros.

– Oh! ainda me lembro!... era muito bonita.

– No dia seguinte, ao chegar ao escritório, entre duas causas que não vinham, contei ao Nóbrega a conversação da véspera. Nóbrega riu-se do caso, refletiu, e depois de dar alguns passos, parou diante de mim, olhando, calado.

– Aposto que a namoras? Perguntei-lhe.

– Não, disse ele; nem tu? Pois lembrou-me uma coisa: vamos tentar o assalto à fortaleza? Que perdemos com isso? Nada; ou ela nos põe na rua, e já podemos esperá-lo, ou aceita um de nós, e tanto melhor para o outro que verá o seu amigo feliz.

– Estás falando sério?

– Muito sério.

Nóbrega acrescentou que não era só a beleza dela que a fazia atraente. Note que ele tinha a presunção de ser espírito prático, mas era principalmente um sonhador que vivia lendo e construindo aparelhos sociais e políticos. Segundo ele, os tais rapazes do teatro evitavam falar dos bens da moça, que eram um dos feitiços dela, e uma das causas prováveis da desconsolação de uns e dos sarcasmos de todos. E dizia-me:

– Escuta, nem divinizar o dinheiro, nem também bani-lo; não vamos crer que ele dá tudo, mas reconheçamos que dá alguma coisa e até muita coisa, – este relógio, por exemplo. Combatamos pela nossa Quintília, minha ou tua, mas provavelmente minha, porque sou mais bonito que tu.

– Conselheiro, a confissão é grave; foi assim brincando...?

– Foi assim brincando, cheirando ainda aos bancos da academia, que nos metemos em negócio de tanta ponderação, que podia acabar em nada, mas deu muito de si. Era um começo estouvado, quase um passatempo de crianças, sem a nota da sinceridade; mas o homem põe e a espécie dispõe. Conhecíamo-la, posto não tivéssemos encontros frequentes; uma vez que nos dispusemos a uma ação comum, entrou um elemento novo na nossa vida, e dentro de um mês estávamos brigados.

– Brigados?

— Ou quase. Não tínhamos contado com ela, que nos enfeitiçou a ambos, violentamente. Em algumas semanas já pouco falávamos de Quintília, e com indiferença; tratávamos de enganar um ao outro e dissimular o que sentíamos. Foi assim que as nossas relações se dissolveram, no fim de seis meses, sem ódio, nem luta, nem demonstração externa, porque ainda nos falávamos, onde o acaso nos reunia; mas já então tínhamos banca separada.

— Começo a ver uma pontinha do drama...

— Tragédia, diga tragédia; porque daí a pouco tempo, ou por desengano verbal que ela lhe desse, ou por desespero de vencer, Nóbrega deixou-me só em campo. Arranjou uma nomeação de juiz municipal lá para os sertões da Bahia, onde definhou e morreu antes de acabar o quatriênio. E juro-lhe que não foi o inculcado espírito prático de Nóbrega que o separou de mim; ele, que tanto falara das vantagens do dinheiro, morreu apaixonado como um simples Werther.[98]

— Menos a pistola.

— Também o veneno mata; e o amor de Quintília podia dizer-se alguma coisa parecido com isso; foi o que o matou, e o que ainda hoje me dói... Mas, vejo pelo seu dito que o estou aborrecendo...

— Pelo amor de Deus. Juro-lhe que não; foi uma graçola que me escapou. Vamos adiante, conselheiro; ficou só em campo.

— Quintília não deixava ninguém estar só em campo, — não digo por ela, mas pelos outros. Muitos vinham ali tomar um cálix de esperanças, e iam cear a outra parte. Ela não favorecia a um mais que a outro; mas era lhana, graciosa, e tinha essa espécie de olhos derramados que não foram feitos para homens ciumentos. Tive ciúmes amargos e, às vezes, terríveis. Todo argueiro me parecia um cavaleiro, e todo cavaleiro um diabo. Afinal acostumei-me a ver que eram passageiros de um dia. Outros me metiam mais medo, eram os que vinham dentro da luva das amigas. Creio que houve duas ou três negociações dessas, mas sem resultado. Quintília declarou que nada faria sem consultar o tio, e o tio aconselhou a recusa, — coisa que ela sabia de antemão.

---

[98] Machado faz referência à obra *Os sofrimentos do jovem Werther*, de Goethe (1749-1832).

O bom velho não gostava nunca da visita de homens, com receio de que a sobrinha escolhesse algum e casasse. Estava tão acostumado a trazê-la ao pé de si, como uma muleta da velha alma aleijada, que temia perdê-la inteiramente.

– Não seria essa a causa da isenção sistemática da moça?

– Vai ver que não.

– O que noto é que o senhor era mais teimoso que os outros...

– ... Iludido, a princípio, porque no meio de tantas candidaturas malogradas, Quintília preferia-me a todos os outros homens, e conversava comigo mais largamente e mais intimamente, a tal ponto que chegou a correr que nos casávamos.

– Mas conversavam de quê?

– De tudo o que ela não conversava com os outros; e era de fazer pasmar que uma pessoa tão amiga de bailes e passeios, de valsar e rir, fosse comigo tão severa e grave, tão diferente do que costumava ou parecia ser.

– A razão é clara: achava a sua conversação menos insossa que a dos outros homens.

– Obrigado; era mais profunda a causa da diferença, e a diferença ia-se acentuando com os tempos. Quando a vida cá embaixo a aborrecia muito, ia para o Cosme Velho, e ali as nossas conversações eram mais frequentes e compridas. Não lhe posso dizer, nem o senhor compreenderia nada, o que foram as horas que ali passei, incorporando na minha vida toda a vida que jorrava dela. Muitas vezes quis dizer-lhe o que sentia, mas as palavras tinham medo e ficavam no coração. Escrevi cartas sobre cartas; todas me pareciam frias, difusas, ou inchadas de estilo. Demais, ela não dava ensejo a nada; tinha um ar de velha amiga. No princípio de 1857 adoeceu meu pai em Itaboraí; corri a vê-lo, achei-o moribundo. Este fato reteve-me fora da Corte uns quatro meses. Voltei pelos fins de maio. Quintília recebeu-me triste da minha tristeza, e vi claramente que o meu luto passara aos olhos dela...

– Mas que era isso senão amor?

– Assim o cri, e dispus a minha vida para desposá-la. Nisto, adoeceu o tio gravemente. Quintília não ficava só, se ele morresse, porque, além dos muitos parentes espalhados que tinha, morava com ela agora, na casa da rua do

Catete,[99] uma prima, D. Ana, viúva; mas, é certo que a afeição principal ia-se embora e nessa transição da vida presente à vida ulterior podia eu alcançar o que desejava. A moléstia do tio foi breve; ajudada da velhice, levou-o em duas semanas. Digo-lhe aqui que a morte dele lembrou-me a de meu pai, e a dor que então senti foi quase a mesma. Quintília viu-me padecer, compreendeu o duplo motivo, e, segundo me disse depois, estimou a coincidência do golpe, uma vez que tínhamos de o receber sem falta e tão breve. A palavra pareceu-me um convite matrimonial; dois meses depois cuidei de pedi-la em casamento. D. Ana ficara morando com ela e estavam no Cosme Velho.[100] Fui ali, achei-as juntas no terraço, que ficava perto da montanha. Eram quatro horas da tarde de um domingo. D. Ana, que nos presumia namorados, deixou-nos o campo livre.

– Enfim!

– No terraço, lugar solitário, e posso dizer agreste, proferi a primeira palavra. O meu plano era justamente precipitar tudo, com medo de que cinco minutos de conversa me tirassem as forças. Ainda assim, não sabe o que me custou; custaria menos uma batalha, e juro-lhe que não nasci para guerras. Mas aquela mulher magrinha e delicada impunha-se-me, como nenhuma outra, antes e depois...

– E então?

– Quintília adivinhara, pelo transtorno do meu rosto, o que lhe ia pedir, e deixou-me falar para preparar a resposta. A resposta foi interrogativa e negativa. Casar para quê? Era melhor que ficássemos amigos como dantes. Respondi-lhe que a amizade era, em mim, desde muito, a simples sentinela do amor; não podendo mais contê-lo, deixou que ele saísse. Quintília sorriu da metáfora, o que me doeu, e sem razão; ela, vendo o efeito, fez-se outra vez séria e tratou de persuadir-me de que era melhor não casar. – Estou velha, disse ela; vou em trinta e três anos. Mas se eu a amo assim mesmo, repliquei, e disse-lhe uma porção de coisas, que não poderia repetir agora. Quintília refletiu um instante; depois insistiu nas relações de amizade; disse que, posto que

---

99 Conhecida rua localizada no bairro do Flamengo, na cidade do Rio de Janeiro.
100 Bairro de classe média localizado na Zona Sul do Rio de Janeiro, em que o próprio Machado residiu.

mais moço que ela, tinha a gravidade de um homem mais velho, e inspirava-lhe confiança como nenhum outro. Desesperançado, dei algumas passadas, depois sentei-me outra vez e narrei-lhe tudo. Ao saber da minha briga com o amigo e companheiro da academia, e a separação em que ficamos, sentiu-se, não sei se diga, magoada ou irritada. Censurou-nos a ambos; não valia a pena que chegássemos a tal ponto.

– A senhora diz isso porque não sente a mesma coisa.

– Mas então é um delírio?

– Creio que sim; o que lhe afianço é que ainda agora, se fosse necessário, separar-me-ia dele uma e cem vezes; e creio poder afirmar-lhe que ele faria a mesma coisa.

Aqui olhou ela espantada para mim, como se olha para uma pessoa cujas faculdades parecem transtornadas; depois abanou a cabeça, e repetiu que fora um erro; não valia a pena.

– Fiquemos amigos, disse-me, estendendo a mão.

– É impossível; pede-me coisa superior às minhas forças, nunca poderei ver na senhora uma simples amiga; não desejo impor-lhe nada; dir-lhe-ei até que nem mais insisto, porque não aceitaria outra resposta agora.

Trocamos ainda algumas palavras, e retirei-me... Veja a minha mão.

– Treme-lhe ainda...

– E não lhe contei tudo. Não lhe digo aqui os aborrecimentos que tive, nem a dor e o despeito que me ficaram. Estava arrependido, zangado, devia ter provocado aquele desengano desde as primeiras semanas; mas a culpa foi da esperança, que é uma planta daninha, que me comeu o lugar de outras plantas melhores. No fim de cinco dias saí para Itaboraí, onde me chamaram alguns interesses do inventário de meu pai. Quando voltei, três semanas depois, achei em casa uma carta de Quintília.

– Oh!

– Abri-a alvoroçadamente: datava de quatro dias. Era longa; aludia aos últimos sucessos, e dizia coisas meigas e graves. Quintília afirmava ter esperado por mim todos os dias, não cuidando que eu levasse o egoísmo até não voltar lá mais, por isso escrevia-me, pedindo que fizesse dos meus sentimentos pessoais e sem eco uma página de história acabada; que ficasse só o amigo, e lá fosse ver a sua amiga. E concluía com estas singulares palavras: "Quer uma garantia? Juro-lhe que não casarei nunca". Compreendi que um vínculo de simpatia moral nos ligava um ao outro; com a diferença que o que era em mim paixão específica, era nela uma simples eleição de caráter. Éramos dois sócios, que entravam no comércio da vida com diferente capital: eu, tudo o que possuía; ela, quase um óbolo. Respondi à carta dela nesse sentido; e declarei que era tal a minha obediência e o meu amor, que cedia, mas de má vontade, porque, depois do que se passara entre nós, ia sentir-me humilhado. Risquei a palavra *ridículo*, já escrita, para poder ir vê-la sem este vexame; bastava o outro.

– Aposto que seguiu atrás da carta? É o que eu faria, porque essa moça, ou eu me engano ou estava morta por casar com o senhor.

– Deixe a sua fisiologia usual; este caso é particularíssimo.

– Deixe-me adivinhar o resto; o juramento era um anzol místico; depois, o senhor, que o recebera, podia desobrigá-la dele, uma vez que aproveitasse com a absolvição. Mas, enfim, correu à casa dela.

– Não corri; fui dois dias depois. No intervalo, respondeu ela à minha carta com um bilhete carinhoso, que rematava com esta ideia: "Não fale de humilhação, onde não houve público". Fui, voltei uma e mais vezes e restabeleceram-se as nossas relações. Não se falou em nada; ao princípio, custou-me muito parecer o que era dantes; depois, o demônio da esperança veio pousar outra vez no meu coração; e, sem nada exprimir, cuidei que um dia, um dia tarde, ela viesse a casar comigo. E foi essa esperança que me retificou aos meus próprios olhos, na situação em que me achava. Os boatos do nosso casamento correram mundo. Chegaram aos nossos ouvidos; eu negava formalmente e sério; ela dava de ombros e ria. Foi essa fase da nossa vida a mais serena para mim, salvo um incidente curto, um diplomata austríaco ou não sei quê, rapagão, elegante, ruivo, olhos grandes e atrativos, e fidalgo ainda por cima. Quintília mostrou-se-lhe tão graciosa, que ele cuidou-se estar aceito, e tratou de ir adiante. Creio que algum gesto meu, inconsciente, ou então um pouco da percepção fina que o céu lhe dera, levou depressa o desengano à legação austríaca. Pouco depois ela adoeceu; e foi então que a nossa intimidade cresceu de vulto. Ela, enquanto se tratava, resolveu não sair, e isso mesmo lhe disseram os médicos. Lá passava eu muitas horas diariamente. Ou elas tocavam, ou jogávamos os três, ou então lia-se alguma coisa; a maior parte das vezes conversávamos somente. Foi então que a estudei muito; escutando as suas leituras vi que os livros puramente amorosos achava-os incompreensíveis, e, se as paixões aí eram violentas, largava-os com tédio. Não falava assim por ignorante; tinha notícia vaga das paixões, e assistira a algumas alheias.

– De que moléstia padecia?

– Da espinha. Os médicos diziam que a moléstia não era talvez recente, e ia tocando o ponto melindroso. Chegamos assim a 1859. Desde março desse ano a moléstia agravou-se muito; teve uma pequena parada, mas para os fins do mês chegou ao estado desesperador. Nunca vi depois criatura mais enérgica diante da iminente catástrofe; estava então de uma magreza transparente, quase fluida; ria, ou antes, sorria apenas, e vendo que eu escondia as minhas lágrimas, apertava-me as mãos agradecida. Um dia, estando só com o médico, perguntou-lhe a verdade; ele ia mentir; ela disse-lhe que era inútil, que estava perdida.

– Perdida, não, murmurou o médico.

– Jura que não estou perdida?

Ele hesitou, ela agradeceu-lho. Uma vez certa que morria, ordenou o que prometera a si mesma.

– Casou com o senhor, aposto?

– Não me relembre essa triste cerimônia; ou antes, deixe-me relembrá-la, porque me traz algum alento do passado. Não aceitou recusas nem pedidos meus; casou comigo à beira da morte. Foi no dia 18 de abril de 1859. Passei os últimos dois dias, até 20 de abril, ao pé da minha noiva moribunda, e abracei-a pela primeira vez, feita cadáver.

– Tudo isso é bem esquisito.

– Não sei o que dirá a sua fisiologia. A minha, que é de profano, crê que aquela moça tinha ao casamento uma aversão puramente física. Casou meio defunta, às portas do nada. Chame-lhe monstro, se quer, mas acrescente divino.

FLOR ANÔNIMA

Publicado originalmente em *Almanaque da Gazeta*, 1897.

Manhã clara. A alma de Martinha é que acordou escura. Tinha ido na véspera a um casamento; e, ao tornar para casa, com a tia que mora com ela, não podia encobrir a tristeza que lhe dera a alegria dos outros e particularmente dos noivos.

Martinha ia nos seus... Nascera há muitos anos. Toda a gente que estava em casa, quando ela nasceu, anunciou que seria a felicidade da família. O pai não cabia em si de contente.

– Há de ser linda!

– Há de ser boa!

– Há de ser condessa!

– Há de ser rainha!

Essas e outras profecias iam ocorrendo aos parentes e amigos da casa.

Lá vão... Aqui pega a alma escura de Martinha. Lá vão quarenta e três anos, – ou quarenta e cinco, segundo a tia; Martinha, porém, afirma que são quarenta e três. Adotemos este número. Para ti, moça de vinte anos, a diferença é nada; mas deixa-te ir aos quarenta, nas mesmas circunstâncias que ela, e verás se não te cerceias uns dois anos. E depois nada obsta que marches um pouco para trás. Quarenta e três, quarenta e dois, fazem tão pouca diferença...

Naturalmente a leitora espera que o marido de Martinha apareça, depois de ter lido os jornais ou enxugado do banho. Mas é que não há marido, nem nada. Martinha é solteira, e daí vem a alma escura desta bela manhã clara e fresca, posterior à noite de bodas.

Só, tão só, provavelmente só até a morte; e Martinha morrerá tarde, porque é robusta como um trabalhador e sã como um pero. Não teve mais que a tia velha. Pai e mãe morreram, e cedo.

A culpa dessa solidão a quem pertence? Ao destino ou a ela? Martinha crê, às vezes, que ao destino; às vezes, acusa-se a si própria. Nós podemos descobrir a verdade, indo com ela abrir a gaveta, a caixa, e na caixa a bolsa de veludo verde e velha, em que estão guardadas todas as suas lembranças amorosas. Agora que assistira ao casamento da outra, teve ideia de inventariar o passado. Contudo hesitou:

— Não, para que ver isto? É pior: deixemos recordações aborrecidas.

Mas o gosto de remoçar levou-a a abrir a gaveta, a caixa, e a bolsa; pegou da bolsa, e foi sentar-se ao pé da cama.

Há anos que não via aqueles despojos da mocidade! Pegou-lhes comovida, e entrou a revê-los.

De quem é esta carta? pensou ela ao ver a primeira. Teu Juca. Que Juca? Ah! O filho do Brito Brandão. "Crê que o meu amor será eterno!".

E casou pouco depois com aquela moça da Lapa. Eu era capaz de pôr a mão no fogo por ele. Foi no baile do *Club Fluminense*[101] que o encontrei pela primeira vez. Que bonito moço! Alto, bigode fino, e uns olhos como nunca mais achei outros. Dançamos essa noite não sei quantas vezes. Depois começou a passar todas as tardes pela rua dos Inválidos, até que nos foi apresentado. Poucas visitas, a princípio, depois mais e mais. Que tempo durou? Não me lembra; seis meses, nem tanto. Um dia começou a fugir, a fugir, até que de todo desapareceu. Não se demorou o casamento com a outra... "Crê que o meu amor será eterno!"

Martinha leu a carta toda e pô-la de lado.

— Qual! É impossível que a outra tenha sido feliz. Homens daqueles só fazem desgraçadas...

Outra carta. Gonçalves era o nome deste. Um Gonçalves louro, que chegou de S. Paulo, bacharelado de fresco, e fez tontear muita moça.

O papel estava encardido e feio, como provavelmente estaria o autor.

---

101 O *Club Fluminense* ficava na praça da Constituição, centro do Rio de Janeiro, rebatizada como praça Tiradentes em 1890.

Flor anônima

Outra carta, outras cartas. Martinha relia a maior parte delas. Não eram muitos os namorados; mas cada um deles deixara meia dúzia pelo menos, de lindas epístolas.

"Tudo perdido", pensava ela.

E, uma palavra daqui, outra dali, fazia recordar tantos episódios deslembrados... "desde domingo (dizia um) que não me esquece o caso da bengala". Que bengala? Martinha não atinou logo. Que bengala podia ser que fizesse ao autor da carta (um moço que principiava a negociar, e era agora abastado e comendador) não poder esquecê-la desde domingo?

Afinal deu com o que era; foi uma noite, ao sair da casa dela, que indo procurar a bengala, não a achou, porque uma criança de casa a levara para dentro; ela é que lha entregara à porta, e então trocaram um beijo...

Martinha ao lembrá-lo estremeceu. Mas refletindo que tudo agora estava esquecido, o domingo, a bengala e o beijo (o comendador tem agora três filhos), passou depressa a outras cartas.

Concluiu o inventário. Depois, acudindo-lhe que cada uma das cartas tivera resposta, perguntou a si mesma onde andariam as suas letras.

Perdidas, todas perdidas; rasgadas nas vésperas do casamento de cada um dos namorados, ou então varridas com o cisco, entre contas de alfaiates...

Abanou a cabeça para sacudir tão tristes ideias. Pobre Martinha! Teve ímpetos de rasgar todas aquelas velhas epístolas; mas sentia que era como se rasgasse uma parte da vida de si mesma, e recolheu-as.

Não haveria mais alguma na bolsa?

Meteu os olhos pela bolsa, não havia carta; havia apenas uma flor seca.

– Que flor é esta?

Descolorida, ressequida, a flor parecia trazer em si um bom par de dúzias de anos. Martinha não distinguia que espécie de flor era; mas fosse qual fosse, o principal era a história. Quem lha deu?

Provavelmente alguns dos autores das cartas, mas qual deles? E como? E quando?

A flor estava tão velha que se desfazia se não houvesse cuidado em lhe tocar.

Pobre flor anônima! Vejam a vantagem de escrever. O escrito traz a assinatura dos amores, dos ciúmes, das esperanças e das lágrimas. A flor não trazia data nem nome. Era uma testemunha que emudeceu.

Os próprios sepulcros conservam o nome do pó guardado. Pobre flor anônima!

– Mas que flor é esta? repetiu Martinha.

Aos quarenta e cinco anos não admira que a gente esqueça uma flor.

Martinha mirou-a, remirou-a, fechou os olhos a ver se atinava com a origem daquele despojo mudo.

Na história dos seus amores escritos não achou semelhante prenda; mas quem podia afirmar que não fosse dada de passagem, sem nenhum episódio importante a que se ligasse?

Martinha guardou as cartas para colocar a flor por cima, e impedir que o peso a desfibrasse mais depressa, quando uma recordação a assaltou:

– Há de ser... é... parece que é... É isso mesmo.

Lembrara-se do primeiro namorado que tivera, um bom rapaz de vinte e três anos; contava ela então dezenove. Era primo de umas amigas.

Julião nunca lhe escrevera cartas. Um dia, depois de muita familiaridade com ela, por causa das primas, entrou a amá-la, a não pensar em outra coisa, e não o pôde encobrir, ao menos da própria Martinha. Esta dava-lhe alguns olhares, mais ou menos longos e risonhos; mas em verdade, não parecia aceitá-lo. Julião teimava, esperava, suspirava. Fazia verdadeiros sacrifícios, ia a toda parte onde presumia encontrá-la, gastava horas, perdia sonos. Tinha um emprego público e era hábil; com certeza subiria na escala administrativa, se pudesse cuidar somente dos seus deveres; mas o demônio da moça interpunha-se entre ele e os regulamentos. Esquecia-se, faltava à repartição, não tinha zelo nem estímulo. Ela era tudo para ele, e ele nada para ela. Nada; uma distração quando muito.

Um dia falara-se em não sei que flor bonita e rara no Rio de Janeiro.

Alguém sabia de uma chácara onde a flor podia ser encontrada, quando a árvore a produzisse; mas, por enquanto, não produzia nada.

Não havia outra, Martinha contava então vinte e um anos, e ia no dia seguinte ao baile do *Club Fluminense*; pediu a flor, queria a flor.

– Mas, se não há...
– Talvez haja, interveio Julião.
– Onde?
– Procurando-se.
– Crê que haja? perguntou Martinha.
– Pode haver.
– Sabe de alguma?
– Não, mas procurando-se... Deseja a flor para o baile de amanhã?
– Desejava.

Julião acordou no dia seguinte muito cedo; não foi à repartição e deitou-se a andar pelas chácaras dos arrabaldes. Da flor tinha apenas o nome e uma leve descrição. Percorreu mais de um arrabalde; ao meio-dia, urgido pela fome, almoçou rapidamente em uma casa de pasto. Tornou a andar, a andar, a andar. Em algumas chácaras era mal recebido, em outras gastava tempo antes que viesse alguém, em outras os cães latiam-lhe às pernas. Mas o pobre namorado não perdia a esperança de achar a flor. Duas, três, quatro horas da tarde. Eram cinco horas quando em uma chácara do Andaraí Grande[102] pôde achar a flor tão rara. Quis pagar dez, vinte ou trinta mil-réis por ela; mas a dona da casa, uma boa velha, que adivinhava amores a muitas léguas de distância, disse-lhe, rindo, que não custava nada.

– Vá, vá, leve o presente à moça, e seja feliz.

Martinha estava ainda a pentear-se quando Julião lhe levou a flor. Não lhe contou nada do que fizera, embora ela lho perguntasse. Martinha porém compreendeu que ele teria feito algum esforço, apertou-lhe muito a mão, e, à noite, dançou com ele uma valsa. No dia seguinte, guardou a flor, menos pelas circunstâncias do achado que pela raridade e beleza dela; e como era uma prenda de amor, meteu-a entre as cartas.

O rapaz, dentro de duas semanas, tornou a perder algumas esperanças que lhe haviam renascido. Martinha principiava o namoro do futuro comendador.

---

102 O Andaraí, na Zona Norte do Rio de Janeiro, foi até o fim do século XIX dividido em Andaraí Grande (Andaraí atual, Vila Isabel, Aldeia Campista e Grajaú) e Andaraí Pequeno (Tijuca).

Desesperado, Julião meteu-se para a roça, da roça para o sertão, e nunca mais houve notícia dele.

– Foi o único que deveras gostou de mim, suspirou agora Martinha, olhando para a pobre flor mirrada e anônima.

E, lembrando-se que podia estar casada com ele, feliz, considerada, com filhos, – talvez avó – (foi a primeira ocasião em que admitiu esta graduação sem pejo) Martinha concluiu que a culpa era sua, toda sua; queimou todas as cartas e guardou a flor.

Quis pedir à tia que lhe pusesse a flor no caixão, sobre o seu cadáver; mas era romântico demais. A negrinha chegara à porta:

– Nhanhã, o almoço está na mesa!

Cronologia

1839 (21 jun.) Joaquim Maria Machado de Assis nasce no Rio de Janeiro, filho de Francisco José de Assis e Maria Leopoldina Machado de Assis.

1845 Morre, aos quatro anos, a irmã de Machado, Maria, vítima de uma epidemia de varíola que assolou o Rio de Janeiro.

1849 Morre a mãe de Machado, Maria Leopoldina, vítima de tuberculose.

1854 O pai de Machado, Francisco José, casa-se com Maria Inês da Silva. Machado inicia colaboração com Paula Brito, em sua Typographia. Publica (3 out.) no *Periódico dos Pobres* o soneto "À Ilmª. Sr.ª D. P. J. A".

1855 Inicia colaboração formal na *Marmota Fluminense*, de Paula Brito, publicando poemas.

1856 Admitido como aprendiz de tipógrafo na Tipografia Nacional, lá ficando por dois anos.

1858 Atua como revisor de provas de Paula Brito. De abril desse ano a junho de 1859, escreve em *O Paraíba*, periódico de Petrópolis. Inicia colaboração no *Correio Mercantil*.

1859 Passa a escrever crítica teatral para a revista *O Espelho*. Traduz *O Brasil pitoresco*, de Charles Ribeyrolles.

1860 Atua, por sete anos, como redator do *Diário do Rio de Janeiro*. Também inicia colaboração na *A Semana Ilustrada*, que se estende por 15 anos.

1861 Publica a tradução de *Queda que as mulheres têm para os tolos*. Escreve a comédia *Desencantos*.

1862 Colabora na revista *O Futuro* e no *Jornal das Famílias*. Torna-se censor teatral no Conservatório Dramático Brasileiro (31 dez.).

1863 Publica o *Teatro de Machado de Assis*, composto por duas comédias, *O protocolo* e *O caminho da porta*.

1864 Morre seu pai, Francisco José. Publica *Crisálidas*, livro de poemas.

1866 Publica a comédia *Os deuses de casaca*. Traduz para o *Diário do Rio de Janeiro* o romance *Os trabalhadores do mar*, de Victor Hugo. Conhece Carolina, sua futura esposa.

1867 Recebe de D. Pedro II a Ordem da Rosa, grau de cavaleiro. É nomeado ajudante do diretor de publicação do *Diário Oficial*, onde ficará até 1874.

1868 Apresenta ao público o jovem poeta baiano Antônio de Castro Alves.

1869 (12 nov.) – Casa-se com Carolina Augusta Xavier de Novais.

1870 Inicia tradução para o *Jornal da Tarde* do romance *Oliver Twist*, de Dickens, logo interrompida. Publica *Falenas* (poesia) e *Contos fluminenses* (conto).

1872 Publica *Ressurreição* (romance). Integra comissão do *Dicionário marítimo brasileiro*.

1873 Publica *Histórias da meia-noite* (contos). Traduz *Higiene para uso dos mestres--escolas*, do Dr. Gallard. Nomeado primeiro-oficial da segunda seção da Secretaria de Agricultura, Comércio e Obras Públicas (31 dez.).

1874 Publica, em *O Globo*, o romance *A mão e a luva* (set. - nov.), editado em livro no mesmo ano.

1875 Publica *Americanas* (poesia).

1876 Inicia colaboração com a revista *Ilustração Brasileira*, que dura até 1878. Publica, em *O Globo*, *Helena* (romance), editado em livro no mesmo ano. Promovido a chefe de seção da Secretaria de Agricultura (7 dez.).

1877 Morre o escritor José de Alencar, grande amigo de Machado.

1878 Publica, em *O Cruzeiro*, *Iaiá Garcia* (romance), editado em livro no mesmo ano. Licencia-se, doente dos olhos e intestinos, e segue para Friburgo, onde fica até 1879. Começa a escrever *Memórias póstumas de Brás Cubas*.

1879 Inicia colaboração na *Revista Brasileira*. Publica na revista *A Estação* o romance *Quincas Borba* (jun. 1886 - set. 1891).

1880 Licencia-se por um mês, doente dos olhos (6 fev.). Designado oficial de gabinete do Ministro da Agricultura (28 mar.). Publica, na *Revista Brasileira*, o romance *Memórias póstumas de Brás Cubas* (15 mar.-15 dez. 1880).

1881 Publica em livro as *Memórias póstumas de Brás Cubas* (romance) e *Tu só, tu, puro amor...* (teatro, comédia). Inicia colaboração na *Gazeta de Notícias* (18 dez.), que vai até 1904.

1882 Publica *Papéis avulsos* (contos). Licencia-se, por três meses, para tratar-se em Nova Friburgo (5 jan.).

1884 Publica *Histórias sem data* (contos). Com Carolina, muda-se para a rua Cosme Velho, 18, casa da vida toda. Moraram antes nas ruas dos Andradas, Santa Luzia, da Lapa, das Laranjeiras e do Catete. A famosa casa do Cosme Velho foi demolida na década de 1930.

1888 Promovido por decreto regencial a oficial da Ordem da Rosa. Abolição da Escravatura (13 maio).

1889 Promovido a diretor da Diretoria de Comércio da Secretaria de Estado da Agricultura, Comércio e Obras Públicas (30 mar.). Proclamação da República (15 nov.) e consequente exílio da família imperial.

1890 Viaja com Carolina a Juiz de Fora, Barbacena e Sítio, atual Antônio Carlos (MG), convidado pelos diretores da Companhia Pastoril Mineira.

1891 Publica em volume *Quincas Borba* (romance). Morre a madrasta de Machado, Maria Inês. Morre em Paris o ex-imperador D. Pedro II.

1893 Torna-se diretor-geral da Secretaria da Indústria, Viação e Obras Públicas.

1895 Escreve, até 1898, na *Revista Brasileira*.

1896 Publica *Várias histórias*. Dirige a primeira sessão preparatória da fundação da Academia Brasileira de Letras (15 dez.), da qual participa intensamente até sua morte.

1899 Publica *Dom Casmurro* (romance) e *Páginas recolhidas* (contos).

1901 Publica *Poesias completas* (poesia).

1902 Nomeado diretor-geral de Contabilidade do Ministério da Indústria, Viação e Obras Públicas (18 dez.).

1904 Publica *Esaú e Jacó* (romance). Segue com Carolina, enferma, para Friburgo (jan.). Morre Carolina (20 out.), pouco antes de completarem 35 anos de casados.

1906 Publica *Relíquias de casa velha* (contos).

1908 Publica *Memorial de Aires* (romance). Licencia-se, doente (1º jun.). Morre à rua Cosme Velho, 18 (29 set.); é enterrado na sepultura de Carolina, no cemitério de São João Batista.

Referências bibliográficas

1. Versões originais dos contos desta edição

ASSIS, Joaquim Maria Machado de. "A desejada das gentes". In: *Várias histórias*, 1896. Disponível em: <www.brasiliana.usp.br/bbd/handle/1918/00214100#page/13/mode/1up>. Acesso em: jan.-dez./2012.

_____. "A melhor das noivas". In: *Jornal das Famílias*, set.-out. 1877, n. 9/1877. Disponível em: <http://memoria.bn.br/pdf/339776/per339776_1877_00009.pdf>. Acesso em: jan.-dez./2012;
n. 10/1877. Disponível em: <http://memoria.bn.br/pdf/339776/per339776_1877_00010.pdf>. Acesso em: jan.-dez./2012.

_____. "A senhora do Galvão". In: *Histórias sem data*, 1884. Disponível em: <www.brasiliana.usp.br/bbd/handle/1918/00205600#page/1/mode/1up>. Acesso em: jan.-dez./2012.

_____. "Antes que cases". In: *Jornal das Famílias*, jul.-set. 1875, n. 7/1875. Disponível em: <http://memoria.bn.br/pdf/339776/per339776_1875_00007.pdf>. Acesso em: jan.-dez./2012;
n. 8/1875. Disponível em: <http://memoria.bn.br/pdf/339776/per339776_1875_00008.pdf>. Acesso em: jan.-dez./2012;
n. 9/1875. Disponível em: <http://memoria.bn.br/pdf/339776/per339776_1875_00009.pdf>. Acesso em: jan.-dez./2012.

_____. "As bodas de Luiz Duarte". In: *Histórias da meia-noite*, 1873. Disponível em: <www.brasiliana.usp.br/bbd/handle/1918/00205300#page/3/mode/1up>.

_____. "Astúcias de marido". In: *Jornal das Famílias*, out.-nov. 1866, n. 10/1866. Disponível em: <http://memoria.bn.br/pdf/339776/per339776_1866_00010.pdf>. Acesso em: jan.-dez./2012;
n. 11/1866. Disponível em: <http://memoria.bn.br/pdf/339776/per339776_1866_00011.pdf>. Acesso em: jan.-dez./2012.

_____. "Casa, não casa". In: *Jornal das Famílias*, dez. 1875-jan. 1876, n. 12/1875.

Disponível em: <http://memoria.bn.br/pdf/339776/per339776_1875_00012.pdf>. Acesso em: jan.-dez./2012;

n. 1/1876. Disponível em: <http://memoria.bn.br/pdf/339776/per339776_1876_00001.pdf>. Acesso em: jan.-dez./2012.

_____. "Casada e viúva". In: *Jornal das Famílias*, nov. 1864, n. 11/1864. Disponível em: <http://memoria.bn.br/pdf/339776/per339776_1864_00011.pdf>. Acesso em: jan.-dez./2012.

_____. "Confissões de uma viúva moça". In: *Contos fluminenses*, 1870. Disponível em: <www.brasiliana.usp.br/bbd/handle/1918/00202300#page/8/mode/1up>. Acesso em: jan.-dez./2012.

_____. "Flor anônima". In: *Almanaque da Gazeta*, 1897. Disponível em: <http://machado.mec.gov.br/images/stories/pdf/contos/macn133.pdf>. Acesso em: jan.-dez./2012.

_____. "O caso da viúva". In: *A Estação*, n. 15 jan.-15 mar. 1881, n. 1/1881. Disponível em: <http://memoria.bn.br/pdf/709816/per709816_1881_00001.pdf>. Acesso em: jan.-dez./2012;
n. 2/1881. Disponível em: <http://memoria.bn.br/pdf/709816/per709816_1881_00002.pdf>. Acesso em: jan.-dez./2012;
n. 3/1881. Disponível em: <http://memoria.bn.br/pdf/709816/per709816_1881_00003.pdf>. Acesso em: jan.-dez./2012.
n. 4/1881. Disponível em: <http://memoria.bn.br/pdf/709816/per709816_1881_00004.pdf>. Acesso em: jan.-dez./2012.
n. 5/1881. Disponível em: <http://memoria.bn.br/pdf/709816/per709816_1881_00005.pdf>. Acesso em: jan.-dez./2012.

_____. "Questões de maridos". In: *A Estação*, 15 jul. 1883, n. 13/1883. Disponível em: <http://memoria.bn.br/pdf/709816/per709816_1883_00013.pdf>. Acesso em: jan.-dez./2012.

HÉNAUX, Victor. *Queda que as mulheres têm para os tolos* [Trad.: Machado de Assis]. In: *A Marmota*, 19, 23, 26 e 30 abr. e 3 maio 1861, n. 1.257. Disponível em: <http://memoria.bn.br/pdf/706922/per706922_1861_01257.pdf>;
n. 1.258. Disponível em: <http://memoria.bn.br/pdf/706922/per706922_1861_01258.pdf>;
n. 1.259. Disponível em: <http://memoria.bn.br/pdf/706922/per706922_1861_01259.pdf>;
n. 1.260. Disponível em: <http://memoria.bn.br/pdf/706922/per706922_1861_01260.pdf>;
n. 1.261. Disponível em: <http://memoria.bn.br/pdf/706922/per706922_1861_01261.pdf>. Acesso em: set.-dez. 2012.

_____. *Queda que as mulheres têm para os tolos/De l'amour des femmes pour les sots* [Trad.: Machado de Assis]. Rio de Janeiro: Typographia de F. de Paula Brito, 1861. Disponível em: <www.brasiliana.usp.br/bbd/handle/1918/00211100#page/8/mode/1up>. Acesso em: jan.-dez. 2012.

2. Outras referências

ASSIS, Joaquim Maria Machado de. *Obra completa de Machado de Assis*. Rio de Janeiro: Nova Aguilar, 1997.

ACADEMIA BRASILEIRA DE LETRAS (ABL). Disponível em: <www.academia.org.br>. Acesso em: jan.-dez. 2012.

BIBLIOTECA DA PRESIDÊNCIA DA REPÚBLICA. Disponível em: <www.biblioteca.presidencia.gov.br>. Acesso em: jan.-dez. 2012.

BRASILIANA USP. Disponível em: <www.brasiliana.usp.br/>. Acesso em: jan.-dez. 2012.

BRITANNICA ONLINE ENCYCLOPEDIA. Disponível em: <www.britannica.com/>. Acesso em: jan.-dez. 2012.

DICIONÁRIO HOUAISS DA LÍNGUA PORTUGUESA. Rio de Janeiro: Objetiva/Instituto Antônio Houaiss, 2001, 1. ed.

DOMÍNIO PÚBLICO. Disponível em: <www.dominiopublico.gov.br>. Acesso em: jan.-dez. 2012.

HEMEROTECA DIGITAL BRASILEIRA. Disponível em: <http://hemerotecadigital.bn.br/> ou <http://memoria.bn.br/hdb/periodico.aspx>. Acesso em: set.-dez. 2012.

HÉNAUX, Victor. *Queda que as mulheres têm para os tolos/De l'amour des femmes pour les sots* (Edição Bilíngue). [Org.: Ana Cláudia Suriani Silva e Eliane Fernanda Cunha. Trad.: Machado de Assis]. Campinas: Editora da Unicamp, 2008.

IBGE (INSTITUTO BRASILEIRO DE GEOGRAFIA E ESTATÍSTICA). "Cristãos-novos no Brasil Colônia". Disponível em: <www.ibge.gov.br/brasil500/judeus/cristaos_novos.html>. Acesso em: dez. 2012.

_____. "Registro Civil 2011: taxa de divórcios cresce 45,6% em um ano". Disponível em: <www.ibge.gov.br/home/presidencia/noticias/noticia_visualiza.php?id_noticia=2294&id_pagina=1>. Acesso em: dez. 2012.

IBRAM (INSTITUTO BRASILEIRO DE MUSEUS). Disponível em: <www.museus.gov.br/>. Acesso em: out.-dez. 2012.

MACHADO DE ASSIS.ORG. Disponível em: <www.machadodeassis.org.br/>. Acesso em: jan.-dez. 2012.

MACHADO DE ASSIS: OBRA COMPLETA. *Site* organizado e mantido pela Academia Brasileira de Letras (ABL). Disponível em: <http://machado.mec.gov.br/>. Acesso em: jan.-dez. 2012.

MENDES, Mauro. "Virgílio e os cantadores". Disponível em: <www.arquivors.com/mmendes_virgilio.pdf>. Acesso em: dez. 2012.

MERRIAM-WEBSTER DICTIONARY. Disponível em: <www.merriam-webster.com/dictionary>. Acesso em: dez. 2012.

MIRANDA, Michele do Rocio. *A caracterização da mulher nas crônicas de Machado de Assis* [Monografia]. Curitiba: Pontifícia Universidade Católica do Paraná, 2009. Disponível em: <www.educadores.diaadia.pr.gov.br/arquivos/File/2010/artigos_teses/2010/Lingua_Portuguesa/monografia/michele_machado_assis.pdf >. Acesso em: dez. 2012.

NIETO, Ignacio Otero. "La Sevilla del Novecientos: Estampas de la Música Religiosa". In: *Temas de estética y arte XXII*. Sevilha: Real Maestranza de Caballería de Sevilla, 2008; p. 167. Disponível em: <www.insacan.org/rabasih/publicaciones/temestn22.pdf>. Acesso em: dez. 2012.

PHILATELIST, Paulo Comelli. Disponível em: <www.comelliphilatelist.com>. Acesso em: out.-dez. 2012.

RIOTUR. Disponível em: <www.rio.rj.gov.br/web/riotur/>. Acesso em: out.-dez. 2012.

WIKIPÉDIA. Disponível em: <www.wikipedia.org.br>. Acesso em: jan.-dez. 2012.

Impresso em São Paulo pela IBEP Gráfica.